Narrations

Nar-Dos

ՊԱՏՄՎԱԾՔՆԵՐ

ՆԱՐ-ԴՈՍ

ISNB: 978-1-60444-787-3

ԻՆՉՊԵՍ ԲԺՇԿԵՑԻՆ

Մեծ ու փարթամ քաղաքի ծայրամասերից մեկի թաղը: Հավիտենական աղբով ծածկված ծուռտիկ-մուռտիկ փողոցներ, որոնք նեղլիկ անցքերով գնում խաչաձևում են իրար կամ դեմ առնում մի պատի՝ կույր մուրացկանի պես: Իրար վրա թափված, իրարու հենված տնակներ, որոնց խարխուլ լաքիարները թվում է թե ամեն րոպե պատրաստ են թափվելու անցորդի գլխին: Փոքրիկ պատուհաններ կեսը ապակի, կեսը թղթած, փտած դռներ, հողածածկ տափակ կտուրներ, որոնք ձմեռը տնքում են ձյունի ծանրության տակ, գարնանը ծածկվում փարթամ կանաչով և անձրևների ժամանակ կաթում, կաթում, կաթում, ստիպելով խեղճ ու թշվառ բնակիչներին պատսպարվել ծալքերում, դռների և պատուհանների խոռոչներում, չուլ ու փալասների տակ:

Այսպիսի տնակներից մեկն էր և ջուլհակ Թորոսի խրճիթը: Սակայն այս խրճիթը մյուս տնակներից տարբերվում էր միայն նրանով, որ սրա պատերի կեսն ալիզից էր (կավի և հարդի շաղախից) և կտրանը երդիկ ուներ, որի գլուխը ծածկված էր կոտրած կարասի վերին մասով: Այդ երդիկի տակ էր ջուլհակի դազգահը, և այդ տեղից էր նա ձմեռը լույս ստանում կտավ գործելիս, որովհետև միակ պատուհանը շատ փոքր էր և դազգահից հեռու:

Ջուլհակ Թորոսը, որ մի ժամանակ շատ ժիր արհեստավոր էր, նստում էր իր նահապետական դազգահի առջև, ոտները կախում հորի մեջ, մաքոքը հինածի միջով աջ ձեռքից ձախն էր գցում, ձախից աջը, և վաղ առավոտից մինչև ուշ գիշեր խրճիթի խոր լռության մեջ լսվում էր ճախարակների միալար ճռճռոցը: Այժմ ծերացել էր, շատ էր ծերացել, մեջքը կորացել, կուզ էր դարձել, մորուքը սպիտակափառ փռվել էր կրծքին, սպիտակ թավ հոնքերը կախվել էին հանգած աչքերի վրա, ձեռքերը դողդողում էին և առանց ձեռնափայտի չէր կարողանում ման գալ: Ու չէր հիշում, թե երբվանից էր, որ դազգահը, կարծես խոր քուն մտած, կանգնած էր երդիկի տակ իր ցից-ցից սյուներով, առանց հինածի, որպես մի կմախք, չէր հիշում, թե երբվանից էր, որ ջահրան իր ծռված անիվով ընկած էր անկյունում անգործ, չէր հիշում, թե երբվանից էր, որ մասրաները փոշեթաթախ ընկած էին մութ պատի տակ թիթեղյա այն փոքրիկ լամպի հետ, որ գիշերները մխում էր դազգահի մոտ:

Այս էլ չէր հիշում, թե երբ էր մեռել կինը, թողնելով իր մի քանի զավակներից միայն մի աղջիկ, որ այժմ մոտ երեսուն տարեկան էր և իր միակ հույսն ու ապավենը այդ խորին ծերության հասակում: Մարթան էր նրան կերակրում, հագցնում իր ձեռքի աշխատանքով և չէր ամուսնացել միայն նրա համար, որ ծերունի հայրն անտեր — անտիրական չմնա: Նրա, ինչպես և համարյա ամբողջ թաղի կանանց, սովորական աշխատանքը հինած գործելն էր, որ նա վերցնում էր ասիական դերձակներից: Ամբողջ օրն աշխատում էր, աշխատում առանց դադար առնելու: Նրան միշտ կարելի էր տեսնել կամ դուրսը հարևան կանանց պես տան պատի տակ վիլալարը ձեռքին հինած հինելիս, կամ թել կծկելիս, կամ գուլուփայի վրա թել ետ տալիս և կամ թե տանը, թախտի վրա, դազգահի առջև նստած, գուլուփան ու թուրը ձեռքին, հինած գործելիս:

Տարօրինակ աղջիկ էր Մարթան: Ծիծաղ, ուրախ տրամադրություն ասած բանը կարծես բնավ ծանոթ չէր նրան. ծանրաբարո, սակավախոս, միշտ զգաստ, միշտ լուրջ, միշտ կենտրոնացած իր ներքին աշխարհի մեջ, ուր կարծես շարունակ պրպտում էր ինչ-որ ու չէր գտնում: Դեռևս մոր կենդանության ժամանակ, որ զարմանալի աստվածավախ կին էր, տարված ամեն տեսակ նախապաշարումներով, նա սովորել էր հավատալ սրբերին, որոնք այժմ մի-մի պաշտամունքի առարկա էին դարձել նրա համար: Նրա ամենապաշտելի սուրբը ս. Գևորգն էր, ուր ամառ-ձմեռ համարյա ամեն շաբաթ երեկո գնում էր համբուրելու, իսկ ամեն տարի աշնանը, այդ սրբի տոնի շաբթին ծոմ էր պահում — ամբողջ վեց օր ո՛չ հաց էր առնում բերանը, ո՛չ ջուր, իսկ յոթերորդ օրը հաղորդվում էր: Նույնիսկ մի անգամ ծոմապահությունից այնպես հիվանդացավ, որ քիչ մնաց մեռներ, բայց և այնպես շարունակում էր իրենը: Մեծ պասը պահում էր ամենայն սրբությամբ, իսկ զատկից մինչև համբարձումը երկուշաբթի օրերը չէր աշխատում, որ հարինք ցավը չտարածվի, և արտերը կարկտահար չլինեն: Միշտ այդպես էին արել հայրն ու մայրը, այդպես էլ շարունակում էր այժմ ինքը:

Նա հավատում էր դևերի և սատանաների, ալքերի և քաջքերի գոյության, թալիսմանների և ժողովրդական աղոթքների զորության: Երազի մեջ տեսած ամեն մի կենդանի կամ առարկա նրա համար որոշ, տխուր կամ ուրախ, պատահարի գուշակ էր, հոգ չէ, թե այդ երազները բնավ չկատարվեին:

Դեռևս մանուկ հասակում մորից լսել էր, որ ամեն մարդու աջ ուսի վրա հրեշտակ կա նստած, ձախ ուսի վրա — սատանա, նրանք շարունակ կռվում են իրար հետ. հրեշտակը մարդուն դեպի բարին է մղում, սատանան — դեպի չարը, ուստի քնելիս պետք է միշտ ձախ ուսի վրա պառկել, որ սատանան տակը մնա ջարդվի: Ու Մարթան այդպես էլ անում էր միշտ և հաստատ հավատացած էր, որ գիշերները ձախ ուսի վրա պառկելով սատանային տակն է գցում ջարդում և դրանով ուրախացնում բարի հրեշտակին:

Գարնան վերջին օրերից մեկում մեռավ Թորոսենց հեռու-մոտիկ ազգականներից մեկի թոքախտավոր տղան՝ Դարչո անունով: Մարթային եկան տարան, որ օգնի սևեր կարելու սգավորների համար: Երեք օր ու գիշեր մնաց Մարթան մեռելատանը և տուն դարձավ թաղման օրը, արդեն մութն ընկած ժամանակ, երբ ամենքն արդեն ցրվել էին: Հայրը նրանից շատ առաջ էր վերադարձել և խրճիթի շեմքին նստած սպասում էր նրան:

Մարթան մտավ, որ ճրագ վառի և մտնելուն պես այնպիսի մի ճիչ արձակեց, որ կարծես օձ խայթեց:

Այդ ճիչն այնքան սարսափելի էր, որ ծերունի հայրը համարյա թե երիտասարդական կորովով վեր թռավ տեղից և ներս ընկավ: Ու ներս ընկնելուն պես իրեն գտավ աղջկա գրկի մեջ:

— Վա՛յ, հայրիկ ջան, շնե՛րը, կատվանի՛քը, — կանչեց Մարթան սարսափահար, պինդ սեղմելով նրան իր գրկի մեջ պաշտպանություն որոնողի պես:

Հայրը հազիվ կարողացավ պահել իրեն նրա ծանրության տակ, շոշափեց նրա գլուխը և հարցրեց ծայր աստիճան զարմացած

— Մարթա ջան, ի՞նչ ես ասում:

— Շները, կատվանիքը, — կրկնեց Մարթան, և հայրը զգաց որ նա ամբողջ մարմնով դողում է:

— Ի՞նչ շուն, ի՞նչ կատու, որդի ջան:

— Հրեն... միսը քրքրում են...

— Ի՞նչ միս, որտե՞ղ:

— Հրեն թախտի տակը, թախտի տակը...

Ծերունին մի կերպ ազատեց իրեն աղջկա ցնցողաբար սեղմող ձեռքերից, մթության մեջ խարխափելով մոտեցավ սեղանին, որ ճրագ վառի, բայց թե ձեռքերն էին դողում և թե իրենից պոկ չեկող սարսափահար աղջիկը չէր թողնում, որ ազատ շարժումներ գործի: Վերջապես, սեղանի վրա երկար տապտպելուց հետո, գտավ լուցկու տուփը և մի կերպ վառեց լամպը: Ու երբ լույսի վրա նայեց աղջկան, զարմանքից քարացավ: Մարթայի դեմքը սարսափից ծռմռվել, այլանդակվել էր, աչքերը կարծես ուզում էին դուրս պրծնել խոռոչներից, հայացքն անմիտ էր, երեսին գույն չկար, և ինքն ամբողջովին դողում էր տերևի՝ պես:

— Մարթա ջան, էդ ի՞նչ ա հալդ, — ակամա բացականչեց ծերունին իր թույլ դողդոջուն ձայնով, — ինչի ես դողում:

— Շները, հայրիկ ջան, կատվանիքը... ախր միսը քրքրում են թախտի տակը, — սարսափած կրկնում էր Մարթան, ձեռքով ցույց տալով թախտը:

— Հիսուսին ու Քրիստոսին, որդի ջան, շուն ու կատու չկա ըստեղ, աչքիդ ա երևում, — խաչակնքեց ծերունին:

Բայց Մարթան շարունակ կրկնում էր իր ասածը և, հորը պինդ կպած, սարսափահար աչքերը չէր հեռացնում թախտից:

Ծերունին մի կերպ ազատվեց նրանից, դողդոջուն ձեռքով վերցրեց լամպը, մոտեցավ թախտին, դրեց գետնին, կապերտի փեշը բարձրացրեց և աչք ածեց թախտի տակը:

— Դե դու էլ տես, ըստեղ ո՞ւր ա շուն ու կատու, — ասաց նա, դառնալով աղջկան:

Մարթան, առանց տեղից շարժվելու, ձեռքերը դրած ծնկներին, խոնարհվեց և չռած աչքերով հեռվից նայեց թախտի տակը, ուր բացի կավե կրակարանից, որ նրանք ձմեռը քուրսու տակ էին բանեցնում, փայտ կոտրելու կացնից և ավելից, ուրիշ բան չկար:

— Չկա՞, — հարցրեց նա կամաց ծոր տալով:

— Բա կա՞: Որ ասում եմ աչքիդ ա էրևացել...

Ծերունին կապերտի փեշն իջեցրեց, լամպը վերցրեց և տարավ դրավ սեղանի վրա:

— Նստի, բալա ջան, նստի: Մի քիչ սառը ջուր խմի, վախեցած ես:

Նա վերցրեց ջրի թասը, մոտեցավ պատի տակ կիսով չափ գետնի մեջ խրված կարասին, ջուր հանեց և բերավ դրավ աղջկա առջև:

Բայց Մարթան ձեռ էլ չտվավ: Այժմ հանգստացել էր և նստած էր աչքերը մի կետի հառած, գլուխը ձեռքերի մեջ առած, կարծես աշխատելով մտքերը հավաքել:

— Մեր թախտի տակը չէ, — շշնջաց նա երկար լռությունից հետո, — նրանց թախտի տակը... Խալխը որ քաշվեց, Դարչոյի մերն ասեց ինձ, որ մզզու միս հանեմ թախտի տակիցը, տանեմ զանջինումը պահեմ: Կռացա, որ հանեմ, տեսնեմ շներն ու կատվանիքը վրա են թափվել քրքրում... Ընե՛նց վախեցա, որ... ընե՛նց վախեցա...

— Ի՞նչ մզզու միս, — հարցրեց ծերունին:

— Դարչոյենք որ պահում ին... էն մատաղացուն, էլի, որ պըտի տանեին Բոլնըսի ս. Գևորգում մորթեին, որ Դարչոն լավանար:

— Էն էին մորթել քելեխի՞ն:

— Բա՛:

— Վա՜յ, վա՜յ, — ասաց ծերունին գլուխը շարժելով: — Ետո դրուստ շուն ու կատվանիք ի՞ն:

— Եսի՛մ... վախից սիրտս գնացել էր... Ասին, թե ոչինչ չկա, աչքիս ա էրևացել...

— Աչքիդ ա էրևացել, բա աչքիդ, ոնց որ հըմի, — վրա բերեց ծերունին: — Վե կաց, բալա ջան, վե կաց, կողենքը զցի, քնենք: Իրեք օր ա չըրչարվել ես, շատ կըլես բեզարած: Հրես իմ քունն էլ ա տանում:

Եվ ծերունին, բոլորովին հանգստացած, հորանջեց:

Մի քանի օր Մարթայի վարմունքի մեջ մի առանձին տարօրինակ բան չէր նկատվում: Սովորականի պես առավոտները վաղ վեր էր կենում, փոքրիկ ինքնաեռը զցում, անկողինը հավաքում, թախտն ու հատակն ավլում, ամեն բան իր տեղը դնում ու նստում հինած գործելու մինչև ինքնաեռի եռ գալը: Հետո հոր հետ սուս ու փուս թեյ էր խմում ցամաք հացով և նորից գործի նստում մինչև ճաշ և մինչև երեկո: Բայց այնուհետև հայրը նկատեց, որ նա մենակ գործի նստած ժամանակ խոսում է ինքն իրեն, դեմքով ինչ-որ ծամածռություններ է անում, երբեմն ծիծաղում առանց որևէ առիթի, երբեմն էլ աղվորի պես մղկտալով մրմռում, լաց լինում: Մի օր էլ ծերունին դրսից ներս գալով տեսավ թախտը մի կողմն է քաշել ու կացնով քանդում է գետինը:

— Մարթա , էդ ի՞նչ ես անում, — բացականչեց նա զարմացած և վախեցած:

— Հանում եմ... հանում եմ, — ասաց Մարթան, կացինն ուժգին թափով զարկելով հողե հատակին:

— Ի՞նչը:

— Մոզին...

— Ի՞նչ մոզի:

— Մատաղացու մոզին... մատաղացու մոզին... ս. Գևորգի մոզին... քանի վախտ ա մզզում ա... բա մեղքը չի՞... բա մեղքը չի ... բա թողանք, որ շներն ու կատվանիքը զզզե՞ն...

Ասում էր ու հևալով քանդում գետինը շարունակ, հողը ցաքուցրիվ տալով շուրջը:

Ծերունին, տեղն ու տեղը քարացած, նայեց, նայեց, հետո մի «վայ» արավ և երկու ձեռքով թակելով գլուխը՝ շտապեց դեպի դուրս, հարևաններին օգնության կանչելու:

Չանցավ մի քանի րոպե, և արդեն ամբողջ թաղը դրնդում էր, թե «Թորոսանց Մարթան գժվել ա»: Էլ մեծ, էլ փոքր, էլ կին, էլ աղջիկ — ո՛վ ասես, բան ու գործ թողած, շտապում էր թամաշի: Թորոսենց խրճիթի ներսն ու դուրսն ասեղ գցելու տեղ չկար, իրար ճխլելով, իրար հրելով, իրար ոտ կոխ տալով ներս էին խցկվում հա խցկվում խրճիթի նեղ դռնից: Ձայների ժխորը բռնել էր ամբողջ փողոցը:

Մարթան նստած էր իր փորած գետնի վրա և, կացինը ձեռին, խելագարի անմիտ հայացքով նայում էր ներսը ճխտված կանանց և երեխաների ամբոխին: Շրթունքները շարունակ կրծում էր և դերիայի փեշը փաթաթում մատների վրա, ետ անում ու նորից փաթաթում: Նստած էր լուռ, բոլորովին ձայն չէր հանում, մինչև իսկ այն ժամանակ, երբ փորձում էին խոսեցնել: Մի քանի սրտոտներ փորձեցին կացինն առնել նրա ձեռից և վեր կացնել, բայց նա կացինը շեքը կոխեց, ամբողջ մարմնով կռացավ նրա վրա և սկսեց լաց լինել երեխայի պես, երբ նրա ձեռքից ուզում են խլել իր խաղալիքը:

Տեղահան արած թախտի ծայրին կծկվել, կուչ էր եկել ծերունի հայրը, կուզը ցցել, սպիտակ մորուքը թաղել ծնկների արանքին և մղկտում դառնագին:

Ներսը հավաքված կանայք նայում էին ծերունուն և նրա աղջկան խղճահարությամբ, կարեկցությամբ և մի տեսակ վախի զգացումով, որ ակամա պատում է մարդուն խելագարի հանդեպ: Եվ թեպետ ոչ ոք տեղից չէր շարժվում, բայց ամեն մեկի մեջ այդ վախի զգացումն այն աստիճան ուժեղ էր, որ բավական էր Մարթան հանկարծ վեր թռչեր տեղից և վրա պրծներ, իսկույն ամենքը գլխապատառ դուրս կփախչեին ճիչ ու ծկլթոցով:

Իսկ այն կանանց մեջ, որոնք ամբոխվել էին դուրսը՝ ներսը տեղ չլինելու պատճառով, տեղի էին ունենում հետևյալ խոսակցությունները,

— Աղջի Նատո, տեսնես ինչի՞ցն ա խելքից ըլել: Էփոն ասում ա, թե Դարչոյի հոգեառ հրեշտակն ա խփել, ջանի դորթ ա՞:

— Դե եսի՛մ, որն էդ ա ասում, որն էլ ասում ա, թե Բոլսինիսի ս.Գևորգն ա բռնել:

— Ի՛, մեռնեմ նրա զորութենին. յանի էդ խեղճին բռնում ա ի՞նչ անի: Հանդիպսի կըլի եկած:

— Ասում են, թե Դարչոյենց թախտի տակը շներ ու կատվանիք են էրնացել աչքին:

— Դրուստ ա, դրուստ, — խոսակցությանը խառնվեց մի ուրիշը, որը ամենից անտարբեր, եկել էր ամենից ուշ և գուլպա էր գործում: — Օղորմածիկ Դարչոյի էն շաշ մերը Բոլնիսի ս. Գևորգի համար ետ դրած մոզին վեր ա ունում քելեխին մորթել տալի, մատաղացուն խաշլամի տեղ ուտացնում: Բա խելքը գլխին կնիկարմատն ըտենց բան կանի՞: Որ շաշ ա, շաշ, է՛լի: Քելեխին էդ մոզու խաշլամիցը որն ուտում են՝ ուտում, մնացածն էլ դնում թախտի տակը, պահում: Եննա, իրիկնապահին, խալխը որ քաշվում ա, Դարչոյի մերը Մարթին ասում ա, որ միսը թախտի տակից հանի, դնի զանջինումը: Մարթեն հենց կռանում ա, որ հանի, տեսնում ա շներ ու կատվանիք են թոփ ըլել մսի վրեն, քրքրում: Հա՛, ըստեղ սիրտը գնում ա վախից: Վրա են թափվում, ջուրածում քրքրում, գջլտում, զոռով ետ բերում: Այ ըսենց ա ըլել բանը, թե որ դրուստն ուզում եք իմանա:

— Բա շուն ու կատու չի ըլե՞լ:

— Ի, շուն ու կատու, չէ մի ոտներ: Աչքին ա էրնացել:

Թաղի կանանց այցը վերջանալուց հետո հավաքվեցին Թորոսի հեռու-մոտիկ բարեկամ կանայք և սկսեցին խելք խելքի տալ, թե ի՞նչ դարման անեն: Խորհրդակցությանը նախագահում էր հարևան խարազ Պետոյի այրի կինը — Օսանը, որը հայտնի էր իր լեզվազարությամբ և առանց որի գործոն մասնակցության թաղում ոչինչ չէր կատարվում: Օսանի առաջարկով որոշեցին դիմել տերտերի փեսա գրբաց և հեքիմ Գրիգորին, որը մեծ հռչակ էր վայելում նախապաշարված ժողովրդի շրջանում: Բերնեբերան լեգենդներ էին պատմում նրա անվրեպ գուշակությունների և բժշկությունների մասին, այնպես որ տարվա բոլոր եղանակներին և շաբաթվա բոլոր օրերին նրա ընդունարանը լիքն էր լինում ամեն ազգի, ամեն հասակի ու սեռի, գլխավորապես կին այցելուներով, որոնք ժամերով հերթի էին սպասում: Այդպիսի պայմաններում հեշտ չէր նրան տանից դուրս բերել առանց խոշոր և կանխիկ վարձատրության: Թորոսը մի քանի գրոշներ ուներ հոգեպահուստ, մնացածը լրացրին սրտացավ բարեկամներից ոմանք, մի կլորիկ գումար կազմեցին, տվին Օսանի ձեռքը և ղրկեցին գրբաց Գրիգորի մոտ:

Գրբաց Գրիգորը սկզբում չեմուչում արեց, փողը քիչ համարեց, ասաց, թե ժամանակ չունի, վերջը, անսալով Օսանի ճարտար լեզվին, համաձայնեց և խոստացավ հետևյալ օրը ճաշից հետո այցելել հիվանդին:

Մոտ քառասուն տարեկան մսեղ մարդ էր նա, պստիկ ժպտուն աչքերով, կլորիկ, մաքուր սափրած կարմիր դեմքով, բաճկոնի տակ հագած դեղին չեսունչի արխալուղով, ոսկեզօծ նեղ քամարով և ձեռքին շարունակ մի կարճ համրիչ դեղին հատիկներով, որ նա ավելի շուտ ափից ափ էր նետում, քան հատիկները զցում:

Հետևյալ օրը ճաշից հետո նա կատարեց իր խոստումը և եկավ Օսանի առաջնորդությամբ: Նրա ճարպոտ դեմքից, մի քիչ ծուռ դրած գդակից և սովորականից ավելի ժպտուն աչքերից երևում էր, որ լավ կերել-խմել էր:

Եկավ, ու թաղը նորից զրնգաց: Այս անգամ հետաքրքրությունն ավելի մեծ էր, քան նախորդ օրը, երբ նոր էր տարածվել Մարթայի խելագարության լուրը: Թաղի կանայք, իրար ձեն տալով, վազում էին, որը ծծկեր երեխային խտտած, որը ոտաբոբիկ, որը շտապելուց չուստի մեկը մոռացած, մյուսը քարշ տալով ոտին, որը գլխի աղլուխի ծայրերը շտապ կապելով, որը կուրծքը կոճկելով: Ու ամենից առաջ, թաղի անթիվ երեխաները, համարյա թե տկլոր ու ոտաբոբիկ, թռչկոտալով ու ծկլթալով:

Դեռ նախորդ օրվանից, թախտը տեղահան անելուց և գետինը քանդելուց հետո, Մարթան բոլորովին հանգստացել էր, լեզուն փորը գցել և իր համար կար սուս ու փուս: Այժմ էլ, երբ գրբաց Գրիգորը մտավ, նա հանգիստ նստած էր թախտի վրա, արմունկը հենել ծնկանը, գլուխը դրել ափին և անթարթ նայում էր պատուհանից դուրս, կարծես խոր մտածմունքի մեջ ընկղմված:

Գրբաց Գրիգորին հարգանքով և պատկառանքով առաջարկեցին խրճիթում գտնված երկու հատիկ հնաձև աթոռներից մեկը: Նստեց և սկսեց մանրամասն հարցուփորձ անել: Սկսեցին իրար կտրելով, իրար ուղղելով, որը սկզբից, որը վերջից, որը միջից պատմել ամբողջ եղելությունը:

Գրիգորը նստած էր գդակը ետ զցած ճակատից, աթոռի մեջքին ետ ընկած, ձեռքերը դրած կրծքին, համրիչի հատիկները մեկ-մեկ գցելով, և լսում էր, նայելով մերթ Մարթային, որը նստած էր անշարժ նույն դիրքում, և մերթ դռան կողմը, որտեղից մեկը մյուսի հետևից կամացուկ, իրար հրելով ու փսփսալով ներս էին մտնում թաղի կանայք և տապ անում իրար քամակի:

Եղելության պատմությունը լսելուց հետո Գրիգորը վեր կացավ, աթոռն առավ և գնաց նստեց ուղղակի Մարթայի առջև:

Մարթան վերջապես շարժվեց, նստեց ուղիղ և սկսեց խոր դիտել նրան հոնքերը կիտած. հետո հանկարծ հոնքերը վեր նետեց. լեզուն հանեց, ծափ տվավ և սկսեց ծիծաղել:

Խելագարի այդ վարմունքի վրա մի փոթկոց բարձրացավ թամաշաչի կանանց մեջ:

Գրիգորը սակայն ոչ մի ուշադրություն չդարձրեց խելագարի այդ վարմունքի վրա, համրիչը հանգիստ կերպով զցեց արխալուղի գրպանը, մյուս գրպանից հանեց մետաքսե թաշկինակի մեջ խնամքով փաթաթած ինչ-որ մի բան և սկսեց կամաց-կամաց բաց անել հնությունից և շատ գործածելուց մաշված ու կեղտակալած կաշեկազմ մի փոքրիկ ու հաստ գրքույկ էր, որ նա անվանում էր «Սողոմոնի գիրք»: Երկար ժամանակ ծանր ու բարակ թերթելուց հետո վերջապես կանգ առավ մի երեսի վրա և սկսեց կարդալ կամացուկ:

Խրճիթում բոլոր շշուկները դադարեցին, և ամենքը լարված լռություն դարձան:

Մարթան նույնպես առաջվա պես սուս էր արել, հոնքերը կիտել և անմիտ հայացքը հառել Գրիգորի շրթունքներին: Բայց ջանցավ մի քանի րոպե, երբ հանկարծ նա երկու ձեռքով պինդ զարկեց ծնկներին, վեր թռավ տեղից, իրեն ներքև գցեց և ուզեց դուրս փախչել:

Խելագար աղջկա այդ նոր վարմունքի վրա խրճիթում տիրող հանդիսավոր սպասողական դրությունը մեկեն սոսկալի ժխորի փոխվեց: Սարսափահար ամբոխը ճիչ ու աղաղակով զցեց իրեն դեպի դուռը, բայց դուռն այնքան փոքր էր և ամենքն այնքան ճխտված էին իրար, որ համարյա ոչ ոք չկարողացավ իսկույն տեղից շարժվել, բացի դռան մոտ կանգնածներից, որոնք դուրս փախան գլխապատառ: Մինչև որ մյուսների համար էլ ճանապարհ կբացվեր դուրս փախչելու, Օսանը և մի քանի ուրիշ սրտոտներ բռնեցին խելագարին, որ փորձում էր կծել նրանց ձեռքերը, տարան նորից նստեցրին թախտի վրա և գրբացի հրամանով թոկով կապեցին նրա ձեռքերը հետևից:

Խրճիթը դատարկվեց թամաշաչի կանանցից և երեխաներից:

— Դուռը կողպեցեք, էլ ոչ ովի չթողաք մտնի, — հրամայեց գրբաց Գրիգորը, որ այժմ լուրջ և մտազբաղ կերպարանք էր առել: — Ի՞նչ ա. մայմուն խո չե՞ն խաղացնում ըստեղ:

Դուռը փակվեց: Խրճիթում մնացին, բացի իրեն Գրիգորից, խելագարից և նրա ծերունի հորից, Օսանը և այն մի քանի սրտոտները, որոնք բռնել էին Մարթային:

* * *

Գրբաց Գրիգորը նստեց իր առաջվա տեղը, Մարթայի առջև, և նորից սկսեց թերթել «Սողոմոնի գիրքը»: Խելագարն այժմ նստած էր առաջվա պես հանգիստ, առանց նույնիսկ բողոքելու, որ ձեռքերը կապել են: Խրճիթում առժամանակ կատարյալ լռություն էր տիրում: Այնինչ դրսից լսվում էր կանանց ամբոխի գժվժոցը, երեխանց կանչն ու աղմուկը: Փոքրիկ պատուհանը ծեփվել էր դրսից ներս նայող հետաքրքիր դեմքերով ու պսպղուն աչքերով, այնպես որ առանց այն էլ կիսախավար խրճիթը համարյա թե մթնել էր:

Նոր էր սկսել գրբաց Գրիգորը համապատասխան աղոթքը քթի տակ փնթփնթալ, երբ Մարթան նորից գժության նշաններ ցույց տվավ: Սկզբում ձեռքերը ձիգ ու միգ արավ, որ կապանքից ազատի, հետո տեսնելով, որ չի կարողանում, սկսեց ոտները բալդի-բալդի անել, ոլոր-մոլոր գալ և բղավել ու անիծել:

Գրիգորը գլուխը երերեց, գիրքը ծածկեց և վեր կացավ:

— Տե՛ս, տե՛ս, ինչ են անում նզովվածները, — ասաց նա խորհրդավոր կերպով, դիտելով Մարթայի խելագար շարժումները: — Ետ արեք ձեռքերը, բալքի հանգստանա:

Մարթայի ձեռքերը ետ արին, և իսկապես որ նա հանգստացավ և այժմ սկսեց միայն լաց լինել:

— Բա ես գրբաց Գրիգորը չեմ ըլի, թե որ թողնեմ էս խեղճին ըտենց չարչարեք, — ասաց Գրիգորը նույն խորհրդավոր եղանակով՝ հայտնի չէ ում հասցեին, և հրամայեց, որ մի թաս ջուր բերեն:

Թասով ջուրը բերին: Գրիգորն առավ և դրեց թախտի վրա, Մարթայի առջև:

— Մի պստիկ ըրեխա չկա՞, կանչեցեք զա:

Օսանը դուռը բաց արեց, դրսից ներս կանչեց թաղի երեխաներից մեկին, որի հագին բացի մի կեղտոտ շապիկից ուրիշ բան չկար, և շտապեց դուռը նորից փակել մի քանի կանանց երեսին, որոնք օգտվելով այդ հանգամանքից, ուզում էին ներս պրծնել:

Գրիգորը երեխայի ձեռքից բռնեց, տարավ նստեցրեց թախտի վրա և թասով ջուրը քաշեց նրա առջև:

— Իստակ մուռ չունե՞ք, բերեք մի ջուխտ:

Թորոսը դողդոջուն ձեռքերով թարեքից հանեց երկու հատ դեղին լղարիկ մեղրամոմ, որից նա ամեն կիրակնտեքին վառում էր իր դազգահի վրա, և տվավ գրբացին:

Գրիգորը մոմերը կպցրեց թասի պռնկին իրար դիմաց և դարձավ ներկաներին՝ դեմքի անսովոր խորհրդավոր արտահայտությամբ:

— Բա ասիլ չեք, էս խեղճի փորը սատանեք են մտել...

— Ո՞նց թե սատանեք, — դուրս թռավ ամենքի բերանից:

— Սատանեքը ո՞նց կըլեն, պոզավոր ու պոչավոր, իսկական սատանեք եմ ասում, հանաք չկարծեք:

Զարհուրանքը տիրեց ներկաներին, մի քանիսը նույնիսկ երեսները խաչակնքեցին: Ծերունի Թորոսը խո տեղն ու տեղը քարացավ, նա միայն անատամ բերանը բաց արավ և երկայն մորուքը տմբտմբացնելով, առանց այն էլ ծերությունից առաջ ընկած գլուխն ավելի առաջ տարավ դեպի գրբաց Գրիգորը և հարցրեց.

— Ետո ...

— Ետո ի՞նչ: Ետո էն, որ իրեք հատ են ու շատ էլ չար: Խո տեսաք, երկու հետ, հենց որ սկսեցի աղոթքը կարդալ, ոնց գժվացրին: Ուզում են էս խեղճին տանեն ջուրը գցեն:

Գրբաց Գրիգորի այդ խոսքերի վրա խեղճ ծերունու գլուխը սկսեց ավելի շարժվել:

— Ա՛ քե մատաղ, — բացականչեց նա լալագին ձայնով, — ախր սատանեքը սրա փորն են մտնում, ի՞նչ անեն:

— Բա. Գևորգի համար ետ դրած մատաղացուն մեռելի քելեխին մորթելը հանաք բան եք կարծո՞ւմ. բա սուրբն անպատիժ կթողնի՞ էդ տեսակ բանը:

— Լավ, մեռնեմ իրան, սա էր մորթիլ տվի՞լ, որ սրան ա պատժել:

— Դու գիտում չես, բիձա ջան, սուրբն արդարին ա բռնում, որ մեղավորները խելքի գան, իրան ընդդեմ բան չանեն: Համա դու դարդ մի անի, — ավելացրեց Գրիգորը խրախուսիչ ժպիտով խփելով ծերունու ուսին, — ես էս ա, լավացնելու եմ: Ինձ գրքաց Գրիգոր կասեն, սատանեք չէ, Մաղայելն էլ գա, իմ ձեռքից պրծնիլ չի: Դե, հըմի սկսենք:

Նա հրամայեց, որ երկու հոգի նստեն Մարթայի աջ ու ձախ կողմը, որպեսզի, եթե նրա փորի մեջ նստած սատանաները, ո՛վ գիտե, նորից վեր թռցնեն նրան, որ տանեն ջուրը գցեն, բռնեն նրան, չթողնեն փախչի:

Օսանը և մի ուրիշը նստեցին Մարթայի այս ու այն կողմը: Թորոսը տեղավորվեց թախտի ծայրին: Իսկ ինքը Մարթան նստած էր հանգիստ, միանգամայն անտարբեր, թե ինչ են ասում և անում իր շուրջը:

Գրիգորը մոմերը վառեց, նստեց իր առաջվա տեղը, աթոռի վրա, նորից բաց արավ «Սողոմոնի գիրքը» և ասաց.

— Հըմի ես աղոթքը վրա իրեք անգամ կկարդամ, սատանեքը մեկ-մեկ դուրս կգան, կընկնեն էս թասի ջուրը:

Համա մենք տեսնիլ չենք, մենակ էս ըրեխեն կտեսնի, չունքի անմեղ ա: Պստիկ, — դարձավ նա թասի առջև ծալապատիկ նստած երեխային, — մտիկ արա էս ջրին. աչքդ հեռացնես ոչ, հենց որ տեսնաս սատաները մեջն են ընկնում, իմաց արա ինձ: Իմացա՞ր:

Երեխան տմբտմբացրեց գլուխը և աչքերը չորս շինած հառեց թասի ջրին:

Գրիգորն սկսեց կիսաձայն կարդալ, նայելով մերթ գրքին, մերթ Մարթային և մերթ երեխային: Ներկաներին տիրել էր նախապաշարվածներին և սնոտիապաշտներին հատուկ այն սրբազան երկյուղածությունը, որով նրանք սպասում են հրաշքի, այդ տրամադրությունը սակայն ավելի նման էր ներքին սարսափի, որովհետև գործը վերաբերում էր սատանաներին: Սպասողական դրության մեջ նրանք ևս իրենց կողմից նայում էին մերթ գրբացի շրթունքներին, մերթ Մարթային և մերթ երեխայի առջև դրած թասին, երևի մտածելով, թե գուցե իրենք էլ տեսնեն սատանաներին, բայց անշուշտ ոչ ոքի մտքով չէր անցնում, թե ինչքան փոքր պիտի լինեն այդ սատանաները, որ տեղավորվեն և խեղդվեն թասի ջրի մեջ:

Իսկ Մարթան նստած էր լուռ ու անշարժ և այնքան լուրջ, որ ոչ ոք չէր կարծի, թե խելագար է: Նա աչքերը հառել էր վառած մոմերին, որոնք, ըստ երևույթին, նրա խանգարված ուղեղի մեջ մութ հիշողություններ էին հարուցանում իր առողջ ժամանակվա նախապաշարված-բարեպաշտական կյանքից, խաչերից ու սրբերից:

Այնինչ կանանց ամբոխի ժխորը շարունակվում էր դուրսը, միանգամայն հակապատկերը ներկայացնելով խրճիթում տիրող հանդիսավոր-սպասողական լռության, որը խանգարվում էր միայն գրբացի կիսաձայն ընթերցումով: Պատուհանի ապակիները ավելի էին ծեփվել հետաքրքիր դեմքերով, ըստ երևույթին դուրսն էլ զգացել էին, որ ներսն ինչ-որ խորհրդավոր բան է կատարվում:

— Հը, մեջը չընկա՞ն, — երկար ժամանակից հետո հարցրեց գրբացը երեխային, ընթերցումն ընդհատելով:

Երեխան առանց աչքերը հեռացնելու թասի ջրից գլուխը բացասական կերպով շարժեց:

— Ղայիմ են նստած, է՛, — ասաց Գրիգորը և շարունակեց ընթերցումը:

Անցավ դարձյալ հինգ րոպե:

— Հը՞, էլի չընկա՞ն:

— Չէ, — պատասխանեց երեխան:

Երրորդ անգամ կրկնվեց նույն հարց ու պատասխանը, անպիտան չար սատանաները ոչ մի պայմանով չէին ուզում դուրս գալ Մարթայի փորից և թասի ջրի մեջ խեղդվել:

Թորոսը, Օսանը և մյուսները մի տեսակ հարցական հայացքով, կարծես խոսքը մեկ արած, լուռ նայեցին իրար երեսի, պարզ էր, որ կասկածի ու թերահավատության առաջին շողն էր այդ, որ վայրկենապես լուսավորեց նրանց խավար միտքը:

Գրիգորն իսկույն զգաց այդ ու մինչդեռ ներքին շփոթմունքը զսպած՝ չէր իմանում ինչ անի, որ դուրս գա իր անհաձո դրությունից, Մարթան հանկարծ չանչ արավ նրա վրա, փչեց հանգցրեց մոմերը և սկսեց բարձրաձայն ծիծաղել իր խելագար ծիծաղով:

Գրիգորը ճարպկորեն օգտվեց այդ հանգամանքից:

— Տեսա՞ք, — ասաց նա դառն ժպիտով. — էս ինքը չէր, է. էդ էն նզովյալներն էին, որ հանգցրին — մթամ թե բանի տեղ չենք դնում քո աղոթքը: Դե որ ըտենց ա, հըմի ես գիտամ...

Նա պատվիրեց, որ թասը վերցնեն, «Սողոմոնի գիրքը» փաթաթեց թաշկինակի մեջ, գրպանը կոխեց և վեր կացավ:

— Կարա՞ք մի լախտի կամ մաթրախ ճարեք:

Այդ տարօրինակ պահանջը մի նոր զարմանքի առիթ տվավ ներկաներին:

— Լախտի ... մաթրա՞խ, — հարցրին այս ու այն կողմից:

— Հա՛, հա՛, լախտի կամ մաթրախ, որն ուզում ա ըլի — մեկ ա:

— Ընչի՞ համար, — հարցրեց Թորոսը ինչ-որ վատ բան գուշակելով:

— Դե հըմի ես նստեմ ձեզ մին-մին պատմե՞մ, թե ընչի համար, — հանկարծ բղավեց Գրիգորը զրգռված ավելի իր անաջողությունից, քան թե այդ հարցուփորձից: — Ասում եմ ճարեցեք՝ ճարեցեք, թե չէ, էսա, կթողնեմ կգնամ:

Ու մինչդեռ, նրա բարկությունից վախեցած, Օսանն ու մյուսները փսփսալով խորհրդակցում էին իրար հետ, թե որտեղից ճարեն լախտին կամ մաթրախը, նա նորից գոռաց անհամբեր:

— Դե շո՛ւտ. ես խո կարալ չեմ ըստեղ տասը սհաթ նստի, հըես որտեղ որ ա, կմթնի:

Օսանը, կիսատ թողնելով խորհրդակցությունը, շտապեց դուրս՝ ասելով, «էսա, գնում եմ ճարեմ», բայց բավական ժամանակ անցավ, մինչև որ վերադարձավ մի մաթրախ ձեռքին:

Գրիգորը մաթրախն առավ և հրամայեց, որ ամենքը դուրս գնան:

Այս բանն ավելի մեծ կասկած զարթեցրեց, բայց ոչ ոք չհամարձակվեց ձայն-ծպտուն հանել, որովհետև Գրիգորն այն աստիճան դաժան կերպարանք էր առել, որ կարծես այն քաղցրախոս և ժպտերես մարդը չէր այլևս: Միայն Թորոսն էր, որ համարձակորեն հարցրեց,

— Ես է՛լ:

— Ամե՛նքդ, ամե՛նքդ: Դու էլ, ա՛յ լակոտ, — դարձավ Գրիգորը երեխային, որ համարձակ ցցվել էր նրա առջև, ըստ երևույթին սպասելով, թե մի նոր պաշտոն պիտի հանձնեն իրեն:

Ամենից առաջ դուրս թռավ երեխան: Այնուհետև սուս ու փուս մեկը մյուսի հետևից դուրս գնացին Թորոսը, Օսանը և մյուսները:

— Էդ խալխին էլ քշեցեք ակոշկի մոտից, օչ ովի թողնեք ոչ մտիկ անի, — գոռաց նրանց հետևից Գրիգորը և դուռը փակեց:

* * *

Թորոսը մեծ անհանգստությամբ և մութ կասկածները սրտում նստեց հենց այնտեղ, դռան մոտ գետնի մեջ խրված սալ քարի վրա, երկայն մորուքը կախելով չորիկ-մորիկ ծնկների արանքում, իսկ Օսանը մտազբաղ դեմքով սկսեց հեռացնել կանանց ամբոխը պատուհանի մոտից, միևնույն ժամանակ կցկտուր պատասխաններ տալով չորս կողմից իրեն ուղղված անհամբեր հարցուփորձերին: Նույն հարցուփորձերով շրջապատել էին երեխային և մյուսներին, որոնք ներկա էին եղել խրճիթում կատարվածին: Սատանաների անունն իր ազդեցությունը գործեց. ոմանք երեսները խաչակնքեցին, ոմանք ահ ու դողով բռնված կարկամեցին, ոմանք էլ թերահավատներից՝ քթերը վեր քաշեցին, ասելով «սատանեք, չէ մի, ոտներ»: Բայց ընդհանուր ժխորն այժմ միանգամից դադարեց: Հետաքրքրությունն իր գագաթնակետին էր հասել, այժմ անհամբեր սպասում էին, թե ի՞նչ պիտի կատարվի ներսը, խրճիթում:

Իսկ խրճիթն աոժամանակ խորհրդավոր լռություն էր պահպանում:

Մեկ էլ հանկարծ ներսից մի սարսափելի ճիչ լսվեց, որին հետևեցին սրտամաշ աղաղակներ:

Փողոցը մի րոպե քարացավ: Հետո սաստիկ իրարանցում ընկավ:

Օսանը, որ մեջքը պատուհանի կողմն արած ոչ ոքի մոտ չէր թողնում, արագ շուռ եկավ և ձեռքերն այտերի մոտ բռնած ներս նայեց ապակուց:

Ամբոխը վրա վազեց դեպի պատուհանը:

Ներսից աղաղակները լսվում էին միալար և քանի գնում՝ սաստկանում էին: Մեջ ընդ մեջ լսվում էին ինչ-որ բութ բանի դիպչող հարվածներ, կարծես ճիպոտով կապերտ էին թափ տալիս և ամեն մի հարվածին հետևում էր գրբացի հատու ձայնը, որ ասում էր, «սսա սատանեքի անունը, սսա սատանեքի անունը...»:

— Վու՜յ, քոռանամ ես, աղջի, ծեծում ա մաթրախով, ծեծում, — ճվաց Օսանը և երեսն ավելի պինդ կպցրեց ապակուն:

— Հա, էլի՜, հա, էլի՜, աղջի, — ասաց մի ուրիշ կին, որ նույնպես աչքերը չռած նայում էր պատուհանից ներս: — Վո՜ւյ, վո՜ւյ, նոց ա թակում, ձեզ մեռնեմ... Քա՜, քա՜, քա, ձեռներն ու ոտներն էլ կապել ա թոկով... Վո՜ւյ, վո՜ւյ, վո՜ւյ, ո՜նց ա թեփռին-թեփռին գալիս, ձեզ մատաղ...

Ու, այլևս չկարողանալով դիմանալ, նա սկսեց ծեծել պատուհանը, հետո դարձավ դեպի ամբոխը և աղաղակեց;

— Աղջի, ի՞նչ եք ըստեղ փետացել, գնացեք բաց անիլ տվեք դուռը, սպանեց, է՜, սպանեց էն խեղճ աղջկան...

Բայց մինչ զարմանքից քարացած ամբոխը տեղից կշարժվեր, Օսանն ամենից առաջ վազեց դեպի դուռը և սկսեց ծեծել: Նրան հետևեցին ուրիշները: Եվ բազմաթիվ ձեռքերի կատաղի հարվածներ էին, որ իջնում էին հնությունից փայտոջիլներով ծածկված խարխուլ դռան տախտակներին: Այդ հարվածների ձայնը, ներսից լսվող Մարթայի աղեկտուր աղաղակները, դուրսն ամբոխված կանանց և երեխաների դժվժոցը մի կատարյալ Սոդոմ-Գոմոր էին դարձրել փողոցը:

Թորոսը վեր էր կացել նստած տեղից և իր երերուն ոտների վրա հազիվ կանգնած, ծեր գլուխը հազիվ տմբտմբացնելով, ապուշի պես նայում էր մեկ սրան, մեկ նրան և հարցնում.

— Ինչ՞ա, ինչ՞ա...

* * *

Այդ միջոցին այրի Օսանի պսակած տղան, որին թաբախ ման ածող Ցական էին ասում (նա շրջիկ մրգավաճառ էր), տուն դարձավ դատարկ թաբախը գլխին, կշեռքն ուսին, չիբուխը բերնին: Նա մի րոպե կանգ առավ իրենց դռան առջև, անտարբեր նայեց փողոցում աղմկող կանանց ամբոխին, կարծելով, թե կանացի սովորական մի կռիվ է, որպիսին համարյա թե ամեն օր պատահում էր թաղում, բայց տեսնելով, որ դա սովորական ղալմաղալներից չէ, այլ ինչ-որ մի արտակարգ բան է կատարվում, թաբախը դրեց գետնին, կշեռքը հանեց ուսից, թասակի հետ զցեց թաբախի մեջ և, չիբուխը հանելով բերնից, հարցրեց մոտ վազող կնոջը.

— Էս ի՞նչ խաբար ա:

Կինը, չափազանց հուզված, կցկտուր խոսքերով պատմեց նրան եղելությունը:

— Էն Մարթեն ա բղավո՞ւմ, — հարցրեց Ցականը ուշադիր լսելուց հետո:

— Հա բա՛, հա բա՛, — պատասխանեց կինը լացակումած: — Սպանեց էն խեղճին, սպանեց ծեծելով: Դուռն էլ, տեսնում ես, քանի վախտ ա, չի բաց անում...

Ցականը հանգած չիբուխը թափ տվեց կռան վրա և, խրելով մեջքի կաշու գոտկի մեջ, առանց շտապելու, սակայն լայն քայլերով դիմեց դեպի Թորոսենց խրճիթի դուռը, որը դեռևս ծեծում էին կատաղի թափով:

— Դեսը մի, տեսնեմ, — ասաց նա: Նրան իսկույն ճանապարհ տվին:

Իր ֆիզիկական ուժի վրա վստահ մարդու հանգստությամբ նա մոտեցավ, մի ձեռքը գցեց դռան տակը, ուր տախտակներից մեկի ծայրն անձրևներից փտել ընկել էր, մյուսով բռնեց երկաթի փականքից, բարձրացրեց և միանգամից դուռը կրնկահան ներս շպրտեց խրճիթը:

Նա մտավ և նրա հետևից ներս թափվեց ամբոխը:

Նրա աչքի առջև բացվեց հետևյալ տեսարանը. Մարթան ձեռքն ու ոտքը կապած կողքի վրա ընկած էր թախտի վրա, սպիտակ աղլուխն ընկել էր գլխից և դեմքը ծածկվել ցաքուցրիվ մազերի մեջ, այժմ այլևս չէր ճչում, չէր շարժվում, այլ միայն նվում էր ֆիզիկական ցավերից հոգնած: Նրա մոտ կանգնած էր գրքաց Գրիգորը մաթրախը ձեռին, քրտնքակոխ և հևալով: Դռան կրնկահան ընկնելը, և խրճիթն ամբոխով լցվելն, ըստ երևույթին, այնքան անսպասելի էր նրա համար, որ նա միանգամից գունատվեց և տեղն ու տեղը մնաց քարացած:

Թորոսը հազիվ ոտները շարժելով մոտեցավ թախտին և, խոնարհվելով աղջկա վրա, շշնջաց աղեկտուր ձայնով,

— Բալա ջան, որդի ջան...

Օսանը և մի քանի ուրիշ կանայք, սիրտ առած Յականի ներկայությունից, վրա թափվեցին և սկսեցին արձակել Մարթայի կապանքները, ասելով

— Վայ քո սիրտը չմեռնի, էս ոնց ա կալուկապ արել... Յականն իր երկայն ու մեկ հասակով ցցվեց վախից և շփոթմունքից տեղն ու տեղը ցամաքած Գրիգորի առջև: Նրա աչքերը վառվում էին ներքին զսպած վրդովմունքից:

— Էս ի՞նչ ես արել, — ասաց նա, ցույց տալով Մարթային, որի ձայնը քանի գնում նվազում էր: — Ըենց ես լավացնո՞ւմ դու հիվանդներին:

— Բա որ աղոթքը կտրում չէր, — թոթովեց Գրիգորը:

— Ի՞նչ աղոթք:

— Սատանեքին քշելու աղոթքը:

— Ի՞նչ սատանեք, տո : Ես էլ խո կնիկարմատ չեմ, որ ուզում ես խաբի: Խո չես ուզում էս սրիաթին բուրդդ զզեմ: Ընենց անաստոձ բան կըլի՞, որ դու ես արել:

— Բա զժին լավացնելը ո՞նց ես ուզում:

— Հըմի՛, քո խելքով, սա գիժ ա ու դու խելոք, է՛լի: Տո, քու խելքդ հրես էս չի՞, էնքան ծեծել ես, որ քիչ ա մնում մեռնի: Աղոթք ու սատանեք ասում ա: Տո անտեր-մունդռիկ, բա մի մարդավարի փեշակ չկա՞ր, որ գնացել ջաղուբազ կնկա փեշակ ես բռնե՞լ: Բա էլ ի՞նչ ես գդակ գնում գլխիդ, գնա լաչակ ծածկի, է՛լի: Փո՛ւ, ես քո մարդ ասողին ինչ ասեմ: Որտեղից էլ մոգոնել ա, թե սատանեք են մտել փորը: Մի հարցնող ըլի — ի՞նչ ա սատանեն, ո՞րտեղից ա մտել, ընչի՞ ա մտել: Տո, թե սատանա ես ուզում, հրեդ տեղն ու տեղդ սատանա ես, էլի, որ սուտ-սուտ բաներով խալխին խաբում ես, փողերը ցնցլում, փորդ տռզացնում:

— Սուտ-սուտ բաներով, բա ի՞նչ, — վրա բերին մի քանի կանայք, սրտապնդված Ցականի համարձակ խոսքերից:

— Ինչքա՞ն ես առել, դրուստ ասա, — շարունակեց Ցականը, — էդ մաթրախը հլա մի դեսը տուր... ու առանց սպասելու, որ գրբաց Գրիգորը ինքը տա, մաթրախը խլեց նրա ձեռքից և կրկնեց.

— Ասա, ինչքա՞ն ես առել:

— Քսան մանեթ, Ցական ջան, քսան մանեթ, — կանչեցին ձայներ:

— Հլա ասում էր քիչ ա, — ավելացրեց Օսանը, որ մյուս կանանց հետ դեռևս զբաղված էր Մարթայով:

— Հլա քիչ ա, հը՞, — աչքերը ոլորելով Գրիգորի վրա, գլուխը երերեց Ցականը: — Քսան մանեթ... Տո, ես սաղ օրը թրև եմ գալի քուչերը, օրը մի ջուխտ չուստ եմ մաշում, շատ բղավելուց բողազս ցավում ա, թաքախից շլինքս փետացել ա, քիչ ա մնում կոտրվի, ու մի քսան շայի անջաղ եմ դատում, որ օղլուշաղս պահեմ, — դու քու սուտ աղոթքի ու գրի համար քսան մանեթ ես առնո՞ւմ, էն էլ ո՞ւմից (Ցականը բռնեց Թորոսի թևից և առաջ քաշեց), — սրանի՞ց, էս նաչար հալևորի՞ց: Բա չամաչեցի՞ր սրա սպիտակ միրքիցը, բա էս սուրբ միրուքը խոռով չկենա՞ քու գլխին: Քու լավացրածն էլ էս չի՞ (Ցականը դարձյալ մատնացույց արավ թախտի վրա կիսամեռ ընկած Մարթային), ձենը անջաղ ա դուս գալի, էնքան ես ծեծել:

Իսկապես Մարթան այնքան նվաղել էր, որ թույլ հառաչանքի հետ հազիվ էին լսվում նրա բերնից դուրս թռչող խոսքերը. «Վայ, մեռա... վայ, մեռա...»:

— Հանի էս սըհաթին քաղն մանեթը, թե չէ, տեսնում է՞ս էս մաթրախը, կոթն էլ հետը կկոտրեմ վրեդ: Հը, ի՞նչ ես փետացել, հանի՛, քեզ ասում եմ, — գոռաց Ցականը աչքերը կրակ կտրած:

— Ախպեր, ի՞նչ ես ուզում ինձանից, — խոսեց վերջապես գրբաց Գրիգորը, չուզելով այդպես շուտ անձնատուր լինել, առանց իրեն արդարացնելու: — Ես խո զոռով չեկա, չէին ուզում՝ չէին կանչի, փողն էլ խո զոռով չառա, չէին ուզում՝ չէին տա: Այ հարցրու, է՛լի. ես գալիս ի՞, հազար ու մի աղաչանք-պաղատանքով չբերի՞ն:

— Հըմի չես ուզում տա, է՛լի, — հանգիստ լսելուց հետո ասաց Ցականը չարագուշակ ձայնով և մաթրախը բարձրացրեց:

Կինը, որ կանգնած էր կողքին, վրա ընկավ նրա թևին.

— Վո՛ւյ, Ցական ջան, — շշնջաց նա վախեցած, — կանիծի...

— Տո, դե՛նը գնա հա՛, — ասաց Ցականն արհամարհանքով, թևը խլելով կնոջ ձեռքից: — Կանիծի... Ես մեկ սրա աղոթքին եմ հավատում, մեկ էլ անեծքից վախենում: Սուտ խո չի ասում. էս դիփ ձեր բաներն ա: Կնիկարմատներ չե՞ք հավի խելքով: Դուք որ չըլեք, էս ջաղուբազները ո՞րտեղից կըլեն... Հը՛, ի՞նչ ես ասում, — դարձավ նա գրբաց Գրիգորին, — տալիս է՞ս, թե չէ:

Գրբաց Գրիգորը դեռևս տատանվում էր. երևում էր, որ շատ դժվար էր նրա համար քաղն ռուբլուց զրկվելը, բայց մի կողմից Ցականի բռնած սպառնական դիրքը, մյուս կողմից այն վախը, որ բռնել էր նրան, տեսնելով իր «բժշկության» հետևանքը, ստիպեցին նրան հնազանդվել:

— Որ զոռի ես կանգնել, կտամ, ճարս ի՞նչ, — ասաց նա ձեռքը կոխելով բաճկոնի ծոցի գրպանը: Այնտեղից հանեց կաշվե մի հաստ թղթապանակ, համրեց քսան ռուբլին և, տալով Ցականին, ավելացրեց. — տալիս եմ, համա իմաց կաց, որ արածդ մարդավարութին չի: Ափսոս իմ ժամանակը, էսքան վախտ, որ իմ տանը նստած ըլեի...

— Դե էլ շատ մի՛ խոսա, — ընդհատեց նրան Ցականը, — փասա-փուսեդ քաշի գնա:

Գրբաց Գրիգորը գդակը քաշեց աչքերին և, ամոթից ու անզոր կատաղությունից գունատ, կանանց ծաղրական ժպիտների տակ դիմեց դեպի դուռը:

— Համա չկարծես, թե էդ ա, պրծար, — կանչեց նրա հետևից Ցականը. — թող մի էս աղջիկը չլավանա քու դամղեքից... իմ մարդավարութինը, դու էն վախտը կտեսնաս...

Մարթան թեև շուտով լավացավ մաթրախի խարաններից, բայց մի քանի ամսից հետո մեռավ նույն խելագար դրության մեջ: Նրան շուտով հետևեց և ծերունի հայրը:

Իսկ գրբաց Գրիգորը մինչև օրս էլ շարունակում է իր արհեստը՝ առաջվա պես ժպտուն աչքերով և կարմիր այտերով:

1880

ՍԱՔՈՒԼՆ ՈՒԽՏ ԳՆԱՑ

Դուրգար Սաքուլը կամաց բաց արեց դուռը և ներս մտավ:

Նրա կինը՝ Նատոն, թևերը մինչև արմունկները քշտած պպզած էր հատակի վրա և լվացք էր անում կոծկած թաքախում: Բուխարու մեջ կասկարայի վրա դրած կաթսայի տակ մի քանի բարակ փայտ էր ծխում: Հողե հատակի վրա բավական ցեխ էր գոյացել և լվացքի սապնոտ ջուրը տեղ-տեղ գուբ էր կապել: Սենյակի օդը հագեցած էր խոնավության, սապնաջրի և ծխի գարշ հոտով: Թախտի վրա դրած օրորոցի մեջ քնած էր ծծի երեխան:

Կինը նայեց մարդու հիվանդոտ, թախծալի երեսին, և նրա սիրտը ճմլվեց: «էլի լավ չի» — մտածեց նա և վշտահար մնաց նայելիս մարդու երեսին:

Սաքուլը դուռը ետ դրեց, գնաց դեպի թախտը, մութաքեն առաջ քաշեց և պառկեց:

— Մի բան գցի վրես, — ասաց նա թույլ ձայնով և ոտները կուչ ածեց:

Նատոն սապնոտ ձեռները սրբեց, վեր կացավ, բարձրացավ թախտը, ցեխոտ չուստերը թողնելով գետնին, ծալքից հանեց բավական մեծ ու հաստ մի վերմակ և ծածկեց մարդուն:

— Լավ ծածկի, ջանս սրթսրթում ա, — ասաց Սաքուլը, վերմակը գլխին քաշելով:

Նատոն վերմակի ծայրերը ներս կոխեց կողքերից, որ բաց տեղեր չմնան:

— Ուզում ես, մի լըհեր էլ ծածկեմ, — ասաց:

— Ծածկի:

Նատոն բերեց մի ուրիշ վերմակ էլ գցեց նրա վրա և նորից կողքերը տապտպեց: Այժմ Սաքուլը ոտով-գլխով կորած էր վերմակների տակ: Նատոն լվացքը մոռացած՝ առժամանակ նստած մնաց մարդու մոտ: Կարճ, թախծալից լռությունից հետո վերմակների ծայրերը ետ քաշեց մարդու երեսից և շշնջաց.

— Սաքո՞ւլ:

Սաքուլն աչքերը բաց արեց և նայեց նրան հարցական՝ հայացքով:

— Բա չգնացի՞ր հիվանդանոց:

— Գնացի:

— Ի՞նչ ասեցին:

— Տասը շայի են ուզում:

— Բա ասում են, ով չունի՝ չեն ուզում:

— Ասեցին պոլիցիցը ան տերտերիցը թուղթ բեր, որ չունես:

— Ետո, գնացի՞ր պոլիցեն:

— Սև գրողը տեսնի պոլիցի երեսը, նրանց «զավթրի» գլուխը ո՞վ ունի:

— Դե տերտերի մոտ կգնայիր:

— Տերտերի հերն էլ ընտեղ անիծեմ: Նոր չէ՞ր, որ տեսա մեյդանումը փորը ցցած: Տասը շային ի՞նչ ա, ասում ա, ջահել մարդ ես, մի օր որ բանես, ասում ա, տասը շայի չէ, իրեք մանեթ էլ կվեկալնես: Ախր, տեր հայր, ասում եմ, ջանս չի գալիս: Լավ, ասում ա, հանաք եմ անում, կիրակի օրը ժամ արի, ասում ա, կտամ:

— Ա՜յ, նրա ջանը դուրս գա, — սրտով բացականչեց Նատոն: — Էդ հալով մինչև կիրակի ո՞նց մուլափ տաս: Քելեխ ըլեր, ձեռաց ո՞նց վազ կտար:

Ու լռեց դաղված սրտով: Եվ երկար ժամանակ անասելի վշտով նայում էր մարդու մաշված, դեղնած դեմքին, որի վրա հիվանդությունը մեռելային անզգայություն էր դրոշմել: Երեք ամբողջ տարի է, որ այդ անհասկանալի հիվանդությունը օր-օրի վրա հալում, մաշում է Սաքուլին: Էլ դեղ չմնաց, որ փորը չածեց, էլ հեքիմ չմնաց, որին չդիմեց: Օրեր ու շաբաթներ խաչերի դռանն անցկացրին, մատաղներ մորթեցին, կարմիր ու սպիտակ հագցրին, բայց և այնպես ոչի՛նչ, ոչի՛նչ չօգնեց: Ընդհակառակը՝ Սաքուլն օր օրի վրա վատացավ, հիվանդությունն ավելի խոր բնակալեց: Սկզբներում էլի քիչ ու միչ կարողանում էր բանել, բայց վերջին ժամանակներն ուրագը մի քանի անգամ վրա անելուց հետո շունչը կտրվում էր և սիրտն այնպես արագ բաբախում, որ կարծում էր, թե դուրս պիտի պրծնի բերնից: Այդ երեք տարվա ընթացքում նրանք քանդվեցին, քարը քսվեցին, տանն էլ ոսկեղեն ու արծաթեղեն չմնաց գրավ դրին, ժամանակին չկարողացան թափել-կորցրին, ավելորդ բաները ծախեցին-ծախծխեցին, հետո պարտքերի մեջ թաղվեցին և այսօր, երբ երթևեկ հիվանդների քաղաքային բուժարանում կանոնավոր դեղ ու դարման անելու համար «տասը շայի» են ուզում, չկա:

Նատոն մի ծանր թառանչ քաշեց:

— Սաքո՞ւլ, — շշնջաց նորից: Սաքուլն աչքերը բաց արեց:

— Սոված չե՞ս:

— Չէ:

— Ախր ոչ երեկ, ոչ էսօր զադ չես առել բերանդ, մի բան էլ ա կե, որ ու ունենաս: Հեղնարանք մատաղ են բերել, քեզ հմար եմ պահել, վեր կաց, կե: Ազին էլ հրես փռնիցը հացերը կբերի:

— Որ չեմ ուզում, ի՞նչ ուտեմ:

— Հաջաթ չի, զոռով կե: Թե չէ, բերանդ ըտենց հուպ տված խռ ջլիս հալից կընկնես: Վեր կաց:

— Էէ՛հ, — նեղսրտությամբ արտասանեց Սաքուլը և աչքերը նորից փակեց:

Նատոն կրկին հառաչեց և կարճ ժամանակ նստած էր լուռ ու վշտահար մտածմունքի մեջ:

— Հա՛, Սաքուլ ջան, — հանկարծ ասաց նա, ըստ երևույթին, մի բան հիշելով: — Առավոտն ուզում էի պատմեմ քեզ, վեր կենամ տեսնեմ գնացել ես: Գիշերս ախր մի զարմանալի էրազ տեսա: Մթամ թե դու ըտենց թախտի վրա պառկած ես, մեկ էլ տեսնեմ մի կարմիր ձիավոր թուրը ձեռին նի ընկավ ու վրա պրծավ քեզ: «Ի՞նչ ես պառկել, ասում ա, ընչի չես գալի: Էս սըհաթիս թրովս կտամ, ասում ա, կես կանեմ, թե չես էկել»: Ու թուրը դորթ, որ վրա չբերե՛ց:

Հա՛, ըստեղ ես զարթեցի: Միրտս ընենց լքլքոցն էր ընկել, որ կարծում էի՝ դորթ էր: Հըմի, Սաքուլ ջան, ասում եմ, Ազին որ գա, բացանողի մոտ դրկենք: Ես ի՞նչ գիտամ, բալի էլի խաչիցն ես, ու անմեղ տեղը քեզ պտի փչացնես դեղերով:

— Տո, էլի խաչ, — վրա բերեց Սաքուլը դառն հանդիմանությամբ:

— Վո՛ւյ, ըտենց մի ասի, Սաքուլ ջան, խաչը կնեղանա, — ասաց Նատոն վախեցած: — Ղորթ ա, խաչերի դուռը շատ ենք ման եկել, համա ի՞նչ կա որ, էս մեկն էլ փորձենք: Ախր չես իմանում, է , իմ օրումս ըսենց ափաշքարա տեսած չեմ. կասես էս նըմուտին էլ կանգնած ա աչքիս առաջը ձիուն նստած, թուրը հանած: Հը՞, Սաքուլ ջան, Ազին որ գա, դրկե՞նք:

Սաքուլն արդեն ծածկել էլ աչքերը ձանձրացած:

— Է՛հ, արեք, ինչ ուզում եք, — ասաց նա խորին անտարբերությամբ:

— Հա՛, Սաքուլ ջան, դրկենք, դրկենք:

Օրորոցի երեխան լաց եղավ:

Նատոն վեր կացավ, գնաց չոքեց օրորոցի մոտ, նախ սկսեց օրորել, հետո որ տեսավ ձայնը չի կտրում, ծիծը բերանը դրեց և, մի ձեռքով օրորոցը գրկած, մտախոհության մեջ ընկավ աչքերը մի կետի հառած:

* * *

Դուռը բացվեց: Կապույտ սուփրի մեջ հացերը շալակին, տնքտնքալով մտավ Ազին — Սաքուլի մայրը, կարճահասակ, չորացած պառավ մի կին, վշտահար, խորշոմած բարի դեմքով: Հետնից մտավ նրա թոռը — չորս-հինգ տարեկան վտիտ մի աղջիկ, ձեռներով երկու հաց իրար վրա պինդ սեղմած կրծքին: Հացերից մեկը, տակինը, սահել էր ներքև և սպառնում էր ընկնել: Նա վազելով հասավ թախտին, բարձրացավ ոտների ծայրերի վրա և հացերն անվնաս դրեց թախտի ծայրին:

— Ըհը, հըլա չէր պառկել, — տխուր քրթմնջաց պառավը,

տեսնելով որդուն թախտին: — Ասա, որ կարում չես, էլ խի ես ծեքծքալի դուրս գնում:

Շալակի հացը դրեց թախտի վրա և կամաց դարձավ հարսին.

— Աղջի քնած ա՞:

— Գիտում չեմ, նոր զարթուն էր, — պատասխանեց Նատոն:

Պառավը մոտեցավ որդուն և խոնարհվեց նրա վրա:

— Սաքուլ ջան:

— Հը՜:

— Քնած չե՞ս:

— Չէ:

— Ո՞նց ես:

— Է՜հ, եսի՞մ ոնց եմ:

— Տաք-տաք հաց եմ բերել, վե կաց կե:

— Օ՜հ, զահլա տարաք, է՜լի, — ջղայնոտությամբ արտասանեց Սաքուլը վերմակների տակից և շուռ եկավ մյուս կողքին:

Պառավը, խորին վշտով համակված, մի կարճ ժամանակ խոնարհված մնաց որդու վրա, հետո մի ծանր թառանչ քաշեց, գնաց բաց արեց կապոցը և սկսեց թեժ-թեժ հացերը փռել թախտի վրա, որ սառչեն: Այժմ սենյակի մեջ տարածվեց տաք-տաք հացերի ախորժալի հոտը:

— Աղջի, բա հիվանդանոց չի գնացե՞լ, — կամաց հարցրեց հարսին, որ ծիծ տալը վերջացնելով, սկսել էր օրորել երեխային:

Նատոն պատմեց, որ հիվանդանոցում առանց չքավորության վկայականի չեն ընդունել ձրի: Պատմեց և այն, որ տերտերն ասել էր, թե վկայականը կիրակի օրը կտա:

— Այ, տափը դնեմ նրա գլուխը, — վրդովված բացականչեց բարի պառավը: — Բա նա հոգի ունի: Էս հալին ո՞նց մնա մինչև կիրակի, աղջի. ըսօր երկուշաբթի ա ախր, հը՜:

— Դե ես ի՞նչ գիտամ, — տխուր ու հուսահատ պատասխանեց հարսը և օրորոցը մի կողմ քաշեց, որովհետև թախտի մի տախտակը խիստ ճռճռում էր նրա տակ: — Աղջի արի մի օրորի, է՜, լվացքս մնաց, — դարձավ նա աղջկան, որը թաժա հացից մի կտոր կտրած ախորժակով կծոտում էր:

Փոքրիկ աղջիկը բարձրացավ թախտը, ծալապատիկ նստեց օրորոցի մոտ և մի ձեռքով սկսեց օրորել երեխային, իսկ մյուսով շարունակում էր կծոտել հացը:

Նատոն իջավ թախտից, մերկ ոտներին հագավ չուստերը, բայց լվացքին դիմելուց առաջ նստեց սկեսուր մոտ և փսփսաց նրա ականջին.

— Ազի ջան, արի մի ձեռաց գնա բացանողի մոտ, տեսնանք ի՞նչ կասի էն իմ էրազի հմա, առավոտը որ քեզ պատմեցի: Այ կտեսնես, թե ս. Գևորգը չըլի էն ձիավորը:

— Դե ես ի՞նչ գիտամ, որդի, — վշտահար արտասանեց պառավը: — Ս. Գևորգն էլ էն էր, որ գնացինք, մատաղն էլ էն էր, որ մորթեցինք, ճար չըլավ ու, — մեռնեմ նրա ոտին:

Եվ պառավը երկյուղածությամբ բռնված, ծանր հառաչեց:

— Չէ, Ազի ջան, Ազի, հոգուդ մեռնեմ, վե կաց հենց հիմիսկնեթ գնա, — աղաչեց հարսը: — Այ, մի աբասի ունեմ, տամ:

Նատոն դերիայի գրպանից շտապով հանեց թաշկինակը, ետ արեց ծայրին կապած մի քսանկոպեկանոց և տվեց սկեսորը: Պառավը, լուռ ու մտախոհ, դրամը կապեց իր բռնոթոտ, դեղնած թաշկինակի մեջ, գրպանը կոխեց, ծածկեց իր խունացած սև շալը և դուրս գնաց:

***

Անցավ մոտ երեք ժամ: Նատոն պարզաջրել էր լվացքը և փռում էր փողոցում կապած թոկի վրա, որ վերադարձավ սկեսուրը:

— Վեր կացա՞վ, աղջի, — հարցրեց պառավը:

— Չէ. ընենց լավ քնած ա որ, — պատասխանեց Նատոն և իր կողմից հարցրեց. — ընչի՞ էսքան ուշացար:

Պառավը վրայից վերցրեց շալը և նստեց դռան մոտ գետնին ամրացրած նստարանի վրա:

— Ըսկի ճար ու ճամփա կա՞ր որ, — ասաց նա: — Ինչքան մուշտարի ունի քոռացածը, տունը զմփում էր:

— Ցանի լավ իմացա՞վ, ազի ջան, — հարցրեց հարսը:

— Ընենց մին-մին ետ ասեց, ոնց որ մեր տանը նստած ըլեր:

— Ի՜...

— Քու արևը:

Նատոն արագ նստեց սկեսուր կողքին:

— Ի՞նչ ասեց, — հարցրեց նա չափազանց հետաքրքրված:

— Որ ասեմ, ասում ա, կորուստ ա կորուստ չի. որ ասեմ, ասում ա, ճամփորդ ա՝ ճամփորդ չի: Էս ով-որ որ ա, ոչ ըրեխա յա, ոչ ծեր: Էս ինչ ա, ասում ա, առաջն ընկած ուրագ ա, թե ինչ — չեմ գիտում, համա ինչ արած, ասում ա, որ խեղճը ձեռումը ղվաթ չունի վե կալնի:

— Ի՜, դո՞րթ, ազի ջան, — բացականչեց Նատոն զարմանքից տարված:

— Էն աստոձը: Ափսուս, ասում ա, ըժում ի՜նչ լավ ադամ — որդի ա, է: Էս ե՞րբ ա, ասում ա, հիվանդացել, որ ըսենց թել ա կտրվել: Հրես պարզ ըրնում ա, էլի, ասում ա. ունեցած-չունեցածը դեղ ու դարմանի ա տվել, համա զադ չի դառե: Էս ովքե՞ր են, ասում ա, էրկուսը պստիկ են, մեկը — մենձ: Էս մենձը քիրն ա, ասում ա, թե կնիկը, շատ ա դարդ անում: Հրես մեկն էլ կա, ասում ա, պառավ ա. սա էլ ա, ասում ա, շատ տարակուսած: Դե էս էլ դու ես, է՜լի, ասում ա, ի՞նչ ես շատ զահլա տանում:

— Վույ, դորթ, Ազի ջան, — բացականչեց Նատոն, որի աչքերը վառվում էին ծայրահեղ զարմանքով և հիասքանչումով:

— Ղորթս ո՞րն այ աղջի: Ասում ա, է՜լի, ըսենց մին-մին ետ ասեց քոռացածը, ոնց որ մեր տանը նստած ըլի:

— Ըժո՞ւմ:

Ըժում... էս ի՞նչ ա, ասում ա, ձիավոր ա՞, թե թևավոր, համա հողեղեն չի: Հրես-հրես, ասում ա, պռնկներից կրակ ա թափվում, կասես թոնիր ըլի: Դե խաչ ա, է՜լի, ասում ա, ես խո իմաստուն չեմ, ասում ա, որ ամեն բան դրուստ իմանամ: Ո՞ւմ համբուրող ա, ասում ա, ս. Սարգսի, թե ս. Գևորգի, ուխտ պտի զնա: Դե ուրիշ ի՞նչ ասեմ, ասում ա, էս ա, էլի:

— Վույ, մեռնեմ ս. Սարգսի էլ, ս. Գևորգի էլ օղորմութենին, — արտասանեց Նատոն և, աչքերը երկինք գցած, ջերմեռանդությամբ խաչակնքեց երեսը: — Տեսա՞ր, էրազս դորթ դուրս էկավ: Քոռանամ ես, անցկացած տարին դոխտուրների հետևից ընկանք, չգնացինք Թելեթ ու հըմի տեսնում ե՞ս...

— Հա՛, էս էլ ասեց, — ընդհատեց նրան պառավը, մտ՛աբերելով բացանողի պատվերը, — իրեք օր ու գիշեր, ասում ա, պտի պառկած մնա խաչի տակը. օձորքը երկինքը պտի ըլի, ասում ա, կողինքը գետինքը, չունքի, ասում ա, հրեղեն—, թևավոր ձիավորը թռչում ա երկնքի ու գետնքի մեջտեղը:

Նատոն նորից ու ավելի ջերմեռանդությամբ խաչակնքեց երեսը և ասաց վճռական կերպով.

— Ես էս ա, մում եմ եռ դնում Թելեթի ս. Գևորգի հմար, մեռնեմ նրա սուրբ զորութենին:

Նա վեր կացավ, շտապելով փռեց լվացքի վերջին կտորները և ներս գնաց սենյակը: Սկեսուրը հետևեց նրան:

Նատոն չուստերը թողեց ցեխոտ հատակին, բարձրացավ թախտը, պատի մեջ գտնված պահարանից հանեց երկու դեղին մեղրամոմ, զգուշորեն, որպեսզի թախտի տախտակները չճռճռան ոտի տակ, մոտեցավ քնած ամուսնուն, մոմերը պտույտ տվեց նրա գլխի վերևը, հետո նույն զգույշ քայլերով իջավ, հագավ չուստերը և մոմերը տարավ դրեց բուխարու գլխին, ուր երևում էին ամեն շաբաթ գիշեր վառվող մոմերի սևացած հետքերը:

* * *

Հիվանդը տնքաց և շարժվեց վերմակների տակ: Պառավը մոտեցավ նրան.

— Սաքո՞ւլ:

— Հը՛:

— Ջարթուն ե՞ս:

— Հա:

— Գնացի ախր բացանողի մոտ:

Սաքուլը վերմակների ծայրերը ետ քաշեց երեսից և հետաքրքրությամբ նայեց մոր աչքերին.

— Հա-ա՛: Ի՞նչ ասեց:

Նրա կարմրատակած թաց երեսից և տենդոտ, պլպլացող աչքերից երևում էր, որ քնի մեջ կազդուրիչ քրտինք էր եկել:

— Վո՛ւյ, էդ ի՜նչ լավ ա ըլել, Սաքուլ ջան, հրեղ քրտինք ա էկել, — մոտ վազելով բացականչեց Նատոն ուրախացած և, իսկույն իր գլխի սպիտակ աղլուխն առնելով, սրբեց ամուսնու երեսի քրտինքը: — Բաց չըլես, Սաքուլ ջան, բաց չըլես, — ավելացրեց նա և սկսեց տապտպել վերմակների ծայրերը նրա շուրջը: — Ընենց լավ իմացել ա, Սաքուլ ջան, որ արմացք: Ազի ջան, մի պատմի, է՛:

Պառավը ծալապատիկ նստեց որդու մոտ և սկսեց ավելի մանրամասնորեն պատմել բացանողի գուշակությունները:

Նատոն նստել էր մարդու ոտների մոտ և շարունակ նայում էր նրա դեմքին, կարծես ստուգելու համար, թե բացանողի ճիշտ գուշակությունն արդյոք նրա՞ն ևս նույն զարմանքն ու հիացմունքն է պատճառում, ինչ որ իրեն:

Սաքուլը լսում էր լուռ և, ըստ երևույթին, անտարբեր, միայն չորացած շրթունքներն էր լպստում:

Փոքրիկ աղջիկը մի ոտով օրորում էր օրորոցը և տիկնիկ էր խաղում: Այդ տիկնիկն ինքն էր շինել, մի տափակ կոճակի վրա սպիտակ փալաս էր փաթաթել, կոճակը կարի սև թելով կապկպել էր մի փոքրիկ փայտի ծայրին, փայտին հագցրել էր դերիայի պես իր ձեռքով կարած մի փոքրիկ տոպրակ, և տիկնիկը կազմ ու պատրաստ խաղում էր նրա ձեռքին: Սրա տիկնախաղն էլ պարզ էր, ինչպես իր տիկնիկը, շրթունքներով ճղճղացնում էր պարերգի պես մի բան և ձեռքերով պար էր ածում տիկնիկը թախտի վրա:

— Հըմի ի՞նչ ես ասում, որդի ջան, գնում ե՞նք Թելեթ, թե չէ, — հարցրեց պառավը պատմությունը վերջացնելուց հետո:

— Ընչո՞վ գնանք, է՛, — ասաց Սաքուլը: — Տասը շայի չունեմ, որ հիվանդանոցումը տամ, Թելեթ ո՞նց գնանք: Էլի քիչ-քիչ մի երկու թուման հերիք չի:

— Ի՛, Սաքուլ ջան, ըտենց մի ասի, խաչը կնեղանա: Էրկու թումանն ի՞նչ ա, որ չես կարա միկից ճարի: Կգնաս, աստծու օղորմութենով կլավանաս, կգաս կբանես, պարտքդ էրկու շաբթումը կտաս:

Սաքուլը երկար ժամանակ չէր համաձայնում նոր պարտք անելու, քանի որ արդեն բավական հին պարտքեր ուներ վճարելու: Բացի դրանից, նրա վիճակը տեսնելով, ո՞վ էր գժվել պարտք տալու նրան:

— Տունդ զրավ դի, գլուխը քարը, տունը ջանիցդ խո լավ չի՛, — ասաց Նատոն:

— Դու էլ բան ասացիր, — նկատեց Սաքուլը ջղայնացած:

— Բալքի չլավացա, մեռա, ընչո՞վ եք թափելու: Հաց շատ կճարեք, ա՛յ, ուտելու, որ տան քրեհ էլ քաշեք: Էս մի քնձռոտ տունն ա էլի՛, թողեք էս էլ ա մնա ձեզ, որ քուչումը չմնաք:

— Էհ, ընչէ՞ր ես ասում, Սաքուլ ջան, որդի ջան, — բացականչեց պառավը մեղմ կշտամբանքով: — Էդ ի՞նչ ասելու բաներ են, որ ասում ես: Մի քիչ էլ մեզ խեղճ արի, է, սիրտներս կրակ ես գցում, փթոթում:

Եվ պառավի բարի վշտահար աչքերը թաց եղան:

— Դա ըսկի աստված ունի որ, — բեկբեկ ձայնով արտասանեց Նատոն և գլխի աղլուխի ծայրը սեղմեց աչքերին:

Մի րոպե սենյակում ճնշող լռություն տիրեց: Լռել էր նույնիսկ փոքրիկ աղջիկը և, տիկնիկը գոգին դրած, երեխայական հետաքրքրությամբ նայում էր տատին, մորը, հորը...

— Լավ, էս մեկն էլ թող ձեր ասածն ըլի, — վերջապես համաձայնեց Սաքուլը, որ ինքն ևս զգացել էր իր վերջին խոսքերի ծանրությունը:

* * *

Երեկոյան դեմ նա գնաց իրեն լավ ծանոթ մի կապալառուի մոտ, որն ամբողջ քաղաքի հյուսների, որմնադիրների և մշակների շրջանում հայտնի էր Սերգեյ Ստեփանիչ կամ պարզապես աղա Սերգո անունով:

Սերգեյ Ստեփանիչը, — խոշոր արտաքինով, խոշոր բեղերով, մոտ հիսուն տարեկան մի տղամարդ, սև ատլասի արխալուղով, որի վրա հուրհրատին էր տալիս ժամացույցի ոսկի հաստ շղթան, — նստած էր մի նոր հսկայական շինության բակում իրար վրա դարսած հաստ տախտակների վրա, արխալուղի վրայից հագած ամառվա վերարկուի փեշերը գոգին հավաքած, և «տերողորմյան» ձեռքին՝ դիտում էր օրվա վերջին աշխատանքները: Տասնյակ վարպետներ և մշակներ ղժվժում էին կիսաշեն պատերի գլխին, տախտակամածների վրա, բակի մեջ, ցեմենտի տակառների, ավազի, հողի, ցեխի, գաջի ու կրի կույտերի և բուրգեր կազմած աղյուսների շուրջը: Մի շատ բարձր պատի գլխին որմնադիրներից մեկը — մի պարսիկ — փափախը գլխին, մայր մտնող արևի կարմիր ճաճանչներով ողողված, համ շարում էր պատը, համ կլկլացնում մի բայաթի շատ ախորժալուր տենորով:

— Ուստա Սաքո՞լ, — բացականչեց Սերգեյ Ստեփանիչը:

— Հա աղա ջան:

— Տո, էդ ի՞նչ ա հալդ, էլի հիվանդ ե՞ս:

— Հա, աղա ջան:

— Տնաշեն, բա ո՞նց չլավացար մինչև հըմի: Ըսկի դեղ-մեղ անում ե՞ս:

— Ընչոր ունեի, դիփ դեղի ու հաքմի տվի ու, ես ի՞նչ գիտեմ: Էս անտեր ցավը մտել ա ջանս, դուրս չի գալիս:

— Բա ըսկի չե՞ս բանում:

— Թե որ լավ եմ ըլում, ընչի չէ, մին-մին բանում եմ, համա դե մին-մին բանելով ի՞նչ կըլի: Մի տուն օղլուշաղ պահելը դժար ա, աղա:

— Այ, թե ուզում ես, բան շատ ունեմ, ըստեղ էլ, ուրիշ տեղ էլ, արի բանի:

— Ուզում եմ, ո՞նց չեմ ուզում, աղա. այ, սրանց որ տեսնում եմ (Սաքուլը ձեռքով ցույց տվավ շուրջը), ջանս կրակ ա ընկնում, համա որ էս անտեր ձեռներումս հարաքաթ չկա:

— Բա ընչի ես եկել:

— Եկել եմ, որ... — կմկմաց Սաքուլն աչքերը վայր թողնելով և չվերջացրեց:

— Որ էլի փող ուզես, չէ՞:

— Հա, աղա ջան, — արտասանեց Սաքուլը՝ խեղճ-խեղճ նայելով նրան:

— Բա էն առաջվա տասը մանեթը:

— Դե էն առաջվա տասը մանեթն էլ... դե, իհարկե, — նորից կմկմաց Սաքուլը և ավելացրեց, — թե որ...

— Ի՞նչ թե որ,

— Թե որ... ես ի՞նչ գիտամ, գրավ կուզես...

— Ի՞նչ գրավ:

— Դե գիտաս էլի, աղա ջան, մի տուն ունեմ...

— Տուն էլ ասում ա: — Սերգեյ Ստեփանիչն անկեղծ զվարճությամբ ծիծաղեց, կայտառ պատանու պես վեր թռավ տեղից և ձեռքով թափ տվավ քամակը: — Տո, տանդ որ մի քացի տամ, շուռ կգա: Բան ունես, բան ասա:

— Դե, ի՞նչ ասեմ, աղա, էդ ա, ինչ որ ունեմ: Ուզում ես առ, չես ուզում՝ ասա գնա Քուռն ընկի: Ուրիշ ճար չունեմ, աղա:

Սերգեյ Ստեփանիչը նորից ծիծաղեց:

— Վա՜յ, խեղճ իմ Սաքուլ, ի՜նչ լավ մարդ ես, — ասաց բարեսրտությամբ խփելով նրա ուսին: — Դու ինձ էս ասա, էլի ինչքա՞ն ես ուզում:

— էլի որ մի քսան մանեթ տաս, աղա...

— Քսա՞ն մանեթ: Տո, քսան մանեթն ի՞նչ ա, քսան մանեթին մեկ փչեցի, հանգավ, — շարունակեց ծիծաղելով Սերգեյ Ստեփանիչը:

— Դե, հլա քսան մանեթ էլ հերիք ա, աղա, — նրա խոսքերից սրտապնդված ասաց Սաքուլը, — ու թե որ վերջը... Սերգեյ Ստեփանիչը հանկարծ լուրջ դեմք ընդունեց:

— Է, էդ չըլավ, էդ չըլավ, ուստա Սաքուլ, — շտապեց ընդհատել նրան: — Քսան մանեթն էլ որ տալիս եմ, Սաքուլ ջան, հոգուս խաթեր եմ տալիս, չունքի լավ մարդ ես, լավ ուստա ես, ինձ համար շատ ես բանել, համ էլ խմող չես:

— Աստված քեզ երկար կյանք տա, աղա ջան: Ես էլ քու հացը շատ եմ կերել, շնորհակալ եմ. դե ինչ ասեմ, աղա ջան, թե որ լավացա, չմեռա, էն ես գիտամ էլի:

— Դե, հըմի մի քիչ սպասի, իրես շաբաշ կանեն, կգնանք ինձ մոտ մի վեքսիլ կգրենք յառսուն մանեթի, — էն առաջվա տասը մանեթն էլ հետն եմ ասում, — ու վերջը, երբ որ կլավանաս կամ փողը կտաս, կամ փողի տեղ կբանես: Հը, լավ չեմ ասո՞ւմ, — հարցրեց Սերգեյ Ստեփանիչը, տեսնելով, որ Սաքուլը, վեքսիլի անունը լսելով, մի քիչ մտատանջության մեջ ընկավ:

— Դե ոնց որ ուզում ես, աղա ջան, — ասաց Սաքուլն ականջի հետևը քորելով:

— Չէ, դո՞ւ ոնց ես ուզում: Վեքսիլ նրա համար եմ ասում, որ տան գրավը ղալմաղալ բան ա — էլ նատարիուս, էլ կոլպ — չի, էլ պոշլինի, — օրեր կքաշի, համ էլ անմեղ տեղը ծախսեր կգնա:

— Լավ, թող վեքսիլ ըլի, — համաձայնեց Սաքուլը:

* * *

Հետևյալ օրն ևեթ Նատոն մի քանի արշին սպիտակ միտկալ գնեց, շապիկ կարեց և հագցրեց Սաքուլին արխալուղի վրայից, իսկ մի քանի օրից հետո «թելեժկեն» բարձած, իրենք էլ երեխաներով վրեն նստած՝ առավոտյան վաղ բռնեցին Թելեթի ճանապարհը: «Թելեժկի» հետևը ոտներից պինդ կապկապած՝ պառկած էր մատաղացու ոչխարը և գլուխը դրած «թելեժկի» ճռճռացող տախտակներին իր ոչխարամիտ հայացքով նայում էր հետևից երկար ու մեկ ձգվող արևակեզ փոշոտ խճուղուն:

Երկար քարքարոտ ճանապարհը, «թելեժկի» տատանումը, տոթ եղանակը բոլորովին ուժասպառ արին Սաքուլին, այնպես որ, երբ ճաշի դեմ Թելեթ հասան, մոր և կնոջ օգնությամբ հազիվ կարողացավ իջնել «թելեժկից» և, ոտները քարշ տալով, գնաց նստեց հսկայական ընկուզենու տակ երկայն նստարանի ծայրին:

Նույն ընկուզենու ընդարձակ հովանու տակ քառակուսի տախտակամածի վրա հավաքված էին զուգված-զարդարված մի խումբ տիկիններ, օրիորդներ և դպրոցական տղաներ ու աղջիկներ թիֆլիսեցի հարուստ բազազների, բախկալների ու գինեվաճառների ընտանիքներից, որոնք ծառաներով ու աղախիններով եկել բռնել էին վանքի ամենալավ սենյակները ոչ այնքան իբրև ուխտավոր, որքան իբրև ամառող: Նույն տեղը առանձնակի նստած էին իրար կողքի գյուղի երկու քահանաներ, ամեն մեկի ձեռքին մի հովանոց, և աչքերը քաղցած գայլերի պես տնկել էին դեպի ուխտավորների բնակարանների երկայն պատշգամբը, որտեղ աղախինները և ծառաները սուրճի պատրաստություններ էին տեսնում սպիտակ սփռոցներով ծածկված սեղանների վրա:

Վանահայրը — խոզ կտրած մի վարդապետ, կապայով և թասակը գլխին — իր բնակարանի պատշգամբում, զանգակատան տակ, նարդի էր խաղում ուխտավոր ընտանիքներից մեկին պատկանող մի երիտասարդի հետ:

— Դուք գնացեք համբուրեցեք, մինչև ես տեղաշորը կգցեմ ու բարգն էլ տուն կածեմ, — ասաց Նատոն սկեսրոջն ու ամուսնուն:

Պառավն առավ Սաքուլի թևը, մտան եկեղեցի, մոմ վառեցին, համբուրեցին, ծունր դրին, աղոթք արին, դարձյալ համբուրեցին, «պահպանիչ» ասել տվին քահանաներից մեկին, որը շտապել էր ներս մտնել եկեղեցի նրանց հետևից: Այդ բոլորը տևեց այնքան երկար, որ երբ դուրս եկան, Նատոն բացանողի պատվերի համաձայն, արդեն անկողին էր պատրաստել եկեղեցու տակ, հետևի կողմը և հետները բերած իրեղենները թափել էր դատարկ սենյակներից մեկում: Ծծի երեխան լաց էր լինում փոքրիկ աղջկա գոգին, որը օրորելով և «աը-աը» անելով ապարդյուն աշխատում էր լռեցնել նրան:

Եկեղեցուց դուրս գալուն պես Սաքուլը պառկեց անկողնում:

Մայրը թողեց նրան և գնաց հարսին օգնելու, որ սենյակը կարգի՝ դնեն: Սենյակը խոնավ և աղտոտ էր:

Այդ և հետևյալ օրը գիշեր-ցերեկ Սաքուլը պառկած էր անկողնում եկեղեցու պատի տակ: Գիշերները նրա մոտ նստած հսկում էր մայրը համարյա անքուն: Բարեբախտաբար այդ երկու օրը եղանակը լավ էր, և Սաքուլը բավական լավ էր զգում իրեն: Երկրորդ օրը առավոտյան մատաղը մորթեցին: Ամենալավ կտորները և մորթին տարան վանահայրը, տերտերները, տերացուն և ժամկոչը, մնացածից շատը բաժանեցին հարևան ուխտավորներին, իսկ մսաջուրը տարան գյուղի բոկոտն երեխաները և կանայք, որ հավաքվել էին, հազար ու մի տեսակ ամաններ ձեռքներին:

Օրը տոթ էր, շունչ քաշել չէր լինում: Երեկոյան դեմ երկինքը թխպեց, արագորեն սևացավ, հրեղեն կայծակներն սկսեցին պատռել ամպերի կուրծքը նախ հեռավոր ու խուլ, հետո ավելի ու ավելի մոտեցող և ուժգին որոտումներով. օդը սկսեց շարժվել և ցրտել, հետո հանկարծ այնպիսի մի ուժգին փոթորիկ բարձրացավ շրխկոցով ու թրխկոցով, որ երկինք ու երկիր խառնվեցին իրար փոշով ու աղբով: Մի ինչ-որ ցուրտ բան, կլորիկ ու պստիկ, հրացանի կոտորակի պես թրխկաց Սաքուլի երեսին, որ վերմակի տակ պառկած դիտում էր մոլեգնած բնության այդ արհավիրքը: Մի կոտորակին հետևեց երկրորդը, երրորդը... ավելի ու ավելի հաճախ ու խոշոր: Սաքուլը շտապեց շուռ գալ կողքի և գլուխը ծածկեց վերմակի տակ: Նույն րոպեին զգաց, որ կարկտախառն անձրևը թակում է վերմակը: Նատոն ձեռաց վազացրեց մի մեծ կապերտ և ձգեց նրա վրա: Պառավն էլ մի երկու տոպրակ բերեց և ձգեց կապերտի վրա:

Սաքուլը կուչ էր եկել այդ ծանրության տակ, ճնշվելով օդի պակասությունից, և ականջ էր դնում, թե ինչպես կարկտախառն հորդառատ անձրևը շփշփոցով թակում էր տոպրակներն ու կապերտը, թե ինչպես երկինքը գոռգոռում էր ահեղագոչ որոտումներով համարյա թե անընդհատ, թե ինչպես հառաչում ու շառաչում էին ընկուզենին ու մյուս ծառերը փոթորկի ուժգին թափահարումներից: Նա զգաց, թե ինչպես անձրևի ջրից գոյացած մի առվակ ծլլալեն ներս խուժեց բարձի վրայով, անախորժ սառնությամբ սողաց ականջի մոտով և սկսեց զուբ կապել տակը, ծծվելով ներքնակի մեջ: Առվակներ էին, որ վազում էին անկողնի կողքերից:

Կինն ու մայրը, հորդահոս անձրևի տակ թրջվելով, շփոթված, չէին իմանում ինչ անեն: Բացանողը պատվիրել էր, որ հիվանդը երեք օր ու գիշեր պետք է պառկած մնա խաչի տակ բացօթյա, մինչդեռ երեք օր ու գիշեր դեռ չէր լրացել, իսկ հիվանդին այդ հորդահոս անձրևի տակ թողնել անկարելի էր:

— Աղջի վեր առնենք տուն տանենք, — ասում էր պառավը:

— Բա որ իրեք օրը չի թամամել, — առարկում էր Նատոն:

— Աղջի բա էս անձրևը չես տեսնո՞ւմ:

— Դե ասում եմ որտեղ որ ա՝ կկտրի:

— Ո՞րդիան կկտրի, աղջի, տես, է՛, ոնց ա հուրհրատում:

Հիրավի, անձրևը կարծես միտք չուներ կտրվելու: Այժմ կարկուտն էլ անձրևի էր փոխվել, և ջրերը թափվում էին այնքան հորդ ու առատ, որ նրանց թանձրության մեջ երկնքի փայլատակումները հազիվ էին լուսավորում մթագնած երկիրը: Երկնքի համարյա անընդհատ որոտի ձայները, անձրևի շփշփոցը, մոտակա ձորակի միջով վազող ջրերի քչքչոցը և ծառերի շառաչը միախառնվելով այնպիսի մի ժխոր էին բարձրացրել, որ իրար մոտ կանգնած հարս ու սկեսուր հազիվ էին լսում իրար ձայնը:

Սաքուլը, անկողնու մեջ կուչ եկած, զգում էր, թե ինչպես այս ու այն կողմից ներս ծորացող առվակները շատանում են, և վերմակն անձրևի ջրերից թրջված տոպրակներից ու կապերտից հետզհետե խոնավանալով ճնշում էր իր վտիտ մարմինը: Օդ չկար, որ շնչեր և շնչածն էլ բաղնիքի տաք գոլորշու պես մի բան էր, որից քիչ էր մնում խեղդվեր: Տեսնելով, որ այլևս չի կարողանում դիմանալ, վրայի ծանրությունը մի կողմ շպրտեց և նստեց անկողնում: Այժմ անձրևն սկսեց թակել ուղղակի նրա գլուխն ու մեջքը:

— Տո, բա դուք աստված չունե՞ք, ինձ խո սպանեցիք ըստեղ, — կանչեց նա:

Կինն ու մայրը շտապեցին նրան վեր կացնել և հորդահոս անձրևի տակ մի կերպ տեղափոխեցին սենյակ:

* * *

Երեք օրվա ուխտն արդեն կատարված էր, թեև Սաքուլը երրորդ օրվա գիշերը չէր անցկացրել բաց երկնքի տակ: Չորրորդ օրը «թելեժկեն» քաղաքից եկավ, որ մեր ուխտավորներին տուն տանի: Սաքուլին պառկեցրին «թելեժկի» մեջ ուժից բոլորովին ընկած: Ճանապարհին մի գլուխ բղավում էր կողերի մեջ զգացած անտանելի ծակոցներից, դադարում էր բղավելուց այն ժամանակ միայն, երբ հազը բռնում էր: Հազում էր չոր ու թույլ, որի ժամանակ ձայնը կարծես հորից էր դուրս գալիս: Երբեմն պարզապես շնչասպառ էր լինում: Մայրն ու կինը նստած էին կողքին և հետները վերցրած գինու շշից երեսին ջուր էին ցրցամ տալիս, որ շունչը ետ բերի:

* * *

Թախտի վրա, անկողնու մեջ պառկած է Սաքուլը, գլուխը կապած սպիտակ փաթաթանով, որի տակից դուրս են պրծել երկարացած մազերը և, քրտնքից ու կեղտից թաղիք դարձած, կպել ոսկրացած քունքերին: Դեմքին մնացել է միայն քիթը խոշոր ու սուր, և աչքերը, ահագին ու պսպղուն ապակու պես, նայում են բաց դռնով դեպի դուրս: Այնտեղ ամառվա միջօրեի արևը հրաշեկ ճառագայթներով կիզում է դիմացի տան պատը և այն աստիճան շողշողում, որ ուղիղ նայելիս մարդու աչքերը ցավում են: Ուղղակի դռան առջև, ստվերի մեջ նստած է փողոցի պառավ շունը և, կարմիր լեզուն հանած, հեթեթում է տապից: Սաքուլը բարձն ի վեր կիսանստած, անթարթ նայում է դուրս բթացած հայացքով և ծանր շունչ քաշում: Երկու օր է, որ, կողերի մեջ այլևս ծակծկոցներ չի զգում. հազն էլ քչացել է, բայց այնտեղ, ներսը, ինչ-որ տարօրինակ դատարկություն է զգում, կարծես թոքը, սիրտը և ամբողջ փորոտիքը հանել դուրս են թափել:

Անհուն վիշտը ցամաքած դեմքին՝ մայրը նստած է մեռնող որդու կողքին և թաշկինակով քշում է ճանճերը նրա դեմքից: Նատոն օրորոցի մոտ չոքած՝ ծիծ է տալիս երեխային և հուսահատ հայացքով անթարթ նայում սենյակի պուճախին, որտեղ աններկ զաջն առատորեն ծծել է գետնի խոնավությունը և տեղ-տեղ թափվել: Նրա հայացքը ցույց է տալիս, որ նա առաջուց արդեն հաշտվել է անխուսափելի թշվառության հետ: Թախտի վրա, լուսատուտի առջև չոքած է փոքրիկ աղջիկը և աշխատում է բռնել ապակիների վրա բզզացող ճանճերը:

Ծանր, ու չարագուշակ լռություն է տիրում սենյակում և դուրսը: Այդ լռությունը խանգարում է խառ թութ ծախող մի կինտո, որը. թաբախը գլխին և կշեռքն ուսին անցնում է դռան մոտով և իր առողջ թոքերի ամբողջ թափով աղաղակում. «Թութա՜, թութա՜, ախառի թութա»: Նա մի րոպե կանգ է առնում բաց դռան առջև, նայում է ներս, իր թավ ձայնով հարցնում՝ «խառը թութ չեք ուզո՞ւմ» և, տեսնելով, որ պատասխան չի ստանում, շարունակում է ճանապարհը կշեռքը շխկշխկացնելով և փողոցն աղմկելով իր հուժկու կանչով: Ու կյանքի առօրյան հիշեցնող այդ կանչը, մի րոպե վանելով մահվան ուրվականը, լսվում է մի առժամանակ ևս, մինչև որ հետզհետե խլանալով լռում է վերջապես, և մահվան ուրվականը նորից գալիս է իր փսփսուքը տարածելու մեռնողի սենյակում առաջվանից ավելի ծանր ու չարագուշակ լռության մեջ:

Հիվանդն այժմ պառկած է աչքերը փակ, և եթե ծանր հևքը չլինի, տեսնողը կկարծի, թե մեռած է: Պառավ մայրն անհանգստացած՝ աչքը չի հեռացնում նրա դեմքից, նրա գլուխը սաստիկ շարժվում է ըստ երևույթին, ուզում է ինչ-որ ասել, բայց չի համարձակվում: Վերջապես դադարում է ճանճերը քշելուց և, խոնարհվելով որդու դեմքի վրա, շշնջում է անհամարձակորեն.

— Սաքուլ ջա՞ն...

Սաքուլը կամաց բաց է անում աչքերը և նայում նրան:

— Ի՞նչ կըլի, որ տերտերին իմաց տանք:

— Տո, էլի տերտե՞ր, — բացականչեց Սաքուլը զայրույթի այնպիսի հանկարծական բռնկումով, որ մայրն էլ, կինն էլ ապշեցին, թե ո՞րտեղից նա, որի ձայնը մինչև այժմ հազիվ էր լսվում, հանկարծ այդպիսի մի ուժ հավաքեց իր մեջ: — Տո, ձեր տերտերն ու խաչը չէ՞ր, որ ինձ էստեղը հասցրին... էլ ի՞նչ եք ուզում ինձանից... թողեք, է՛լի, հանգիստ հոգիս տամ...

Նրա ձայնը հանկարծ կտրվեց, աչքերը լցվեցին արտասուքով, և նա այլևս ոչինչ չկարողացավ արտասանել:

— Դե ես ի՞նչ գիտամ, որդի ջան, ասում եմ բալի... — արտասանեց մայրը կսկծալից և առանց խոսքը վերջացնելու լռեց, որպեսզի այլևս չգրգռի որդուն:

Ու առժամանակ խանգարված չարագուշակ ծանր լռությունը գալիս է նորից թագավորելու մեռնողի սենյակում:

Սաքուլը կամաց-կամաց հանգստանում է և մտառու հայացքը տնկում դիմացի տան արևակեզ պատին: Երկար լռությունից հետո նրա շրթունքները շարժվում են. ինչ-որ բան է ասում, բայց դժվար է լինում որոշել արտասանածը:

— Ի՞նչ, Սաքուլ ջան, — հարցնում է մայրը խոնարհվելով նրա դեմքին:

Նատոն, որ դեռևս շարունակում է ծիծ տալ երեխային, դեմքը դարձնում է դեպի նա և ականջը սրում:

— Ասում եմ, փոթրաղչիկ Սերգոն, — շշնջում է մեռնողը, ամեն մի խոսքի վրա հազիվ շունչը ետ բերելով, — էն, որ իրեք թուման եմ պարտ... փիս մարդ չի...կըլի, որ չուզի... Համա թե ուզի... յարաղս տվեք... Թե հերիք չանի... քամարս ծախեցեք... հոգիս չծանրացնեք...

Խեղճ պառավ մայրը միանգամայն կարկամում է և չի իմանում ինչ ասի:

Նատոն զգում է, թե ինչպես ամուր մի բան բռնում է բուկը: Գլուխը դնում է օրորոցի վրա, դեմքը ծածկում կոների մեջ և ամեն կերպ աշխատում է զսպել խեղդող հեծկլտանքը:

Իսկ փոքրիկ աղջիկը շարունակում է մատները շարժել

լուսամուտի ապակիների վրա, որ բռնի ճանճերը, և նմանեցնելով կինտոյի կանչին, մեքենայաբար կանչում է կամացուկ՝ «Թութա, թութա՛, ախաոի՛ թութա»:

ՀՈԳՈՒՆ ՎՐԱ ՀԱՄԱԿ

Ձմեռնամուտ օրերից մեկն էր: Մութը դեռ բոլորովին չէր կոխել երկիրը: Երկինքը պղտոր էր գարնան ջրի պես: Կատաղի քամին վժժալով ներս էր պրծնում փողոցի մի բերանից, թռցնում էր առաջին պատահած մարդու գդակը, լիզում էր գետնից աղբն ու փոշին, ծեծում էր՝ դռներն ու պատուհանները, բարձրացնում, պատռվն էր տալիս մանրավաճառի խանութի ճակատից կախված ցուցանակն ու կորչում փողոցի մյուս բերանից: Լապտերավառը, սանդուղքն ուսին, փոքրիկ լապտերը ձեռքին, վազում էր լապտերները վառելու: Փողոցի անկյունում արդեն վառված լապտերը, հողմածեծ, ծռել էր գլուխը և նայում էր շուրջը կեղտոտ ապակիների միջից՝ մարդու ցավագար ճպռոտ աչքերի պես: Ամայի փողոցում մի փոքրիկ շուն կուչ էր եկել մի փակ դռան առջև, սրթսրթում էր ամբողջ մարմնով և կաղկանձում:

Նախշքար Դավիթը գնում էր տուն, մատների ծայրերը կապույտ արխալուղի գրպանները կոխած: Քամին փռփռացնում էր նրա մաշված չուխայի փեշերը և կարմիր աղլուխը, որ մի ծայրով պնդացրած էր կողքին կաշու գոտկից: Ամբողջ հագուստը, սկսած գոտկից մինչև ոտնամանները, ծածկված էր ամեն գույնի ներկերի բծերով, որոնց մեջ առանձնապես աչքի էին ընկնում սպիտակները: Նա անցնում էր անհույս ու աննպատակ մարդու անորոշ քայլերով և քթի տակ մրթմրթում էր տրտունջի և հայհոյանքի պես մի բան: Ցուրտ քամին ծեծում էր նրա մազակալ երեսը, փոշով ծածկում մորուքը, բեղերն ու թավ հոնքերը, ստիպում ծածկել աչքերը, սպառնում խլել գդակը, որ նա քաշել էր մինչև ականջները, և երբեմն-երբեմն գրոհ տալիս նրա վրա այնքան ուժգին, որ նա ակամա կանգ էր առնում և ամբողջ մարմնով առաջ թեքվում, որ ետ-ետ չգնա: Բայց նա ոչինչ չէր զգում,

զգում էր միայն մի բան — սիրուհու չափ տենչալի և մահվան չափ անդիմադրելի, զգում էր ծարավ, ոգելից խմիչքի անհուն ծարավ, որից լեզուն ցամաքել էր բերանում, որկորը քերվում էր, աղիքները գալարվում էին փորում և ամբողջ մարմինը կարծես զրկվել էր սովորական ջերմությունից:

Ամբողջ երեք շաբաթ էր, որ պարապ էր. գործ չկար, չէր ճարվում: Ձմեռնամուտ էր. տուն շինողը շինել պրծել էր, վերանորոգողը վերանորոգել պրծել, այլևս ոչ ոք նոր տուն չէր շինում, ոչ ոք հատակները, պատշգամբները, տանիքները ներկել չէր տալիս, պատերին նոր պաստառներ կպցնել չէր տալիս: Նախշքարների բանի օրերը անցել գնացել էին: Ամառվա և աշնան աշխատանքի փողն օր գալիս էր, օր գնում: Այժմ — ոչ մի սև գրոշ գրպանում, որ աչքը կոխեր: Իսկ այսօր առաջին անգամն էր, որ բերանը մի կաթիլ անգամ չէր առել, ոչ արաղից, ոչ գինուց: Մի ամբողջ օր... Խենթանալու բան էր այդ, և նա անկեղծ կերպով զարմանում էր, որ մինչև այժմ դեռ խելքը չէր կորցրել կամ չէր մեռել: Այնինչ մինչև այսօր, մինչև այս տաժանելի մի օրը, ամբողջ ամսվա ընթացքում և հետո, երբ գրպանում միշտ փող կար, պատահե՞լ էր մի օր, գեթ մի հատիկ օր, որ բանի ժամանակ ձեռաց չվազեր մոտակա «պաղվալը», բերանը մր քիչ թաց անելու կամ բանից հետո ամբողջ ժամերով չնստեր գինետանը իր ընկերների հետ և լավ «թրջված» տուն չդառնար կեսգիշերին բայաթի երգելով: Իսկ ա՞յժմ... Գոնե ապառիկ տային մի կես թունգի գինի կամ մի «տրիցատկա» արաղ. — չէ՛, չէին տալիս անխիղճները, այսինքն տվել էին, բայց էլ չէին տալիս, տեսնելով, որ արդեն հավաքված պարտքը վճարել չի կարողանում, մինչդեռ այդ ապերախտների մոտ էր թողել իր վաստակած գրեթե բոլոր փողերը: Գոնե ընկերներից մեկն ու մեկը հրավիրեր. — չէ՛, չէին հրավիրում, ամենքն էլ իր պես պարապ էին, ամենքի գրպանումն էլ մկներ էին խաղում: Անտեր տանն էլ չկար այնպիսի մի բան — արծաթե գդալ, ոսկե մատանի, ականջի օղ, կամ գորգ, թեկուզ կնոջից ծածուկ տաներ գրավ դներ կամ ծախեր, — տունը սրբած, կինն ու երեխաները՝ տկլոր, ինքը դառն ու դատարկ:

Այսօր գինեվաճառը, որի մոտ նա թողել էր իր ամառվա գրեթե ամբողջ վաստակը, բաց արեց նրա առջև դավթարը և ասաց.

— Այ, ուստա Դավիթ, տասը մանեթ հինգ շայի նիսիա կա վրեդ. բե տու, ախպեր, ու էլի ինչքան ուզում ես՝ նստի խմի, քեզ անուշ ըլի:

Ու, չնայելով Դավթի աղաչանք-պաղատանքին, մեռավ–կտրվեց՝ մի բաժակ օղի չտվեց, որ ցամաքած բերանը բաց աներ ու մի քիչ տաքանար այս անպիտան ցուրտ եղանակին:

Այժմ նա տուն էր դառնում հույսը, բոլորովին կտրած և խիստ չարացած ամենքի և ամեն բանի վրա: Ու որ մտածում էր, թե վաղն էլ, մյուս օրն էլ, երրորդ, օրն էլ — ո՞վ գիտե դարձյալ քանի օրեր — նույն անհաջողությունը պիտի ունենար, ինչ որ այսօր, քիչ էր մնում խսկապես խենթանար: Մատներով անդադար պրպտում էր արխալուղի գրպանները, հուսալով՝թե մի գուցե տասը կամ տասնհինգ կոպեկանոց մի դրամ խցկված լինի կարկատանների արանքը, ինչպես շատ անգամ էր պատահել փող ունեցած ժամանակ, բայց մատների ծայրերը միայն շոշափում էին զզզված գրպանների մազանման մճճված կեղտը:

Քամու դեմ կռվելով, նա մտավ իրենց նեղ ու ծուռ փողոցը, որի երկայնքով այս ու այն կողմը իրար հենված էին, կարծես չթափվելու համար, խղճուկ տնակներ ցածր, հողածածկ կտուրներով, ծուռտիկ-մուռտիկ պատուհաններով, փտած դռներով, ո՛րը գետնի մեջ խրված, ո՛րը գետնից բարձր:

Դավիթը կանգ առավ այդ դռներից մեկի առջև, որի ծակոտիներից և ճեղքերից ճրագի լույս էր երևում: Փոխանակ ծեծելու, նա ոտը բարձրացրեց և մի պինդ հարված տվեց դռանը: Դուռը ճռճռաց, քիչ մնաց տեղահան լիներ, բայց չբացվեց, ներսից փակ էր: Այդ բանն ավելի կատաղեցրեց Դավթին, և նա կրկնեց հարվածն առաջվանից ավելի պինդ:

— Մեռել ե՞ք, սատկել ե՞ք, — գոռաց նա սարսափելի հայհոյանքներ թափելով:

Ներսից լսվեց դռան փականքի չրխկոցը: Ոտաբոբիկ,

պատառոտուն հագուստով, խճճված մազերով մի փոքրիկ աղջիկ դուռը բաց արավ և, ցրտից սարսռալով, մի կողմ քաշվեց, որ հայրը ներս մտնի:

Դավիթը մտավ արյուն կտրած աչքերով: Աղջիկը սովալլուկ հայացքով աչքի տակից նայեց հոր դատարկ ձեռներին, և այն միջոցին, երբ փակում էր դուռը, մի ծանր հարված զգաց գլխին: Նա ձայն չհանեց, այլ ձեռքերը դրեց գագաթին և տեղն ու տեղը պպզեց տապ-տապ արած հավի պես: Ըստ երևույթին սպասում էր, թե հարվածը պիտի կրկնվի և իր մանկական սովալլուկ մարմնի ֆիզիկական ամբողջ ուժը ոսկրացած ձեռքերի մեջ հավաքած աշխատում էր պաշտպանել գլուխը՝ շեքերի մեջ կոխած:

Սակայն հայրը բավականացավ մի հարվածով միայն և անմիջապես դարձավ կնոջը, որ թախտի վրա նստած կար էր անում լամպի լուսով.

— Հա՞ա, մեռել ե՞ք, սատկել ե՞ք: Տո, դոււռն էսքան կոտրատում եմ, չեք իմանում: Այ խլանաք դուք, խլանաք: Պինդ էլ կողպել եք, թե ի՞նչ: Գիտամ, էնքան բան-ման ունես անտեր տանդ, որ վախենում ես նի չթափվեն, չթալանեն: Վայ ձեր ծնունդը չորանա, ձեր ծնունդը: Դուք խո ինձ համար կնիկ ու որդիք չեք, ցավ ու կրակ եք ինձ համար, ցավ ու կրակ գա ձեր գլխին: Էլ ջրբումս բարաքաթ չմնաց, ինչ դու էդ կոտրած ոտդ տուն դրիր ըստեղ...

Դավթի արտասանած ամեն մի պարբերությունը համեմված էր ամենաընտիր և երբեմն շատ ինքնուրույն հայհոյանքներով:

Կինն ամենևին ձայն չհանեց, նույնիսկ գլուխը չբարձրացրեց կարի վրայից: Ամուսնու գոռգոռոցն ու հայհոյանքն այնքան սովորական բան էին դարձել նրա համար, որ միանգամայն կորցրել էին իրենց բոլոր նշանակությունն ու ազդեցությունը, և վաղուց էր արդեն, որ Մային այլևս չէր պատասխանում, մի անգամ առ միշտ համոզվելով, որ այդ ոչ միայն անօգուտ, այլ նույնիսկ վտանգավոր է, որովհետև խոսքը խոսք էր բերում, և Դավիթը վերջիվերջո խոսքից անցնում էր «գործի»: Կնոջ միակ պատասխանը լռությունն ու անտարբերությունն էր լինում: Շունը հաչեր, թե Դավիթը — այդ միևնույն էր նրա համար: Պատահում էր, որ Դավիթն ամբողջ ժամերով գոռում -գոռգոռում, հայհոյում էր ամենա զզվելի ածականներով, բայց Մային գլուխը կախ մնում էր իր բանին, քարի պես լուռ ու անտարբեր:

Ծանր, շատ ծանր էին խեղճ կնոջ քաշած օրերն արբեցող ամուսնու ձեռքին: Ինչ Մային ոտ էր դրել ամուսնու տունը, ոչ մի լավ օր չէր տեսել, միշտ ծեծ ու հայհոյանք, միշտ հայհոյանք ու ծեծ: Ծեծն ու հայհոյանքն էլի վնաս չունի, — այդ բանին այսպես թե այնպես դեռ կարելի էր դիմանալ, — բայց գոնե տան և երեխաների հոգսը քաշեր, այդ էլ չկար: Ինչ, վաստակում էր, իր փորն էր ածում: Ուրեմն էլ ինչացո՞ւ էր. ավելի լավ չէ՞ր լինի, որ իսկի չլիներ, խեղճ կինը գոնե հանգիստ իր բանին կկենար, գոնե գիշերները չէր սպասի ահ ու դողով, թե ահա որտեղ որ է պիտի գա իր դահիճը արբած-տրաքած, երեխաներին լեղաճաք անի, ամբողջ թաղը հավաքի գլխին: Տունը ինքն էր պահում, երեխաներին ինքն էր հագցնում, կերակրում իր ձեռքի աշխատանքով, ուրեմն էլ ինչացո՞ւ էր այդ միշտ արբած մարդը, էլ ի՞նչ սրտով էր բղավում, հայհոյում, ծեծում, ինչո՞ւ և ի՞նչ իրավունքով:

Մային աշխատում էր, գիշեր-ցերեկ աշխատում — կար էր անում, լվացք էր անում, հաց էր թխում, թոկ էր զգում, բարդաններ էր կարում, հինած էր հինում, պարսիկ վաճառականների համար նուշ, ընկույզ, տխիլ էր կոտրում, կարիքը ստիպել էր նրան վարժվելու ամեն տեսակ աշխատանքի, և ոչ մի օր նրա ձեռքը դադար չէր առնում: Հարատև աշխատանքը, զրկանքներն ու հոգսերը և ամուսնու պատճառած ֆիզիկական ու բարոյական տանջանքները հալումաշ էին արել խեղճին: Նրա կյանքը դարձել էր մի տեսակ անասնական, չէր իմանում ի՞նչ օր է լուսանում, ի՞նչ օր մթնում, մի բան էր միայն իմանում —երեխաները քաղցած են, պետք է աշխատել, երեխաները տկլոր են, պետք է աշխատել, տանտերը պահանջում է վարձը, պետք է աշխատել:

Ահա այս գիշեր էլ, չնայելով շաբաթ գիշեր է, կիրակնշտեք է, երբ ամեն աշխատանք դադար է առնում, նա դարձյալ աշխատում է, կարում է ամբողջ օրը վաղ առավոտից նստած, որպեսզի վերջացնի, տանի տա տիրոջը, մի քանի կոպեկ փող ստանա, գեթ վաղը մի քիչ հաց առնելու: Առանց այն էլ երեխաները այսօր ամբողջ օրը սովից վնգստում էին: Փոքրն արդեն շատ վնգստալուց հոգնել, քնել է, մեծն էլ, աղջիկը՝ չես իմանում ինչի է սպասում: Նրա մատները փետացել են, ասեղը հազիվ են բռնում, մեջքը կորացել, չորացել է, որ շտկում է, կարծում է, թե ողնաշարն ուզում է կոտրվել:

Երկար, շատ երկար գոռաց, գոռգոռաց Դավիթը, հայհոյեց, էլ մեռել ու կենդան չթողեց, հետո պառկեց թախտի վրա, ձեռները դրեց գլխի տակ և սկսեց նայել առաստաղի կաթիլքից բազմազան գույներ ստացած, ճաքճքած գերաններին:

Փոքրիկ աղջիկը, որ հոր ահից հենց այնպես էլ մնացել էր դռան մոտ պպզած, ուր դռան ճեղքերից փչող սառը քամին մրսեցնում էր նրա վտիտ մարմինը, կամաց վեր կացավ, կատվի քայլերով գնաց բարձրացավ թախտը և նստեց մոր մոտ, մերկ սրունքները ծածկելով չթի դերիայի կարճ փեշերի տակ: Շուտով նրա աչքերի կոպերը ծանրացան, և նա նստած տեղը սկսեց նիրհել:

Մայրն ատամներով կտրեց կարի թելը, որի ժամանակ աչքն ընկավ նիրհի մեջ գլուխը բարձր ու ցածր անող աղջկա վրա:

— Աղջի, քունդ տանում ա, գնա քնի:

Աղջիկը բաց արեց շաղված աչքերը, մի րոպե ապուշ — ապուշ նայեց մորը, հետո սուր-սուր եղունգներով սկսեց քորել գլուխը և կամացուկ վնգստաց.

— Հաց եմ ուզում:

— Ես էլ եմ ուզում, — արձագանք տվավ թախտի ծայրից փոքրիկը, որ հոր գոռգոռոցի վրա զարթել էր և, մինչև այժմ լուռ, մթելի տակից պլզած աչքերով նայում էր ճրագին:

— Էգուց, էգուց, բալա ջան, հմի քնեցեք, — ասաց մայրը: Բայց փոքրիկը և նրանից սիրտ առած մեծը սկսեցին ավելի ու ավելի վնգստալ:

— Սո՛ւս, շան լակոտներ, թե չէ, էս ա վեր կացա, — հանկարծ

գոռաց Դավիթը, արագորեն շուռ գալով պառկած տեղը և բռունցքը ուժգին զարկելով թախտին:

Փոքրիկն իսկույն սուս արավ և մթելը գլխին քաշեց: Աղջիկը նույնպես լռեց, չոքեչոք գնաց դեպի անկողինը, պառկելուց առաջ քորումոր եկավ ամբողջ մարմնով, հետո մթելի մի ծայրը բարձրացրեց, մտավ տակը, գլուխը դրեց եղբոր գլխի մոտ, կուչ եկավ սրթսրթալով և համարյա թե նույն րոպեին էլ քնեց:

Քամին շվշվացնում էր դուրսը, բզզում էր բուխարու մեջ, ծեծում էր դուռը ու պատուհանը, իսկ ներսը լռության մեջ լսվում էր քնած երեխաների շնչառությունը և երբեմն-երբեմն Դավթի մռմռոցը: Այնինչ Մային, գլուխը միշտ կախ, կարում էր հա կարում, և սպիտակ քաթանը նրա հոգնած աչքերի առաջ երբեմն-երբեմն շերտավորվում էր կարմիր, կանաչ, դեղին զոլերով:

Պառկած տեղն էլ հանգիստ չէր կարողանում մնալ Դավիթը, տենդով բռնված մարդու պես դես էր շուռ գալիս, դեն էր շուռ գալիս, մռնչում էր, փռնչում, ոգելից խմիչքի ծարավն ավելի ու ավելի էր նեղում, նրան: Նրան թվում էր, թե այդ գիշեր չի լուսացնի, կամ կմեռնի, կամ կգժվի: Առհասարակ ամբողջ օրը հիվանդ էր զգում իրեն, գլուխը ծանր էր քարի պես, աչքերից ջուր էր գնում, ձեռները դողում էին, ծնկների մեջ ինչ — որ մղմիղ էր զգում, իսկ ստամոքսի մեջ կարծում էր, թե մժեղներ են դժվժում, չնայելով, որ ոչինչ չէր կերել, այնուամենայնիվ քաղց չէր զգում և ուտելու մասին չէր էլ մտածում: Զգում էր միայն, որ մի քանի բաժակ օղին բավական էր այդ հիվանդագին բոլոր երևույթները ձեռաց վանելու համար:

— Օ՛, ես ձեր... — մի ծանր բռունցք իջեցնելով թախտի վրա, զորավոր հայհոյանք ուղղեց նա հայտնի չէ ում հասցեին, նստեց, ոտները կախեց թախտից, խոնարհվեց և գլուխն առավ ձեռքերի մեջ: Գոնե քունը գար, որ թերևս առժամանակ մոռանար այդ անտանելի պապակը: Ոգելից խմիչքի ծարավը չէր այնքան, որ տանջում էր նրան, այլ ավելի երևակայությունը, որ այնքան հրապուրիչ ու գայթակղիչ մտապատկերներ էր ստեղծում օղու և գինու շուրջը ընկերական շրջանում, դուդուկի և արգանի ձայների տակ, գինետան մեջ, որի քացախած օդը նրա համար ավելի ախորժելի էր, քան բուրավետ վարդն ու ծաղիկը:

Նա վեր կացավ և սկսեց քայլել սենյակի երկայնքով: Մտածում էր՝ ինչ աներ այդ սոսկալի դրությունից ելնելու համար, մտածում էր կյանքի և մահվան առեղծվածի առջև կանգնած մարդու մտատանջանքով: Ամեն անգամ, որ մոտենում էր սենյակի անկյանը, նրա աչքովն էր ընկնում ջրի կուլան: Սկզբում ուշադրություն չէր դարձնում, հետո կանգ առավ կուլայի առաջ և երկար ժամանակ չէր կարողանում հաղթահարել իր մեջ մի տարօրինակ զգվանք, որ, իբրև արբեցող, տածում էր դեպի ջուրը: Բայց ոգելից խմիչքի ծարավը սպանում էր նրան, թուքը ցամաքել էր, որկորը խանձվել, պետք էր բերանը մի բանով թաց անել: Եվ Դավիթը կամա-ակամա խոնարհվեց դեպի ջրի կուլան:

Բայց այդ միջոցին հանկարծ մի միտք ծագեց նրա գլխում, և նրա դաժան՝ դեմքը մի րոպե կարծես պայծառացավ:

Նա արագորեն մոտեցավ պատի մեջ գտնված պահարանին, բաց արեց, հանեց օղու դատարկ շիշը, կուլայից մի գավաթի չափ ջուր ածեց մեջը և սկսեց ողողել: Ողողեց, ողողեց օղու շիշը, հետո գլխին քաշեց և սկսեց ծծել: Ծծում էր աչքերը փակ և շրթունքները պինդ սեղմած շշի պռնկին: Այդ միջոցին նրա դեմքը զարշանքի այնպիսի արտահայտություն էր ստացել, որ կարծես լուծողական էր ընդունում:

Կինն առաջին անգամ բարձրացրեց գլուխը, նայեց նրան, հետևից մի չանչ արավ և նորից շարունակեց կարը:

Դավիթը չտեսավ այդ չանչը, բայց նրան թվաց, թե կինն իր հասցեին ինչ-որ փնթփնթաց քթի տակ:

— Հը՛, ի՞նչ ես փնթփնթում, — կամաց դարձավ նա կնոջ կողմը, շիշը հեռացնելով շրթունքներից: Հրացայտ աչքերով երկար ժամանակ լուռ ու անշարժ խեթում էր կնոջը, հետո ավելացրեց ծանր ու սպառնալից, — ջանդ խո քոր չի գալիս: Թե քոր ա գալիս, քորեմ...

Կինը ձայն ծպտուն չհանեց:

Դավիթը շիշը տեղը դրեց, պահարանի դուռը շրխկացնելով փակեց և գնաց նորից պառկեց թախտի վրա, չմոռանալով հայհոյանքի մի նոր փունջ հրամցնելու կնոջը: Ջուրը թեև մի քիչ օղու համ էր ստացել, բայց իհարկե, այն չէր, ինչ որ քթից ծուխ հանող, աչքերից արտասուք քամող օղին, որ խմելուն պես բալասանի նման տարածվում է մարդու երակների մեջ, և այդ բանն էր, որ ավելի ջղայնոտ էր դարձրել Դավթին, ավելի ևս գրգռելով նրա ոգելից խմիչքի պապակը: Նա սաստիկ ցանկանում էր, որ կինը ձայն հաներ, բան ասեր, որպեսզի իսկույն վեր թռչեր և մի լավ տրորեր նրան, սրտի բոլոր մաղձը նրա վրա թափելով: Բայց Մային ձկան պես լուռ, իր բանին էր:

Դուռը դրսից ծեծեցին:

Դավիթը գլուխը բարձրացրեց, նայեց դռանը և նորից պառկեց: Այդ անշուշտ Ակոբն էր — անդրանիկ որդին՝ ութ տարեկան, որ նոր էր վերադառնում խանութից: Չորրորդ ամիսն էր, որ նրան աշակերտ էր տվել մի պղնձագործի մի տարի անվարձ ծառայելու, մինչև որ արհեստ սովորեր:

Որովհետև դուռն իսկույն բացող չեղավ, նորից ծեծեցին:

Դավիթը վեր թռավ, նստեց և դարձավ կնոջը կատաղած,

— Տո, խլացել ե՞ս, չես իմանո՞ւմ: Էս էլ խո ես չեմ, վե կաց բաց արա, է՜լի: Այ չորանաս էդ ճրագի տակը, հը, ընենց կպչես էդ թախտիցը, որ էլ պոկ չգաս: Մի հարցնող ըլի, օգուտդ ի՞նչ ա, է՞, էդ անտեր-մունդռիկ կարիցը: Նավթն էլ մինչև լիս էրում ես:

Մային կարը մի կողմ դրեց, մեջքը հազիվ շտկեց, վեր կացավ, իջավ թախտից և ամուսնու անհատնում հայհոյանքների ուղեկցությամբ գնաց դուռը բանալու:

Մտավ Ակոբը զզզված հագուստով, մրից սևացած դեմքով, ձեռքերով և մինչև սրունքները մերկ ոտներով: Ցրտից սրթսրթում էր ամբողջ մարմնով և ատամները նկատելի կերպով զարնում իրար, բայց աչքերն իրենց տարօրինակ սպիտակուցներով սևացած դեմքի վրա փայլում էին մանկական ինչ-որ անհուն բերկրանքով:

— Մայիլո ջա՛ն, — մտնելուն պես բացականչեց նա, — ըսօր մեկն եկավ, պղինձներ առավ, տարա տուն, մի աբասի փող բաշխեց: Ա՛յ:

Դավիթը փողի անունը լսելուն պես ծտի նման թռավ տեղից և մի ոստյունով հասավ դռան մոտ:

— Աբա՛, աբա՛ ...

Ու քաղցած գայլի պես վրա ընկավ երեխային: Մայրն ընկավ որդու և նրա մեջտեղ:

— Չտաս, չտաս, Ակոբ ջան, հաց չունենք, հաց կառ...

Խոսքը չվերջացավ կնոջ բերանում. Դավիթն երկու ձեռքով բռնեց նրա ոսկրացած ուսերից և այնպիսի ուժով ետ շպրտեց նրան, որ նա փռվեց գետնին մեջքի վրա:

— Ի՛նձ տու, — բղավեց և այնպես պինդ հուպ տվեց որդու բռունցքը, որ նա ցավից ճչաց և իսկույն փողը վայր գցեց ձեռքից:

Դավիթը փողը թոցրեց գետնից և խելագարի պես դուրս թռավ...

Երբ Մային ուշքի եկավ և աչքերը կամաց բաց արեց, կարծես երազի մեջ տեսավ, որ Ակոբը պատին կպած՝ լաց է լինում երեխայական ուժգին հեծկլտանքով, և ցուրտ քամին փչում է բաց դռնից, բլբլացնելով լամպի լույսը թախտի վրա: Մեծ դժվարությամբ նստեց, երկու ձեռքով բռնեց ծոծրակը, աչքերը փակեց ինչ-որ սուր ցավից և մի երկար ու ձիգ թառանչ քաշեց:

— Դուռը կողպի, Ակոբ ջան, դուռը կողպի, ցուրտ ա, — հազիվ կարողացավ արտասանել նա:

1889

ՀՈՊՈՊ

Զինագործ Ասատուրը, — հնամաշ արխալուղով, կաշե գոտկով, արբեցողությունից ուռած — կարմրած դեմքով մոտ քառասուն տարեկան մի մարդ, որ ամբողջ թաղում և բազարում հայտնի էր Հոպոպ մականունով, — երեկոյան իր հավաքնի չափ փոքրիկ խանութը փակելուց հետո տուն էր գնում: Մի ձեռքին բռնած էր կես-թունգանոց մի զավ, որի պատերը տարիների ընթացքում սնացել էին կարմիր գինուց, մյուս ձեռքին կարմիր աղլուխի մի կապոց, որի մեջ կար մի քիչ «դոշ» (ձուկ), մի քիչ կանաչի, մի կապոց կարմիր բողկ և երկու սպիտակ «շոթի» (վրացական երկայն ու նեղ հաց), որոնց սուր ծայրերը երկար ականջների պես դուրս էին ցցված աղլուխի կապի արանքներից:

Արևը նոր էր մայր մտել, ամառային անտանելի տոթ եղանակը փոքր-ինչ կոտրվել էր, բայց և այնպես անշարժ օդը հագեցած էր արևից կիզված փոշու ծանր հոտով: Թաղի կանայք երկարատև օրվա չարքաշ աշխատանքից հետո խումբ-խումբ նստոտած էին իրենց դռների առջև մերկ ոտներով մերկ գետնին, գլխների փաթաթանների կապն արձակած կիսաբաց կրծքներին և զբաղված էին իրենց սովորական խոսք ու զրույցով, որոնք բամբասանքներից դենը չէին անցնում: Բոկոտն, գլխաբաց, կեղտոտ երեխաները ճանճերի պես իրար խառնված վազվզում էին փողոցներում ականջ խլացնելու չափ ճիչ ու ծղրտոցով:

— Հո՛պոպ, — հանկարծ կանչեց երեխաներից մեկը: Հոպոպն ամենևին ուշադրություն չդարձրեց այդ կանչին, որը, ինչպես երևում էր, մի՝ շատ սովորական բան էր դարձել նրա համար, և անտարբեր շարունակում էր իր ճանապարհը: Քրտինքը ծորում էր նրա գդակի տակից ականջների հետևով և պուտ-պուտ կաթում խունացած ուսերին:

— Հո՛պոպ... Հո՛պոպ... — ծկլթաց երկրորդը, երրորդը, չորրորդը... և վերջին այդ հատուկենտ ծկլթոցները միախառնվեցին և դարձան ընդհանուր մի աղաղակ այնքան սուր ու համառ, որ ամենաբթացած ջղերն անգամ կարող էին գրգռվել:

Հոպոպը երկար չկարողացավ համբերել, առանց ետ նայելու և շարունակելով ճանապարհը, սկսեց սարսափելի հայհոյանքներ թափել հետևից աղաղակող երեխաների հասցեին:

Երեխաները, ըստ երևույթին, այդ բանին էին սպասում, և նրանց աղաղակը դարձավ ավելի միահամուռ, ավելի սուր ու համառ, համեմված երեխայական անհոգ քրքիջով և մեծերից լսած փոխադարձ հայհոյանքով: Նրանցից մի քանիսը սկսեցին նույնիսկ քարեր շպրտել Հոպոպի հետևից:

Սակայն Հոպոպը գնում էր իր համար, առանց նույնիսկ մտածելու, որ պաշտպանվի, թեև տեսնում էր, թե ինչպես քարերը հետևից գալով թռչում էին իրեն այս ու այն կողմից և գետնին ընկնելով փոշի էին բարձրացնում: Նա միայն շարունակում էր իր հատընտիր հայհոյանքները: Ըստ երևույթին, այդպես էլ կշարունակեր ճանապարհը մինչև տուն, եթե քարերից մեկը չդիպչեր նրա ոտին: Երևի ոտը խիստ ցավեց, որովհետև հանկարծ կանգ առավ, մի ակնթարթում գինու գավն ու աղլուխի կապոցը դրեց գետնին, մի մեծ քար վերցրեց և արյունով լցված աչքերով պատրաստվեց շպրտելու երեխաների վրա: Բայց մինչ այդ երեխաները ծկլթացին, շուռ եկան ու ցանուցիր եղան շեղակի նեղ փողոցներում:

— Ա՜յ ես ձեր... (երկար հայհոյանքներ): Թե մի կկանգնեիք, թե մի կկանգնեիք... Քարով եք ուզում կռվի՞, դե կռվենք, էլի, ո՞ւր եք փախչում, ձեր... (հայհոյանք): Փիե՜, անց կենալ չի ըլում, էլի. վրա են թափվում, կասես գեղի շներ ըլեն: Տո, ասա ես ձեզ բան եմ անո՞ւմ. թողեք, է՜լի, գնամ ինձ համար վեր ընկնեմ իմ տանը, ես ձեր... (հայհոյանք):

Նա քարը վայր գցեց, ցուցամատով սրբեց ճակատի վրա տված քրտինքը, մատը թափ տվեց, կռացավ և, շարունակելով հայհոյանքները, սկսեց ձեռքով տրորել ոտի այն տեղը, ուր դիպել էր քարը:

— Հը , ուստա Ասատուր, էդ ի՞նչ ես ըտենց տաքացել, — ասաց այդ րոպեին նրա մոտով անցնող մի ծանոթ մարդ առանց կանգ առնելու:

Հոպոպը նայեց նրան, զամն ու կապոցը վերցրեց գետնից և, շարունակելով ճանապարհը նրա հետևից, սկսեց գանգատվել:

— Տո, ըսենց էլ բան կըլի՞, մի հետ չըլավ, որ էդ շան լակոտները թողան արխային գնամ իմ ճամփով: Հոպոպ հա, Հոպոպ: Տո, Հոպոպը... (հայհոյանք երեխաների հասցեին): Հոպոպը ձեր թայն ա՞:

— Էհ, երեխեք են, է՛լի, ուստա Ասատուր, ի՞նչ ես անգաջ դնում, — ասաց ծանոթը շտապ քայլելով նրա առջևից:

— Տո, ո՞վ ա անգաջ դնում, ես դրանց... (հայհոյանք): Տեսնում են թե չէ, ոնց որ գեղի շները վրա տան: Քարեր էլ են զցում, քարեր:

Բայց ծանոթն այլևս չէր լսում նրան, նա ծռվեց մյուս փողոցը և անցավ գնաց:

Իսկ Հոպոպը, բարձրաձայն շարունակելով հայհոյանքներով համեմված իր բանակռիվը բացակա երեխաների հետ, մտավ իրենց փողոցը: Դռներին նստոտած կանանց խմբերի մոտով անցնելիս մի ջահել կին կանչեց նրա հետևից.

— Հո՛պոպ:

Ու իսկույն ծիծաղելով դեմքը ծածկեց մոտը նստած ընկերուհու մեջքի հետևը: Մյուս կանայք ուրախ հռհռացին, բացի մի պառավ կնոջից, որը մեղմորեն հանդիմանեց բացականչողին:

Հոպոպը ետ չնայեց, բայց, իհարկե, առանց հարմարավոր հայհոյանքի չթողեց իր հետևից կանչող կնոջը և անցավ գնաց: Այդ հայհոյանքն այնքան անհամեստ էր, որ պառավը նկատեց կանչողին.

— Հը՛, էդ էիր ուզո՞ւմ...

Իսկ մյուս կանայք, մանավանդ կանչողը, ամոթից ծածկեցին բերանները և, իրար կողք բզելով, աշխատում էին զսպել ավելի սաստկացող հռհռոցը:

Այնուհետև մինչև տուն հասնելը Հոպոպի միևնույն հայհոյանքը զանազան վարիանտներով ուղղված էր միայն իր հետևից կանչող կնոջ հասցեին:

* * *

Ամբողջ թաղը Հոպոպ մականունով էր կնքել զինագործ Ասատուրին, ժողովրդական այն առածի հիման վրա, որ ասում է, թե «Հոպոպը ինքը հոտած էր, կարծում էր, թե բույնն է հոտած»: Եվ իսկապես, շատ հոտած, այսինքն կռվարար մարդ էր զինագործ Ասատուրը: Պատճառը թերևս իրենք թաղեցիներն էին, որովհետև, ինչպես ինքն էլ շարունակ զանգատվում էր, ոչ մի օր չէին թողնում, որ մարդը հանգիստ տուն գնա: Հոպոպին կատաղեցնելը մի կատարյալ զվարճություն էր նրանց համար: Նույնիսկ այն ժամանակ, երբ նա տանը նստած, սուփրեն առաջին, գինու գավը կողքին, թուրքերեն բայաթի էր երգում իր ճաթած ձայնով, թաղի կանայք, որոնց մի առանձին հաճույք էին պատճառում նրա անզուգական հայհոյանքները, դրդում էին մի որևէ չարաճճի երեխայի, որ գնա չարացնի Հոպոպին: Երեխան իսկույն վազ էր տալիս, գլուխը զգուշորեն ներս կոխում դռնից, կանչում «Հո՛պոպ» ու ծլկում արագավազ նապաստակի պես: Եվ այդ մի հատիկ բառը բավական էր լինում, որ Հոպոպի քեֆը հարամ լիներ, նա իսկույն ընդհատում էր բայաթին, դուրս գալիս դուռը և ամբողջ թաղը հավաքում գլխին:

Ոչ ոքի՝ հետ չէր հաշտվում Հոպոպը: Բազարում թե թաղում ոչ մի հարևան չուներ, որի հետ կռված և մի լավ էլ ծեծ կերած չլիներ: Կնոջ հետ խո ամեն օր տուրուդմբոցի մեջ էր. ինքը կնոջն էր ծեծում, կինը նրան, թակում էին իրար այնքան ժամանակ, մինչև որ կամ հոգնում էին, կամ հարևանները միջամտում, բաժանում նրանց իրարից: Ոչ ոքից չէր վախենում, բացի ոստիկանությունից, որ շատ անգամ կոխել էր նրան մեծ-մեծ մկներով լի մութ նկուղը և մի քանի անգամ էլ նույնիսկ պրիստավը իր սեփական ձեռքով արյունլվիկ էր արել նրա քիթն ու պռունկը:

Հոպոպն արբեցող էր, ճիշտ է, բայց միայն գինի էր խմում, այն էլ միայն կարմիր և լավ գինի, արաղ չէր սիրում և խմելուց հետո էլ դեմքին այնպիսի արտահայտություն էր տալիս, որ թվում էր, թե պիտի թափի: Կերակուրների մեջ էլ խիստ խտրություն էր դնում, ջրալի կերակուրներ չէր սիրում, պասվա կերակուրներն ատելով ատում էր, մանավանդ լոբին, նրա սովորական ուտելիքն էր յուղալի դոշը, խավիարը, խորոված, թարմ կանաչին, կարմիր բողկը և սպիտակ հացը: Իսկ այդ համեմատաբար թանկ ուտելիքները գնելու համար փող միշտ ուներ, որովհետև իր արհեստի մեջ լավ վարպետ էր և այնքան ճարպիկ, որ կարողանում էր մի որևէ գրոշանոց ժանգոտ թուր, խանչալ կամ հրացան հարյուր տարվա հնության տեղ ծախել եվրոպացի տուրիստների վրա շատ լավ գներով:

Գինու գավը, որ տեսանք նրա ձեռքին, բանեցնում էր տասնհինգ տարուց ավելի, առավոտները դատարկ հետը տանում էր խանութը, երեկոները լիքը տուն բերում: Այնքան էր սիրում, որ շաբաթ գիշերները, դատարկելուց հետո, մոմ էր վառում վրեն. «Բարաքես սրա մեջն ա, — ասում էր ինչ էս գավով գինի եմ խմում, բանս լավ ա գնում»: Մի անգամ նրա մեծ տղան, վեց տարեկան, ոտով դիպավ գավին, գավը գլորեց և քիչ էր մնում թախտից ընկներ կոտրվեր: Հոպոպը վրա ընկավ երեխին և սկսեց ծեծել նրան այնքան սաստիկ, որ կսպաներ, եթե կինը չխլեր որդուն կատաղած հոր ձեռքից: Բարեբախտաբար, գավն արդեն դատարկված էր, թե չէ, ծեծից նրան էլ բաժին կհասներ:

* * *

Կինը տանը չէր, որ Հոպոպը տուն հասավ: Դուրսը պատի տակ տղան տուն էր շինում տաշեղներից: Բացի կարճ, կեղտոտ շապկից, ուրիշ բան չկար նրա հագին:

— Ո՞ւր, ա մերդ, — հարցրեց հայրը:

Տղան վեր կացավ, աչքերը տնկեց հոր ձեռքի աղլուխին և պատասխանեց:

— Բագրատանց տուն գնաց:

Հոպոպի աչքերը կրակ կտրվեցին:

— Էլի՞... վայ ես նրա... — հայհոյեց նա, շտապով ներս մտավ, զավն ու աղլուխի կապոցը դրեց թախտի վրա և նորից դարձավ որդուն: — Գնա էս սըհաթիս կանչի: Դե, հը՛:

Տղան, որ հոր հետևից ներս էր մտել և աչքը չէր հեռացնում աղլուխից, հանկարծ շուռ եկավ ու դուրս թռավ:

— Բագրատանց տո՛ւն... Լա՛վ, շա՛տ լավ, — սկսեց բարձրաձայն խոսել ինքնիրեն Հոպոպը, — Դե հըմի կգաս, կտեսնանք, էլի... ես քեզ Բագրատանց տուն շանց կտամ... Հա՛յ գիդի, հա՛, Աստուրը մեռել ա, է՛լի, էլ չկա, էլ գետնի երեսին ման չի գալի, է՛լի, որ նրա կնկա հետ ուրիշներն են սիլի-բիլի անում... Հոպոպ որ դառանք, նամուս էլ կորցրի՞նք... Ա՛յ, գետինը չմտնի էս գդակը:

Եվ նա գդակը պոկելով գլխից ուժգին թափով խփեց գետնին: Հետո շարունակելով հայհոյանքներով համեմված սպառնալիքները կնոջ հասցեին, գոտիկը ետ արեց, հանեց արխալուղը, ոտնամանները, հոտած գուլպաները, շալվարը և դրան շեմքին կանգնելով, սկսեց չթի կարճ շապկի փեշով հով անել քրտինքից ջուր կտրած երեսին ու փորին:

Անհամբեր սպասում էր կնոջը, բայց մինչև որ կինը կգար, ջղված սրտով մոտեցավ զավին, գլխին քաշեց, ծծեց ագահորեն և, ծարավը հագեցնելուց հետո, զավը տեղը դրեց: Հետո, առանց աղլուխի կապոցը բանալու, կտրեց շոթիներից մեկի սուր ու չոր ծայրը, բերանը զցեց և սկսեց ծամել:

Մոր հետևից գնացած երեխան ներս ընկավ գնդակի նման:

— Ասեց գալիս եմ, — ասաց նա և այս անգամ աչքերը տնկեց հոր բերանին:

— Հը՛մ, — մռնչաց Հոպոպը, հացը ծամելով, և ձեռքը նորից տարավ դեպի զավը:

Այսպիսով զավը մի քանի անգամ մոտեցրել էր նա շրթունքին և պպզել թախտին, երբ վերջապես դրան շեմքին երևաց կինը —

բավական սիրունատես ու գիրուկ, մաշված դեղին չուստերը մերկ ոտներին և ծծի մանուկը գրկին:

— Ըհը, էս էլ եկա, ի՞նչ ես ուզում, — ասաց նա համարձակորեն, ըստ երևույթին շատ լավ իմանալով, որ կրկնվելու է ամենօրյա տեսարաններից մեկը:

— Ինչ եմ ուզո՞ւմ, — ասաց Հոպոպը, որ հենց նոր գավը նորից գլուխն է քաշել, գավը դրեց թախտի վրա, շապկի թևով սրբեց շրթունքը, մոտեցավ բռնեց կնոջ ձեռքից, ներս քաշեց և սպառնական դիրք բռնեց նրա առջև: — Ո՞րտեղ իր:

— Բագրատանց տանը, — նույն համարձակությամբ պատասխանեց կինը:

— Ի՞նչ իր շինում ընտեղ:

— Ի՞նչ պտի շինեի: Լվացք ունեն անելու, կանչել ին, որ էգուց գնամ լվանամ:

— Լվա՞ցք... լվա՞ցք... Տո՛, ես քու... (հայհոյանք)... անտեր-մունդռի՞կ ես մնացել, քաղցած-տկլո՞ր ես մնացել, որ ուրիշների համար լվացք ես անում: Հաա՞: Բա ես չկա՞մ, բա իմ գլուխը շներն ու գելերն են կերե՞լ: Հաա՛: Տո՛, իմ կնիկն ընչի՞ պտի ուրիշի լվացքն անի, հը՞: Տո՛, Բագրատն ո՞ւմ շունն ա, որ իմ կնիկը գնա նրա համար լվացք անի, հը՛: Տո՛, Բագրատի պես հարուրին կառնեմ -կծախեմ, ու իմ կնիկը պտի գնա նրա համար լվացք անի՞: Ի՞նչ անենք, թե գդակին կակարդ ունի ցցած, ես նրա... (հայհոյանք Բագրատի հասցեին): Տո՛, ի՞նչ լվացք, ի՞նչ դես, ի՞նչ դեն, ո՞ւմ ես ուզում խաբի, հազիր ասես... Դեսն արի հլա, դեսը... (Հոպոպը քարշ տվավ նրան դեպի ավելի ներս, ձայնը ցածրացրեց, գլուխն առաջ տարավ և ֆշշաց սեղմած ատամների միջից), հազիր ասես գնացել իր նրա հետ շնութին անելու... Հը՞, սուտ ա ... էլի կասե՞ս սուտ ա...

Կինը ձեռքը խլեց նրա ձեռքի միջից և չանչեց նրան:

— Ի, հողեմ գիժ գլուխդ, — ասաց նա արհամարհանքով և դարձավ, որ դուրս գնա:

Բայց մարդը շանթեց նրա թևից և թույլ չտվավ, որ տեղից շարժվի:

— Կա՛ց, — գոռաց նա, — ու՞ր ես գնում, որ գնում ես: Հենց գիտաս ձեռիցս կպրծնե՞ս: Գիժը հըմի կտեսնաս, թե ոնց գիժ եմ: Ընչկլի հոգիդ չհանեմ, կթողա՞մ: Բա ես մեռե՞լ եմ, որ էն շուն շան որդու հետ ես շնութին անո՞ւմ: Հը՛, մեռել ե՞մ... մեռել ե՞մ... մեռել ե՞մ...

Եվ ամեն մի «մեռել եմ» խոսքի հետ բռունցքի մի ծանր հարված էր իջնում կնոջ մարմնին, ո՛ւր որ պատահեր — գլխին, ուսին, մեջքին... Կինը մի ձեռքով մանուկը գրկած գլուխը կախել էր, որ հարվածները երեսին չդիպչեն, մյուս ձեռքով աշխատում էր բռնել մարդու ձեռքը, և եթե երբեմն աջողվում էր այդ, Հոպոպն ավելի էր կատաղում և հետագա հարվածներն ավելի անխնա էին լինում:

— Տո՛, գիժ Հոպոպ, ի՞նչ ես ուզում ինձնից, — կանչում էր կինը լաց լինելով:

Ծծի մանուկը ծվում էր նրա խտտին, իսկ մյուս երեխան մի կողմ քաշված դիտում էր այդ շատ սովորական տեսարանը լուռ ու անտարբեր:

— Ես քեզ հլա փե՛տով պտի ծեծեմ, փե՛տով, — ասաց Հոպոպը շնչասպառ և, թողնելով կնոջը, սկսեց խենթի պես դես-դեն ընկնել սենյակում, որ փայտ գտնի: Փայտ չգտնելով, նրա աչքովն ընկան իր ոտնամանները: Ու վեր թոցրեց այդ ոտնամաններից մեկը, որի կրնկին հաստ նալ էր խփած գոզավոր մեխերով:

Մինչ այդ՝ կինը ծծի մանուկը դրեց թախտի վրա, շտկեց իրեն և վեր թոցրեց գինու գավը:

— Աբա՛ խփի, աբա՛ խփի, տե՛ս էս գավի գլուխը ո՛րտեղ եմ ուտում, — կանչեց նա անվախ և սպառնագին:

— Վա՛յ ես քու... — բղավեց Հոպոպը և, ոտնամանը ձգելով ձեռքից, վրա վազեց, որ գավը խլի:

Բայց կինը ժամանակ չտվավ նրան, որ իրեն հասնի, ոտները հանեց չուստերից և դուրս փախավ գավը ձեռին:

Մարդն ընկավ նրա հետևից:

Ու փողոցում, ուր թաղի կանայք և երեխաներն արդեն

հավաքվել էին նրանց աղմուկի վրա սովորական տեսարանը դիտելու, մարդ ու կին վազում էին — կինը առջևից գավը ձեռին, մարդը հետևից գլխաբաց, ոտաբոբիկ և ներքնաշորով:

Փողոցում մի անասելի ժխոր էր բարձրացել, կանայք հռհռում էին, երեխաները սուր ծկլթոցներով «Հոպոպ» էին աղաղակում և սուլում, իսկ թաղի մանրավաճառի խանութի առջև հաւսուն տղերքը ծիծաղելով բղավում էին. «Հասի, հա՛, Հոպոպ, հասի, հա՛»:

Այդ սարսափելի ժխորի մեջ Հոպոպը վազում էր հա՛ վազում կնոջ հետևից, կարճ շապկի փեշը փոփռացնելով օդի մեջ և աչքը տնկած կնոջ ձեռքի գավին, որի մեջ գինին լըխկ — լըխկում էր և թափվում բերանից:

Քանի գնում, այնքան փոքրանում էր տարածությունը մարդ ու կնոջ միջև, որովհետև գավը խանգարում էր կնոջն ավելի արագ վազելու: Վերջապես, մի քանի քայլ էր մնում, որ մարդը հասներ կնոջը, երբ հանկարծ կինը, առանց կանգ առնելու, ձեռքը բարձրացրեց և գավը ուժգին թափով գետնովը տվեց: Գավը բեկաց և ալ վարդի պես բացվեց: Տակի հաստ մասը քրեղանի պես մնաց ընկած տեղը, իսկ բարակ պատերի թաց փշուրները թռան այս ու այն կողմ, կարմիր գինին ներկեց գետինը լերդացած արյան սև գույնով և իսկույն ծծվեց արևակեզ գետնի մեջ:

Հոպոպը ցնցվեց և կանգ առավ հանկարծ: Նրան թվաց, թե իրեն տվին գետնովը: Աչքերը մթնեցին: Էլ չիմանալով, թե ինչ է անում, արագորեն կռացավ, մի մեծ քար թոցրեց գետնից և ծայրահեղ կատաղի թափով շպրտեց փախչող կնոջ հետևից:

Քարը շեշտակի գնաց դիպավ կնոջ մեջքին: Կինը սաստիկ ճչաց, իներցիայով առաջ վազեց մի քանի քայլ էլ և փռվեց գետնին երեսի վրա:

Հռհռացող փողոցը հանկարծ լռեց և քարացավ:

1890

ԹԵ Ի՛ՆՉ ԵՂԱՎ ՀԵՏՈ, ԵՐԲ ՇԱՔԱՐԱՄԱՆԻՑ ԵՐԿՈՒ ԿՏՈՐ ՇԱՔԱՐ ՊԱԿԱՍԵՑ

Մի ընդարձակ ամայի բակում հետին կողմը կանգնած էր դրոշապան Ցագորի հնօրյա տնակը, բաղկացած ընդամենը մի-մեծ սենյակից, որի դուռը բացվում էր ուղղակի դեպի բակը: Տնակի մի կողքին կպած էր՝ տախտակամած խոհանոցը, իսկ խոհանոցի կողքին՝ մի ընդարձակ ծածկոց, որի տակ Ցագորը գիշերները կապում էր իր ծանրաշարժ դրոգի ածդահա ձին: Բակը փողոցից բաժանված էր տախտակի ցանկապատով, որի տակ մի անկյունում կիտված էր ձիու ամիսներով հավաքված աղբը: Մինչդեռ բակի մնացած մասում մի ծեղ անգամ չէր կարելի գտնել — այնքան մաքուր էր, որովհետև Ցագորի կինը — Անանը, օրը լուսանար թե չէ, ամենից առաջ ձիու աղբն էր հավաքում և բակն ավլում:

Զարմանալի մաքրություն էր տիրում նաև ներսը, սենյակում: Հնամաշ, տեղ-տեղ թելերը դուրս թափված կապերտը ցածրիկ թախտի վրա միշտ ավլած էր: Հողե հատակն անդադար ջրվելուց խոնավացել, պնդացել, գորշ գույն էր ստացել և այնքան մաքուր էր, որ, ինչպես ասում են, յուղ թա՛փեիր՝ կհավաքվեր: Թախտի, երկու փոքրիկ պատուհանների, ծալքի և թարեքի սպիտակ միտկալի վարագույրները և չորս հատ հնաձև աթոռների սպիտակ երեսները փայլում էին ձյունի մաքրությամբ: Մինչև անգամ պատի տակ դրված, տակը ջրակալած և ամբողջապես ջուր լացող կարմիր խեցադան ամեն անգամ ջրով լցվելիս խնամքով ողողվում, մաքրվում էր: Ճանճ ասված բանը գոյություն չուներ այդ սենյակում, ուր ներքնատան մի տեսակ ծանր զովություն էր տիրում: Հաճախ կարելի էր տեսնել միայն մի որևէ հոթիս, որ դուրս գալով հայտնի չէ որտեղից՝ լույսից վախեցած վազում էր թախտի տակը մտնելու, կամ մի նամաճիճու, որ տրխկալով ցած էր ընկնում առաստաղից մեջքի վրա և սպիտակ փորը վերև արած երկար ժամանակ ոտները բալդի-բալդի էր անում, մինչև որ աջողում էր շուռ գալ, և ծանր ու բարակ, կարծես խոր մտածմունքի մեջ, սկսում էր ուր-որ գնալ:

Ամառվա տոթ երեկո էր: Օդն այնքան անշարժ էր, որ պատուհանների վար թողած վարագույրներն ամեննին չէին շարժվում: Անանը նստած էր հատակին մի չլի վրա և երեխային վեր էր կացնում օրորոցից: Նա դեռևս շատ ջահել կին էր, հազիվ քսան տարեկան, չթի հնամաշ դերիայով և գլխին մաքուր, սպիտակ աղլուխ փաթաթած: Կազմվածքն այնքան նիհար էր, որ պարզորոշ նկատվում էին թիակների սուր ծայրերը, որոնք դուրս էին ցցվել բարակ դերիայի տակից և մեջքի վրա, վերևից ներքև, տաշտանման մի փոս էին գոյացրել: Մի տեսակ սարսափի արտահայտություն կար նրա տեղ-տեղ կարմրատակած, տեղ-տեղ կապտած և տեղ-տեղ ուռած դեմքի վրա, մանավանդ տարօրինակ կերպով չռած քարացած աչքերի մեջ, որոնք կարծես ծայրահեղ ապուշ տարակուսանքով հարցնում էին շարունակ, «ինչո՞ւ, ինչո՞ւ...» ու ոչ մի տեղից պատասխան չէին ստանում:

Լուռ ու մունջ առավ երեխային, դրեց գոգը և սկսեց հազցնել: Երեխան ծիծաղկոտ աչքերով նայում էր նրա քարացած դեմքին և, ինչ-որ թոթովելով, կարծես քնքշանք էր խնդրում մորից, բայց մայրը կարծես չգիտեր, թե ինչ է քնքշանքը: Սակայն, երբ երեխան փամփլիկ ձեռքը մեկնեց և սուր եղունգով բռնեց նրա քթից, նրա դեմքի վրա ժպիտի նման մի բան երևաց, նախ համբուրեց երեխայի ձեռքը, գլխի մի թեթև շարժումով քիթն ազատեց նրա ձեռքից, հետո խոնարհվեց և շրթունքը ամուր ու կաթոգին սեղմեց նրա թրխլիկ այտերին: Բայց և այնպես սարսափը քարացած էր նրա դեմքի վրա և աչքերի մեջ:

Ներս մտավ մի կին միջին տարիքով, սև հագուստով, կարմիր քրտնած դեմքով, մի սև շալ ձեռքին: Ամբողջ թաղում և թաղի սահմաններից էլ դուրս նա հայտնի էր գիժ-Հոռոմսիմ անունով: Եվ իզուր չէր, որ վաստակել էր այդ անունը: Կիսախելագարի մեկն էր, վերին աստիճանի չար և կռվարար, օր չէր անցնի, որ մեկի հետ չկռվեր — ո՜վ ուզում է լիներ այդ մեկը՝ հարազատ, հարևան թե անծանոթ: Տարին տասներկու ամիս անեծքներ էին միայն, որ թափվում էին նրա բերանից: Անիծելիս շատ անգամ կատարյալ բանաստեղծ էր դառնում, այնպիսի հզոր ու ազդու, երբեմն և կնոջ բերանին անսազ անեծքներ ու հայհոյանքներ հորինում, որ ոչ ոք ոչ մի տեղ չէր լսել: Եվ ամբողջ թաղը սարսափում էր նրա բերանից: Թաղական ոստիկանն անգամ, երբ հարևանները գնում էին գիժ-Հոռոմսիմից գանգատվելու, ձեռքը թափ էր տալիս և հեռանում:

Թաղում դեռ կային ուրիշ մի քանի հայտնի կռվարար կանայք էլ, բայց գիժ-Հոռոմսիմը վաղուց արդեն տվել անցել էր ամենքից թե՛ իր ճարտար լեզվով, թե՛ անեծք-հայհոյանքով և թե՛ նույնիսկ ֆիզիկական ուժով, որին շատ անգամ դիմում էր բերանացի կռվից հետո:

Ցածրահասակ, լղար, ծայր աստիճան արագաշարժ՝ տեղն ու տեղը կրակ էր գիժ-Հոռոմսիմը: Պստիկ, պլպլան աչքերը ջղային անհանգստությամբ այս ու այն կողմն էին դառնում շարունակ ծտի գլխի պես, — կարծես շարունակ կռվի առիթ էր որոնում: Կռվելիս նախ երկար ժամանակ լեզվակռիվ ու անեծքակռիվ էր անում համարձակ հակառակորդին սկզբում հանգիստ, հետո արագորեն տաքանալով, վերջը հանկարծ կատվի պես վրա էր ընկնում նրան և եթե աջողում էր բռնել նրա մազերից, ձիգ էր տալիս բոլոր ուժով, իսկ եթե ոչ, սկսում էր կմշտել և ոլորել նրա մարմինը իր երկայն, չոր մատների սուր եղունգներով, որոնց գծած ստորակետներն արնակալում, ուռչում-կապտում էին և երկար ժամանակ չէին ջնջվում:

Գիժ-Հոռոմսիմը Անանի սկեսուրն էր:

* * *

— Ը-ը՜, տափը դնեմ քեզ, տափը, ոնց որ փետացել ես էդ

տափին, — մրթմրթաց նա մտնելուն պես, պստիկ, չար աչքերը ոլորելով հարսի վրա:

Անանն այն աստիճան սովորել էր այդպիսի անառիթ անեծքների, որ մինչև անգամ չնայեց սկեսուր կողմը, այլ անտարբեր ու դանդաղ՝ շարունակում էր հագցնել երեխային:

Գիժ-Հոռոմսիմը շալը շպրտեց թախտի վրա, որի ժամանակ նրա արագաշարժ աչքերը հանկարծ մի վայրկյան կանգ առան պատուհանների վար թողած վարագույրների վրա:

— Աղջի, բա էդ քոռացած աչքերովդ տեսնում չե՞ս արևը մեր ա մտել, — ասաց նա: — Ա՜յ, ոչ ունենամ քեզ պես հարսը, ոչ, չորանաս կպչես էդ տափից, ոնց որ չորացել կպել ես:

Ու անեծքները շարունակելով գիժ-Հոռոմսիմը բարձրացավ թախտը, պատուհանների վարագույրները գցեց բաց փեղկերի գլխին, հետո ուզում էր իջնել, բայց մի բան մտաբերելով արագ մոտեցավ թարեքին, ետ քաշեց վարագույրը և սկսեց մեկ-մեկ համարել թիթեղյա մատուցարանի վրա թեյի պարագաների կողքին դրված շաքարամանի միջի շաքարի կտորները: Առավոտյան տնից դուրս գնալիս շաքարամանի մեջ ճիշտ տասը կտոր շաքար էր թողել նա, բայց այժմ, համարելուց հետո, տեսավ երկու կտոր պակաս է: Ու ծտի նման ցած թռավ թախտից:

— Ա՜յ քեզ... ա՜յ, ա՜յ, ա՜յ...

Այս խոսքերով նախ երկու ձեռքով պինդ խփեց հարսի գլխին, հետո ծայրահեղ կատաղությամբ ատամները սեղմած սկսեց սուր-սուր եղունգներով կմշտել նրա դեմքը, ձեռքերը, կողերը — ո՛ւր որ պատահեր, ընդսմին, ամեն մի կմշտոցի հետ եղունգների մեջ բռնած կաշին ոլորում էր և ձիգ տալիս:

— Ը՜... — ցավից մղկտաց Անանը և, երկու ձեռքով ամուր գրկելով երեխային, խոնարհվեց նրա վրա:

— Առանց ինձ չայ էլ ես խմում, հա ... Այ քեզ... տասը կտոր շաքարից ութն ես թողել, ութ կտոր դառնաս դու... ա՜յ քեզ, ա՜յ, ա՜յ... շատ էժան ենք առնում, հա՞, որ քոռ ու փուճ ես անում, քոռանաս ու փճանաս դու... ա՛յ քեզ, այ, ա՛յ...

Ու սուր եղունգները դանակի՝ պես ակոսում էին Անանի վտիտ մարմինը:

— Վըի՛, վըի՛... — մղկտում էր Անանը ցավերից գալարվելով, և նրա ձեռքերը մեքենայաբար ավելի ու ավելի էին սեղմում երեխային, և նա ավելի ու ավելի էր խոնարհվում երեխայի վրա: Իսկ երեխան սաստիկ ճչում էր նրա գրկին: Գիժ-Հոռոմսիմի կատաղությունը գնալով սաստկանում էր: Երկու ձեռքերի սուր եղունգները կարծես անզոր էին նրա բոլոր բարկությունը թափելու: Նրան կատաղեցնում էր առանձնապես այն հանգամանքը, որ Անանը համարյա թե ձայն չէր հանում, կարծում էր, թե ուրեմն հարսը բոլորովին ցավ չի զգում, մինչդեռ սիրտը հովացնելու համար ուզում էր, որ Անանը ճչար, աղաղակեր, լաց լիներ, օգնություն կանչեր, ուստի աշխատում էր խփել կամ կմշտել նրա մարմնի այնպիսի մի նրբազգաց տեղ, որ հարսը ստիպված էլներ վերջապես բարձրաձայն արտահայտել իր ցավը: Բայց չէ, Անանը համառորեն ձայնը փորն էր գցել և, նրա առջև խոնարհված, զսպած հառաչանքներ էր միայն արձակում, որ գիժ-Հոռոմսիմը հազիվ թե լսում էր իր կատաղի՝ ծկլթոցների և երեխայի լացի մեջ:

Տեսնելով, որ խփելով և կմշտելով ոչինչ չի լինում, գիժ-Հոռոմսիմը պոկեց հարսի գլխից սպիտակ աղլուխը, բռնեց նրա ցանցառ մազերի երկու հյուսերից մեկի ծայրից և ձեռքի ուժգին թափով ձիգ տվեց հանկարծ:

— Աա՛աա... — երկար ու սուր ճչաց Անանը և, սաստիկ ցավից աչքերը փակելով, ետ ընկավ մեջքի վրա: Նրա թողացած ձեռքերը բաց թողին երեխային: Երեխան նրա գոգից գլորվեց ընկավ գետին և սկսեց ավելի ճչալ:

Հարսի սուր ճիչը, վերջապես, փոքր-ինչ հովացրեց գիժ-Հոռոմսիմի սիրտը, նա թողեց հարսի մազերը, վերցրեց երեխային և, շարունակելով անեծքներ թափել, հոգնած նստեց թախտի վրա ու սկսեց ձեռքերի մեջ օրորել երեխային, որ սուս կացնի: Նրա պստիկ, չար աչքերը դեռևս պլպլում էին խելագարի կատաղությամբ, քրտինքը վրա էր տվել նեղ ճակատին. նա հնում էր երկար տեղ վազած մարդու նման:

Իսկ Անանը, աչքերը փակ, ընկած էր հատակին մեջքի վրա և նվում էր միալար, հազիվ լսելի ձայնով:

* * *

Ամառվա երկարատև, անտանելի տոթ օրը նոր էր մթնել: Պառավ Հեղնարը և նրա երկու փոքրիկ թոռները — մեկը տղա, մյուսն աղջիկ — ծալապատիկ նստած էին թախտի վրա և հայտնի չէ՝ ճաշ թե ընթրիք էին ուտում, որովհետև իրենք էլ չգիտեին ո՞րն է իրենց ճաշը և ո՞րն ընթրիքը: Կապույտ սուփրի վրա պլպլում էր մի փոքրիկ լամպ, որ չմաքրած ապակու միջից պղտոր լույս էր սփռում նրանց հոգնատանջ, քրտնած երեսներին: Նրանց կերածը փռան սև հաց էր և կիսախակ մի ձմերուկ, որի գույնը դժվար էր որոշել սպիտակ էր, թե դեղին: Լամպի լույսն իր շուրջը հավաքել էր անհագին թվով մանր մժեղներ, որոնք պտույտ էին անում տաք ապակու շուրջը, շատերն այրվում թափվում էին ներքև, շատերն էլ կպչում թաց ձմերուկից:

Պառավ Հեղնարը ցամաքած, կուչ եկած մի կին էր դեմքի անհամար խորշոմներով: Հարատև չքավորությունն ու բախտի ծանր հարվածները ծռել էին նրա մեջքը և իրենց անջնջելի կնիքը դրոշմել նրա դեմքին և թախծալի աչքերի մեջ: Թոռները — քույր ու եղբայր որբ էին և մնացել էին պառավ տատի խնամքի տակ: Այդ երկու փոքրիկ երեխաներն էին, որ պառավ Հեղնարին եռանդ էին ներշնչում ապրելու և աշխատելու: Բայց պառավ Հեղնարը մի ավելի մեծ վիշտ ուներ, այդ՝ երկու որբերի մեծ քրոջ — Անանի վիճակն էր իր կիսախելագար սկեսուր և նրանից ոչ պակաս վայրագ ամուսնու ձեռքից:

Պառավի մշտական պարապմունքը լվացարարությունն էր և հաց թխելը: Շատ լվացք անելուց և թոնրի մեջ հաց կող տալուց նրա դեմքի և ձեռքերի կաշին եռացրած ջրի և թոնրի կրակի մեջ մրկվել, չորացել, ճաքճաքել, մազաղաթ էր դարձել: Լվացք անելիս փոքրիկ թոռներն օգնում էին տատին, մեկը փայտն ու՝ տաշեղները խտտած, մյուսը կաթսան ուսած և լվացքի թաբախը քարշ տալով առաջնորդում էին լվացքի ծանր կապոցը շալակած տատին դեպի գետափ: Եվ այնուհետև, երբ տատը կիզիչ արևի տակ թաբախի մոտ պպզած՝ ճմռում էր լվացքը, նրանք ծակ տոլչով ջուր էին մատակարարում մերթ կաթսային թաբախին, մերթ գետից կաթսային: Իսկ երբ պարապ էին մնում, աղջիկը դերիայի փեշերը շեքը հավաքած, տղան վարտիքը մինչև ազդրերը վեր քաշած՝ մտնում էին գետի՝ վճիտ ջուրը և լպրծուն սալ քարերից ու խճից թումբեր կազմում: Այդ երեկո էլ, ամբողջ օրը կիզիչ արևի տակ գետափին անցկացնելուց և լվացքը, կաթսան ու թաբախը տիրոջը հանձնելուց հետո, նոր էին վերադարձել տուն և հոգնած ու քաղցած հաց էին ուտում, որ շուտով քնեն և առավոտը վաղ-վաղ դարձյալ գործի գնան:

— Նանի, որ ուտես՝ կորիզն ինձ տու, — ասում էր թոռներից մեկը, ձմերուկի կորիզները հավաքելով իր առջև:

— Սուտ ա ասում, նանի ջան, ինձ տու, — ասում էր մյուսը, նույնպես կորիզները հավաքելով իր առջև:

— Հրեղ, դու քիչ ունես, — ասում էր առաջինը:

— Դու ավելի շատ չունե՞ս, — առարկում էր երկրորդը:

— Ո՞ւր ա, հը՛, ո՞ւր ա. շատ ըլի՝ քանն, էլի՛:

— Քանն էլ կըլի, հըլա հարուրն էլ:

— Հա, ն՜ոց չէ. հարուրը հրեղ քունը կըլի ու...

— Դե քիչ բաեբաս մտեք, գլուխս ցավում ա, — բարկացավ տատն իրեն հատուկ բարեսրտությամբ: — Ցանի ի՞նչ եք տեսել էդ կորիզի մեջ, որ ամեն հետ իրար միս եք կրծում: Կեսը մեկիդ կտամ, կեսը՝ մեկելիդ:

* * *

Պառավ Հեղնարը կորիզը երկու թոռների մեջ բաժանելու վրա

էր, երբ հանկարծ ներս մտավ Անանը երեխան խտտին: Մտավ շտապով, հուսահատ, վճռական քայլերով:

— Նանի, ախր իմ մեղքը ո՞նց ընկար, որ տարար ինձ էն դժոխքը զցեցիր, — բացականչեց նա լացակումած, երեխան զրեթե գցելով թախտի վրա: — Քա՞ր եմ, երկա՞թ եմ, որ դիմանամ: Աստոծ ինձ էլ մարդ ա ստեղծել, թե շուն...

Նա նստեց թախտի վրա և, սրտի փղձուկը չկարողանալով բռնել, սկսեց սաստիկ, ցնցողաբար հեկեկալ, դեմքը ձեռքերով ծածկած:

Նանն իր երկու պստիկ թոռներով կորիզն էլ մոռացավ, ամեն բան էլ: Սկզբում, երբ Անանը ներս մտավ այնքան անսովոր կերպով, պառավ Հեղնարը խիստ վախեցավ, բայց երբ Անանի խոսքերից իմացավ բանը, մնաց նստած տեղը ցամաքած, լուռ ու վշտահար:

— Էլ ի՞նչ արեց, աղջի, — հարցրեց նա:

— Չես գիտի՞ ինչ կանի, — արտասանեց Անանը հեծկլտանքի միջից: — Ջանիս վրա էլ տեղ չմնաց, որ արինլվիկ չարեց, էլ գլխիս վրա մազ չմնաց, որ չպոկեց, էլ գլխումս դուղ չմնաց, էնքան թակեց... մինչև ե՞րբ... Մի հոգի ունեմ, դե էն ա, մի անգամ հանի, պրծնեմ, է՜լի... թե չէ, է՜լ հալ կա՞, որ դիմանամ...

— Այ, ոչ էր ըլել էն օրը, սև օր էր մթնել էն օրն իմ գլխին, որ դու մտար էդ քարուքանդ տունը, — հառաչեց Հեղնարը: — Քու սաբաբ ըլողի ջանը կրակ ընկնի, ոնց որ կրակ ա ընկել իմ ջանը: Ախր էն գիժ սրտամեռն ի՞նչ ա ուզում քեզանից, որ ըտենց կրծում ա միսդ, շունը կրծի նրա միսը:

— Ի՞նչ ա ուզում, — դառնությամբ արտասանեց Անանը, գլխի աղլուխի ծայրով սրբելով աչքերը: — Էն ա ուզում, որ ասում ա՝ մի՜ ուտի, մի՜ խմի, մի՜ հագնի, մի՜ մաշի, հենց իմանաս մանանա ա թափվում ինձ համար երկնքից:

— Ըսօր էլի գժվե՞ց:

— Գժվեց թե ընե՜նց... Առավոտը վեր կացավ, կորավ զնաց մեռելի թաղման: Չունքի ինքը չէր խմելու, չթողեց որ սամավար գցեմ: Յագորն էլ խո առավոտը լիսանում ա թե չէ, դրոգը լծում գնում ա, առանց չայ խմելու: Դե իմ գլուխը ջհանդամը, չայի համար սիրտս շատ էլ չի գնում, էս էրեխեն էր լաց ըլում, սոված էր: Զուտելուց ծիծս չորացել, կպել ա դոշիս: Գնացել, հարևանից մի չայնիկ ջուր եմ բերել, էրկու կտոր շաքար եմ գցել, հաց բրդել, ուտեցրել, որ անջախ ձենը կտրել ա: Սաղ օրը կորած էր: Իրիկնապահին քելեխը զահրումար արած, հարբած-տրաքված տուն էկավ ու էկած-չէկած իըլա մի լավ անըծքակոխ արավ, եննա վրա ընկավ թարեքին: Տեսավ էրկու կտոր շաքար պակաս ա, խո գիտաս, շաքարն էլ ու ամեն բան էլ համբրած ունի տանը, ո՞նց թե, ասում ա, էրկու կտոր շաքար ես բանացրել առանց ինձ. ոնց որ մի կատաղած շուն՝ վրա պրծավ ու ջանիս վրա մի սաղ տեղ չթողաց — խփեց, զզզեց, ծակծկեց... Ջանս որ բաց անեմ, չես կարա մտիկ անի, կասես կեծացրած շամփուրներով դաղդղել են...

Փղձուկը նորից բռնեց Անանին, բայց նա կարողացավ զսպել իրեն.

— Սրանից ետը, որ սպանես էլ, նանի, ես էլ ընտեղ գնացողը չեմ, — ավելացրեց դողդող, բայց վճռական ձայնով կգնամ Քուռը կընգնեմ, կխեղվեմ, հոգիս սատանի փայ կանեմ ու ընտեղ չեմ գնա: Հերիք ա, հոգիս հրես էկել, դեմ ա առել բկիս: Իմ մատաղ օրերը սև ու մութ ա արել: Մի օր ուրախութին չեմ տեսել: Սաղ իրեք տարի, ոնց որ շամփրի վրա դնես խրովես, ընենց խրովել ա ինձ, ինքը ջոկ, տղեն ջոկ: Ինքը ծեծել ջարդել, մսերս զզզել ա, հերիք չի, տղեն էլ հարբած, տրաքված էկել ա, պակասը թամամցրել: Ինչի՞, ի՞նչ եմ արել: Մի անլեզու հայվանի պես ընկած եմ ինձ համար. տալիս են՝ ուտում եմ, չեն տալիս՝ ձեն չեմ հանում: Սաղ օրը հոգիս դուրս ա գալի Քռից ջուր կրելով, ձիու թրիքը հավաքելով, բակն ավլելով, տունը տեղավորելով, նրանց կարկատաններն անելով, էլ ի՞նչ են ուզում: Շունը, որ շուն ա, շանն էլ էն չարչարանքը չեն տա, ընչ որ ինձ, բա մի շան դդար էլ չկա՞մ: Հրես էս ըրեխի համար հոգի են տալիս, բա սրա համար էլ ա խնայեն, է՛, ինձ: Վո՜ւյ, աստոձ ջան, — բացականչեց Անանը՝ արտասվալից աչքերը գցելով առաստաղին, — ի՞նչ կըլի հոգիս առնես, պրծնեմ...

Նրա ձայնը բոլորովին դողդողաց և հանկարծ կտրվեց, գլուխն ընկավ տախտակի պես հարթ կրծքի վրա և ուժգին հեկեկանքը նորից սկսեց ցնցել նրա ոսկրացած ուսերն ու մեջքը:

Փոքրիկ քույրն ու եղբայրը սուս արած նայում ու լսում էին նրան մանկական լուրջ հետաքրքրությամբ, մանուկը չոչ անելով մոտեցել էր սուփրին, վերցրել ձմերուկի մի կլեպ և աշխատում էր կրծել իր նոր դուրս եկած պստիկ ատամներով: Իսկ պառավ Հեղնարը մնացել էր տեղն ու տեղը ցամաքած, չիմանալով ինչ ասի, որ գոնե մի քիչ մխիթարած լինի սկեսոր ու մարդու ձեռին այրված, դաղված թոռանը: Վշտից և կարեկցությունից նրա պառավ գլուխն օրորվում էր սաստիկ և բարի աչքերը լցվել էին արտասուքով:

— Աղջի, ըտենց որ խոսում ես, սաղ ջանս կրակ ա ընկնում ախր, — ասաց նա լացակումած: — Ասում ես, թե էլ չես գնա ընտեղ, եննա դրանով կպրծնե՞ս էն կապելու գժերի ձեռիցը:

— Չեմ պրծնի ավելի լավ, — պատասխանեց Անանը, շարունակելով հեծկլտալ: — Սրանից ավելի ի՞նչ պտի անեն: Սպանեն, թող սպանեն: Ջանս էլ ա կդնջանա: Էլ խո ամեն օր դաղդղորիկ չեն անի: Գշերները չեմ կարում քնի՝ մղկտոցից, — ավելացրեց նա և արտասուքը նորից սկսեց գլգլալով թափվել նրա աչքերից:

Պառավ Հեղնարն այլևս չկարողացավ դիմանալ: Նրա գլուխը դադարեց օրորվելուց, հանգած աչքերը վառվեցին հուսահատական վճռականության կրակով և պառավ մարմինն սկսեց դողդողալ ներքին բուռն զայրույթից:

— Լա՛վ, մնա: Էլ չգնաս, էլ չգնաս էն կապելու գժերի տուն, — բացականչեց նա: — Ես նրանց աղջիկ չեմ տվել, որ համ քոծի պես բանեցնեն, համ էլ տակները– դնեն, ջարդեն: Մումի պես հալել մաշել, են, հալվի ու մաշվի նրանց ջանը: Անտեր չես, ես հըլա չեմ մեռել: Կաց, էլ չգնաս: Հալբաթ մի կտոր հաց էլ քեզ համար կճարենք, որ...

Խոսքը չվերջացավ պառավի բերանում, գժված գոմշի պես ներս ընկավ մի ահագին մարդ, այնքան ահագին, որ ներս ընկնելուն պես կասես լցրեց իրենով այդ փոքրիկ խրճիթը: Անանի մարդն էր, դրոգապան Ցագորը, իր դրոգի պես կոպիտ ու անտաշ, իր հսկա ձիու պես խոշոր ու ջլապինդ: Գլխին գդակ չուներ, արևառ երեսն այնքան թավամազ էր, որ մորուքն ու բեղերը կասես խառնվել էին իրար, կուրծքը բաց էր, կապույտ արխալուղով և այնքան լայն շալվարով, որ եթե տոտերը հաներ անկրունկ երկարաճիտ լափչիների միջից, կկարծեիր, թե կանացի շրջազգեստ ունի հագին: Կատաղությունից փայլում էին նրա ահագին աչքերը թավամազ, սև հոնքերի տակ, մեծ քթի պնչերը փռնչում էին հոգնած ձիու ռունգների պես լայնացած:

Կինը նրան տեսնելուն պես վայրկենաբար դադարեց լալուց, վեր թռավ տեղից և վազեց կպավ պատին մեռելի պես գունատված:

— Ես քու... — գոռգոռաց մի սարսափելի հայհոյանք և Ցագորը սպառնագին մի քանի քայլ արավ դեպի նա:

Պառավ Հեղնարը վեր թռավ տեղից և ուզեց կտրել նրա ճանապարհը, բայց նա ձեռքի մի թեթև շարժումով նետեց նրան նորից դեպի թախտը և իր հսկա հասակով գնաց կանգնեց վախից տերևի պես թպրտացող կնոջ առջև:

— Վո՛ւյ, չխփես, Ցագոր ջան... հոգուդ մեռնեմ, չխփես, ջանս ցավում ա, — աղաչեց Անանը գլուխը երկարացրած և երկու ձեռքով պինդ գրկած իր ուկրացած ուսերը:

— Չխփե՛մ, չխփե՛մ, — որոտաց Ցագորը կատաղի աչքերը փայլեցնելով նրա վրա: — Բա ի՞նչ անեմ: Աչքերդ պաչե՞մ, որ էն պառավը քնած՝ թաքուն վեր ես կացել, էկել, տունն անտեր թողել: Փախել ես, հա , տանից: Զառըջիանդամը, թե փախել ես. — շատ էլ դարդ չեմ անի քեզ հմար, էս էրեխի՞ն ուր ես բերել: Հը՞: Խո չե՞ս ուզում էս սհաթին ճիվը ճվիցդ հանեմ, ճիճվի պես ճխլեմ ոտիս տակը: Հը՞: Ինձ չես ճնանչո՞ւմ: Ըըը , ես քու...

Եվ մի ահագին բռունցք, կարծես երկաթից ձուլված, ծանր ու դանդաղ, հորիզոնական ձևով գնաց ու եկավ դիպավ կնոջ կողքին:

Անանը մինչև անգամ չճչաց, այլ միայն հանկարծ բերանը բաց արեց, ներս ծծեց օդը մի տարօրինակ հիքով, այնպես, ինչպես ջրից հանած ձուկը, հետո օրորվեց և կամաց, փալասի պես, վար ընկավ գետին:

— Ա՛, քու սիրտը չմեռնի, էդ ի՞նչ արիր, — ճչաց Հեղնարը սարսափած և վազեց օգնության:

Ցագոբը մի րոպե թավամազ հոնքերի տակից նայեց իր ոտքերի առջև թավալված կնոջ չռած աչքերին, հետո, շարունակելով հայհոյանքները, մոտեցավ երեխային, որը շարունակում էր կրծել ձմերուկի կլեպը, վերցրեց և առանց շտապելու դուրս գնաց:

Պառավ նանը խոնարհվեց Անանի վրա և սարսափից քարացավ:

Անանն ընկած էր գետնին՝ որկորը տարօրինակ կերպով վեր ցցած, չռած աչքերը նայում էին առաստաղին ապակու բութ փայլով, բաց բերանից արյուն էր հոսում, հնքը կարծես քարացել էր այնտեղ:

Կնոջն սպանելու համար մեղադրվող դրոգապան Ցագոբը նախնական քննության ժամանակ դատական քննչի՝ հարցուփործին պատասխանելով՝ ասաց. — Մի մուշտի տվի, է՛լի, ուրիշ բան խո չե՞մ արել:

1890

ՍԵՎ ՓՈՂԵՐԻ ՏՈԿՈՍԸ

Նոր էր մթնել, որ պառավ Մարանը պատրաստվեց քնելու, թեև գիտեր, որ մինչև կեսգիշեր շուռումուռ պիտի գար անկողնում լվաներից և պառավական անքնությունից: Դեռ բավական լույս էր, որ գցել էր տեղաշորը: Միշտ այդպես էր անում, որ գիշերվա մթան մեջ նեղություն չտա իրեն: Նավթ չուներ, որ վառեր:

Պառկելուց առաջ մոտեցավ խրճիթի պուճախին, ձեռքով շոշափեց և տեսավ, որ հավերը նստած են թառին, թեև շատ լավ գիտեր, որ նրանք ամբողջ օրը հարևան հավերի և աքլորների հետ ամբողջ թաղը տակնուվրա անելուց հետո երեկոյան, սովորական ժամին, եկել թառել էին իրենց տեղը: Երբեք չէր կարող հանգիստ տեղաշոր մտնել, մինչև որ չստուգեր հավերի ներկայությունը, որովհետև նրա ապրուստի համարյա միակ աղբյուրն ու հույսը այդ երկու հատիկ հավն էր, որոնց սիրում և խնամում էր իր աչքի լույսի պես: Հավերը ձու էին ածում, պառավ Մարանն այդ ձվերը տանում էր թաղի մանրավաճառի մոտ և փոխում հացի կամ կուտի հետ: Այդպիսով հավերը համ իրենց էին պահում, համ պառավ Մարանին:

Հավերը նրա ձեռքի շոշափումից շարժվեցին և կռկռոց արձակեցին: Այնուհետև պառավը կատարեց իր սովորական աղոթքը, երեսն անկանոն կերպով խաչակնքելով՝ երեք անգամ ծունր դրեց խրճիթի խորդուբորդ հատակի վրա, ինչ-որ մռմռալով քթի տակ, հետո հանվեց և պառկեց: Խոնավ անկողինը մի անախորժ սարսուռ ազդեց նրա ցամաքած մարմնին. նա կուչ եկավ և վերմակը քաշեց գլխին: Ու մտածմունքները՝ տխուր ու անմխիթարական, նորից պաշարեցին նրան:

Մենակ, մեն-մենակ էր ապրում պառավ Մարանն այդ

կիսախարխուլ խրճիթում, որ մարդուց մնացած միակ հարստությունն էր: Վաղուց, շատ վաղուց էր մեռել մարդը, որ մի հարբեցող խարազ էր: Մեռել էր շատ հիմար կերպով, մի անգամ գիշերով լավ կոնծած, բայաթի երգելով տուն գալիս ընկել էր փողոցում գլխի ծածկը փլած արտաքնոցի հորը և մինչև հանելը խեղդամահ եղել գազերից: Չնայելով, որ կինը շատ քիչ լավ օր էր տեսել նրա ձեռքին, բայց և այնպես երկար ժամանակ սուգ էր անում նրա համար և այժմ էլ առանց խոր հոգոց հանելու չէր կարողանում հիշել նրան, ախր ինչ էլ որ լիներ, էլի այն ժամանակ մի կենդանի շունչ կար մոտը, թեև ծեծ ու հայհոյանքով — բայց պահող-պահպանող ուներ:

Ճիշտ է, այժմ ուներ մի որդի, բայց նա էլ փուճ-փճանալու մեկն էր, գող ու ջիբգիր, որ օրերով ու շաբաթներով տան երես չէր տեսնում, մորը չէր նայում, այնպես որ եղած-չեղած մեկ էր:

Որդու փճությունը թունավորել էր պառավ Մարանի առանց այն էլ թշվառ կյանքը: Քանի-քանի անգամ արցունքն աչքերին փորձ էր արել խրատելու Արտեմին, որ հեռանա վատ ճանապարհից, մի գործի կպչի, պսակվի, օրինավոր տունուտեղ դնի, օրինակ էր բերում հարևան Օսանի տղա՝ թաքախ ման ածող Ցականին, որ նրա հասակակիցն էր և կարգին ընտանիք էր պահում, բայց հենց առաջին խոսքի վրա Արտեմն այնպես չռել էր նրա վրա իր ահարկու աչքերը, այնպես բղավել նրա վրա, որ խեղճ պառավն իսկույն ձայնը փորն էր գցել:

«Ա՛խ, որդի, որդի... — հառաչեց պառավ Մարանը և շուռ եկավ մյուս կողքի վրա, — էս հավերն էլ որ չունենամ, յարաբ ի՞նչ կըլի իմ չարեն»:

Օրամեջ կամ երկու օրը մի անգամ վերցնում էր հավերի ածած ձուն և գնում թաղի մանրավաճառի մոտ, որը զանազան մանրուքի և մրգեղենի հետ հաց էլ էր ծախում, օգտվելով այն հանգամանքից, որ թաղում հացթուխ չկար:

— Բաղդո ջան, երկու ձվի հաց տա՛ս, — ասում էր նա խնդրական եղանակով:

Մանրավաճառը ձվերը մեկ-մեկ շարժում էր ականջի մոտ:

— Էս մեկը լակ ա, Մարան նանի, — ասում էր նա կատակով:

— Վո՛ւյ, չէ, Բաղդո ջան, ըսօր են ածել: Ես ըսկի լակ ձու կունենա՞մ:

— Մարան նանի, ի՞նչ կանես, որ հավերիդ ձվամանը չորանա, — շարունակում էր կատակ անել մանրավաճառը, մի ֆունտ հաց կշռելով:

— Վո՛ւյ, մի՛ ասի, Բաղդո ջան: Աստոձ, ոչ անի, էլ իմ պահողն ո՞վ կըլի:

— Բա տղեդ:

— Տղիս էրեսը սևանա, ըսկի տեսնում ե՞մ, որ:

Սակայն, իհարկե, տարին տասներկու ամիս երկու հավի ձվով ապրել չէր կարելի: Աշխարհը չէր չորացել, կային բարի հարևաններ, որոնք երբեմն-երբեմն չէին խնայում իրենց տաք կերակրից նրան էլ բաժին հանելու, կամ ուրիշ բանով օգնելու: Ինքն էլ, որքան ներում էին ուժերը, բուրդ էր մանում, առավոտից մինչև երեկո ածխավաճառի խանութում նստած՝ ածուխի մրոտ, ծակծկած տոպրակներ կարկատում: Հավերից մեկը շարժվեց և քնաթաթախ մի խուլ կոկռոց արձակեց:

— Ջա՛ն, ջա՛ն, մատաղ, ջա՛ն, — արտասանեց պառավ Մարանը և հորանջեց:

* * *

Կեսգիշերից բավական անցել էր:

Երկար տանջվելուց հետո Մարանը նոր էր խոր քնի մեջ ընկել, երբ հանկարծ ինչ-որ դրնգդրնգոց արթնացրեց նրան: Վախեցած բարձրացրեց գլուխը և նայեց մթության մեջ:

Դուռը ծեծում էին, ըստ երևույթին, բռունցքով ու ոտով, և այնպես պինդ, որ դրան հետ խրճիթն էլ ամբողջ շարժվում էր տեղից:

— Ո՞վ ա, — կանչեց պառավը լեղապատառ:

— Զահրումար ու չոռ ա, բաց արա, էլի՛ — լսվեց տղամարդու մի հուժկու ձայն, և խրճիթը նորից դղնզաց դռանն իջեցրած ոտի մի կատաղի հարվածից:

— Արտե՞մ... Ա՛յ քու սիրտը չմեռնի, լեղիս ճաքեց, — ասաց պառավը, վեր կացավ, մթության մեջ խարխափելով մոտեցավ դռանը և, հազիվ գտնելով սողնակը, բաց արավ:

Գարնանային պարզ գիշեր էր: Դռան առջև կանգնած էր մի պարթև երիտասարդ, գդակը ձեռին:

— Էսքան թրխկթրխկացնում եմ, չես իմանո՞ւմ, — գոռաց նա մոր վրա:

— Քնով ի անցել, Արտեմ ջան, — խեղճ-խեղճ պատասխանեց մայրը:

— Այ, ընենց քնով անցնես, որ էլ վեր չկենաս, — ասաց Արտեմը և, լայն շեք տալով, ներս մտավ: — Ճրագ վառի, — հրամայեց նա:

— Նավթ չունենք, Արտեմ ջան:

— Բա մթնումն ես նստո՞ւմ:

— Բա ի՞նչ:

— Գիժ ա անտեր մունդռիկը՞: Տո, էրկու գրոշի նավթն ի՞նչ ա, որ չես առնում:

— Էրկու գրոշի տվողն էլ դու ես, որ չես տալի ո՞րդիան առնեմ, — վրա բերեց պառավը մի քիչ վրդովված:

— Հավերդ սատկել ե՞ն, էլ ձու չեն ածո՞ւմ:

Պառավը հանկարծ վառվեց:

— Եքա տեղդ ըտեղ սարի պես կանգնած, անխոս թռչունքին ես ասո՞ւմ, — կանչեց նա զայրագին: — Մերդ եմ, հալից-ջանից ընկած, տարի ա անց կենում, էրեսիս մտիկ չես տալի, էլի մենձ սրտովը դու ե՞ս: Ամոթ էլ ա քաշի, է: Հավերս ինձ հաց են տալի, դո՞ւ ինչ ես տալի, որ հըլա սատկացնում էլ ես:

— Դե, շատ մի՛ ճղճղա, թե չէ, որ, — սպառնաց Արտեմը և մոտեցավ նրան:

Որդին հասակով բարձր էր մորից գրեթե կրկնակի: Պառավն իր գլխի վերև տեսավ մթության մեջ փայլող երկու ահարկու աչքեր և օդի մեջ քարացած մի բռունցք: Միևնույն ժամանակ նրա քթովը դիպավ գինու ծանր հոտը:

— Դե, ի՞նչ անեմ, Արտեմ ջան, — ասաց նա նորից խեղճացած: — Միրտս մղկտաց, որ...

— Սա՛սդ, — գոռաց նորից Արտեմը: — Գնա տեղաշորս գցի:

Պառավը սուս ու փուս շտապեց նրա հրամանը կատարելու: Մթության մեջ խարխափելով և տնքտնքալով մի կերպ գցեց Արտեմի անկողինը:

Արտեմը ձեռաց հանվեց և պառկեց: Պառկելուն պես սկսեց խռմփացնել:

— Էէ՜, ես էլ կասեմ որդի ունեմ ու ապրում եմ, է՜լի, աշխարքի երեսին: Վայ իմ օրին, վա՜յ, — հառաչեց Մարանը և նորից մտավ անկողին:

Ծեգը հեռու չէր: Փոքրիկ պատուհանի մութ ապակիները սկսեցին որոշակի երևալ, խրճիթը սկսեց քիչ-քիչ լուսավորվել:

Հավերը շարժվեցին թառի վրա, մեկը մյուսի հետևից բարձրացան ոտների վրա, թափահարեցին թևերը, սկսեցին կտուցներով քորել թևերի և կրծքի տակ, հետո վզներն երկարացրին դեպի ներքև, նայեցին դեսուդեն, ցնցելով մսեղ, կարմիր կատարները, և հանկարծ ահագին կռկռոցով ցած թռան, օդի մեջ ցանելով իրենց թափվող փետուրները:

Պառավը, որ լուսադեմին նորից քնով էր անցել, աչքերը բաց արեց, տնքտնքալով վեր կացավ և հագավ իր սև լաթերը:

Հավերը մոտեցան նրան և սկսեցին ավելի բարձր կռկռալ:

— Հա՜, հա՜, ձեր աչքն էլ կարեմ, էս ա, տալիս եմ, — փնթփնթաց պառավը և ուզում էր մոտենալ կուտի տոպրակին, բայց հանկարծ կողմնակի մի հայացք ձգելով քնած որդու վրա, տեսավ վերմակը մի կողմ է ընկել և նրա մազոտ կուրծքը բաց է մնացել: Մոտեցավ և զգուշորեն վերմակի ծայրը քաշեց նրա կրծքին:

Չնայելով հավերի բարձրաձայն կռկռոցին, Արտեմը խոր քնած էր:

Մի քանի րոպեից հետո հավերը, կուտն արդեն կերած, ջուր խմած, ուզում էին դուրս գալ: Պառավը մեկ-մեկ տապ-տապ արեց, ճկռացրեց և վերցրեց տեսնելու՝ ձու ունե՞ն, թե ոչ: Այնուհետև դուռը բաց արեց և դուրս թողեց նրանց:

Օրն արդեն ճաշ էր դառել, որ Արտեմը զարթնեց: Անկողնի մեջ նստած նա դեռ ճմլկոտաց, ճրթճրթացնելով թիկունքի և մեջքի ոսկորները, մատների խաղերը կոտրատեց, հետո ոտները կախեց թախտից և սկսեց ծանր ու բարակ հագնվել, անդադար հորանջելով:

— Չայ չունե՞նք, — հարցրեց մորը, որը դուրսը դռան շեմքին նստած, ինչ-որ լաթ էր կարկատում:

— Հա, ոնց չէ, — հեգնեց պառավը, — հրեղ սամավարը քլթքլթում ա, չայ-շաքար էլ որ դրկել էիր, հրեն փտում ա թարեքումը:

Արտեմը ծիծաղեց:

— Բա որ ըտենց ա, նանի, ես, էս ա, գնում եմ մի գրվանքա չայ առնեմ, մի գլուխ էլ շաքար, թե գործլի էլ չունես, մի բեռ էլ գործլի:

— Տնազը քու գլխին զցի, քու, — պատասխանեց պառավը:

— Առավոտը հրեն Մարգարանք ին կանչել, որ մի թաս չայ խմեմ: Որ ամոթ չես քաշում, ի՞նչ ասեմ:

Արտեմը հոնքերը կիտեց, վեր կացավ, նախ մի, հետո մյուս ոտը դրեց թախտի վրա, խնամքով դարսեց երկարաճիտ չուստերի ծալերը, հետո վերցրեց խելաղան և սկսեց երեսը լվանալ ուղղակի հատակի վրա, ոտներն իրարից հեռու դարսած: Երեսը գրպանի աղլուխով սրբելուց հետո, գրպանից հանեց մի կոտրած սանր, սանրեց մազերը, առանձին խնամքով ոլորեց ճակատի վրա թողած երկար խոպոպիկը, հետո առավ գդակը, թափ տվեց ձեռքով, ծուռ դրեց ծոծրակին և դիմեց դեպի դուռը: Դռան մոտ կանգ առավ հանկարծ և նայեց կարկատանի վրա կռացած մոր մեջքին: Ու նորից տրամադրվեց կատակ անելու:

— Լավ, նանի, չայ խո չտվի՞ր, — ասաց:

— Գնա հրեն տրախտիրը՝ չայ էլ կխմես, արաղ էլ, —

պատասխանեց պառավը, առանց գլուխը կարկատանից բարձրացնելու:

— Վա՜յ, նանի, նանի, գրողը քեզ տանի, — կանչեց Արտեմը ծիծաղելով, լայն շեք տվեց մոր վրայով և դուրս գնաց: — Հը, ի՞նչ ես քիթ ու մռութդ հավաքել, — ասաց, հանկարծ կանգնելով մոր առջև. — ուզո՞ւմ ես, լոթիանա փող բախշեմ:

— Փող ունես, տար արզանով քեփի արա, ինձ խի՞ կտաս, — քրթմնջաց պառավը միշտ գլուխը կախ կարկատանի վրա:

— Հայ գիդի, նանի, աչքդ ոնց վախեցել ա: Այ թե չեմ տա: — Արտեմը ձեռքը կոխեց սև սատինի արխալուղի գրպանը և սկսեց դրամները չխկչխկացնել գրպանի մեջ, պառավի՝ ախորժակը գրգռելու համար: — Հը, տա՞մ:

Դրամների չխկչխկոցը, իիրավի, իր մոգական ազդեցությունն ունեցավ պառավի վրա: Նա կարկատանը մի կողմ դրեց և ձեռքերն աղերսագին մեկնեց դեպի որդին.

— Վույ, տու, տու, Արտեմ ջան, քեզ մատաղ ըլի նանը: Արտեմը մի բուռ սև ու սպիտակ դրամներ հանեց գրպանից և այս անգամ սկսեց չխկչխկացնել բռան մեջ:

— Տա՞մ, ասում ես:

Պառավը մի քիչ բարձրացավ նստած տեղից՝ ձեռքերը միշտ պարզած դեպի որդին.

— Արտեմ ջան, արևիդ մեռնի նանը, հենց իմանաս ժամի դռանը նստած մի աղքատ եմ:

— Լավ, որ տամ, ի՞նչ կանես:

Պառավը շտապով վեր կացավ:

— Ա՜յ ինչ կանեմ, Արտեմ ջան: Առաջ մի քիչ բուրդ կառնեմ, թել կմանեմ, գուլպա կգործեմ քեզ համար էլ, ինձ համար էլ: Ենն սապուն կառնեմ, կլվանամ քու փոխնորդն էլ, իմն էլ: Ենն նավթ կառնեմ, որ գիշերը գաս՝ վառեմ: Ենն չայ-շաքար կառնեմ, մի քիչ էլ գործլի, որ առավոտը վեր կենաս, չայ խմացնեմ: Ենն...

— Վա՜-վա՜, է՜, չհատա՞վ, — բացականչեց Արտեմը:

— Ո՞նց հատնի, Արտեմ ջան, քիչ պակասություն ունե՞նք, —

ասաց պառավը: — Հըլա հավերի կուտը չասեցի: Բա պանիրը, քանի վախտ ա սրտով պանիր եմ ուզում:

— Պանիր չէ, հա՛, բիշկեթ-կատլետ չես ուզի՞, — ասաց Արտեմն այս անգամ արդեն առանց կատակի: — Անտեր մունդռիկ, ղորթ խո փող չեմ կտրում: Դե, փեշդ բաց արա ու ընչ որ կտամ, ձեն չհանես, թե չէ...

Պառավը մի քայլ մոտեցավ որդուն և փեշը դեմ արեց աչքերն անհամբեր տնկած նրա ձեռքին:

Արտեմը բաց արեց բուռը, մեկ-մեկ ջոկեց սպիտակ դրամները, գրպաննածեց և մնացած սև փողերը թափեց մոր փեշը:

— Հը՛, էլ չասես, թե փիս տղա ունես:

— Վո՛յ, չէ՛, չէ՛, լավն ես, լավը, Արտեմ ջան: Վո՛յ, արևդ ապրի, Արտեմ ջան: Վույ, խնդաս ու մխիթարվես, Արտեմ ջան:

Պառավը նորից նստեց դռան շեմքին, գոգը բաց արեց և սկսեց համրել դրամները: Ուրախությունից ձեռքերը դողում էին:

Արտեմն ինքն ուրախացել էր նրա ուրախության վրա: Նա պպզեց մոր առջև և ժպտերես նայեց նրա դեմքին:

— Հը՛, տվի՞, թե չէ, — հարցրեց:

— Տվի՛ր, տվի՛ր, Արտեմ ջան: Վո՛յ, դու շատ ուրախանաս, ոնց որ ինձ ուրախացրիր:

Արտեմը ծիծաղեց, թեթևակի խփեց մոր ծնկանը, վեր թռավ պպզած տեղից և հեռացավ լայն ու չափավոր քայլերով, որի ժամանակ նրա շալի չուխայի ծանր փեշերը ծափ էին տալիս երկարաձիտ չուստերին:

* * *

Անցավ մոտ երկու շաբաթ:

Պառավ Մարանն ապրում էր էլի այնպես, ինչպես առաջ: Արտեմի տված փողերն ինչքան էլ որ խնայողաբար էր ծախսել, էլի շատ շուտ էին հատել: Պառավը զարմանում էր, որ այդ փողերով ոչ մի փոփոխություն չէր կատարվել իր կենցաղի մեջ: Նրա ստացած միակ շոշափելի օգուտն այն էր, որ այդ ժամանակամիջոցում տասը — տասնհինգ ձու էր ետ գցել թուխս նստեցնելու համար:

Մի օր Արտեմը կրկին եկավ: Սովորաբար, երբ տունը միտն էր զգում, գալիս էր կեսգիշերից անց, շատ անգամ լուսադեմին, բայց այս անգամ այնքան վաղ եկավ, որ պառավ Մարանը դեռ անկողին չէր մտել: Այդ բանը խիստ զարմացրեց պառավին:

— Արտեմ ջան, հիվանդ խո չե՞ս, — հարցրեց նա անհանգստացած:

Արտեմը չպատասխանեց:

Մարանը խրճիթի կիսախավարի մեջ աշխատեց լավ դիտել որդու դեմքը, բայց ոչինչ չկարողացավ տեսնել, բացի այդ դեմքի խավար ուրվագծից: Շտապեց լամպը վառել: Հետո մոտեցավ որդուն:

Արտեմը երեսնիվեր պառկել էր թախտի վրա, ձեռները գլխի տակ դրած:

Պառավը խոնարհվեց նրա դեմքի վրա և վախեցավ: Արտեմի դեմքը սաստիկ մռայլ էր, աչքերը պլպլում էին. երևում էր, որ խիստ վատ տրամադրության մեջ էր:

— Արտեմ ջա՞ն, — շշնջաց մայրը:

— Հը՛, — հանկարծ մռնչաց Արտեմն իր հուժկու ձայնով և աչքերը ոլորեց մոր վրա:

— Ընչի ես ըտենց, — հարցրեց պառավը երկյուղով:

— Մի՛ խոսացնի, թե չէ՝ էս ջգրած սրտովս մի քացի կտամ, որ տեղնուտեղդ բանիռգի կըլես, — արտասանեց Արտեմը հանդարտ, բայց սարսափ ազդող ձայնով և նույնիսկ բարձրացրեց ոտը:

Մայրը կծկվեց և սուս ու փուս հեռացավ:

Տիրեց երկարատև լռություն:

Ճրագի լույսից և խոսակցության ձայներից հավերը զարթել էին: Թառի վրա նստած, պլզել էին իրենց կլորիկ աչքերը և ըստ երևույթին, հետաքրքրված ճրագի անսովոր լույսից, դեսուդեն էին նայում:

Պառավը, թախտի ծայրին կուչ եկած, մտածում էր, թե ի՞նչ էր

պատահել Արտեմին: Հիշեց անցյալից մի դեպք, երբ որդին նույն տրամադրությամբ տուն էր եկել, բայց այն ժամանակ պատճառը չծածկեց, ասաց, որ դումար խաղալիս շատ փող էր տարվել: Երևի հիմա էլ այդպիսի մի բան կար, — մտածեց պառավը և ուզեց մխիթարել որդուն:

— Արտեմ ջան, նավթը քու բաշխած փողովն եմ առել, ա՜յ, — ասաց նա, տեսնելով, որ որդին մտածմունքի մեջ խորասուզված, մռայլ հայացքով անթարթ նայում է լամպին: Արտեմը ձայն չհանեց:

— Քանի՛ վախտ ա առել եմ, հա՛, քեզ համար էի պահում, որ գաս՝ վառեմ, — ավելացրեց պառավը:

Արտեմը դարձյալ լուռ մնաց:

— Քիչ չայ-շաքար էլ եմ առել, առավոտը չայ կխմացնեմ, — նորից խոսեց պառավը:

Արտեմն անշարժ պառկած էր միշտ միևնույն դրության մեջ: Կարծես չէր էլ լսում մորը:

Պառավի սրտին դիպավ, որ որդին ոչ մի ուշադրություն չի դարձնում իր խոսքերին:

— Թ՝ե քունդ տանում ա, ասա տեղաշորդ գցեմ, — ասաց նա նեղացած, երկար լռությունից հետո:

Արտեմը պատասխանելու տեղ մութաքան քաշեց գլխի տակ, կուռը գցեց երեսի վրա, և մի քանի րոպեից հետո լսվեց նրա խռմփոցը:

Մարանը հին, կեղտոտ մթելով ծածկեց նրան զգուշորեն, որ քունը չխանգարի, լամպը հանգցրեց, կատարեց իր սովորական աղոթքը և անկողին մտավ:

«Էդ ա, փողերն էլի տանուլ ա տվել», — վճռեց սա մտքումը դարդակալած: Այնինչ՝ հույս ուներ, թե որդին առավոտյան նախորդ անգամվա պես փող կտա իրեն:

Ծեգը նոր էր բացվում, փոքրիկ պատուհանի մութ ապակիները նոր-նոր սկսել էին պարզվել, երբ հավերի օտարոտի կռկռոցը հանկարծ զարթեցրեց պառավին: Նա գլուխն արագ բարձրացրեց և նայեց թառի կողմը, այնտեղ մթնշաղի մեջ նրա քնաթաթախ աչքերին հազիվհազ նշմարելի եղավ մարդու մի սև ուրվագիծ:

— Էդ ո՞վ ես, — աղաղակեց պառավը սաստիկ վախեցած և մեքենաբար նստեց անկողնում:

Մարդու ուրվագիծը շարժվեց դեպի դուռը լսվեց սողնակի չրխկոցը: Դուռը բացվեց: Մարդու ուրվագիծը մի վայրկյան երևաց վաղորդյան դալուկ լույսի մեջ և չքացավ: Դուռը բաց մնաց: Հավերի կռկռոցը լսվեց դրսից և հանկարծ լռեց:

Պառավին թվաց, թե երազի մեջ է, նա վրա ընկավ և դողդողացող ձեռքերով սկսեց շոշափել Արտեմի պառկած տեղը թախտի վրա: Տեղը դատարկ էր: Խելագարի պես թռավ թախտից և վազեց դեպի թառը: Թառը նույնպես դատարկ էր: — Վա՜յ, քու սիրտը չմեռնի, Արտե՛մ, էս ի՞նչ արիր, — ճչաց պառավը և, շտապով դերիան գցելով գլխին, դուրս ընկավ:

Ու հևալով, անդադար սայթաքելով սկսեց վազել ամայի փողոցի երկարությամբ, առանց զգալու, որ սուր-սուր խճաքարերը ծակում են իր չորիկ-մորիկ մերկ ոտները: Հետո, այլևս չկարողանալով շունչը ետ բերել, կանգ առավ, նստեց հենց այնտեղ, փողոցի մեջտեղը, և սկսեց թակել ծնկներն ու լալ առանց արտասուքների: Արտեմը չքացել էր:

1890

ԱԴԱՄԱՄՈՒԹԻՆ

Շուշանը — մի պստիկ, լղար կին — կուչ էր եկել իրենց տան անկյունում: Այդ տուն կոչվածը մի բավական մեծ խրճիթ էր, որ երբեմն տիրոջ կթան կովերի համար գոմի տեղ էր ծառայում: Պատերն այնքան խոնավ էին, որ քիչ-էր մնում ջուր կաթեր: — Գետնից բավական բարձր գտնված մի հատիկ լուսամուտի չորս ապակիներից երկուսը կոտրված էին և տեղը թղթեր էին կպցրած: Ներսն այնքան մութն էր, որ ցերեկվա լույսից մտնողը պետք է մի քանի րոպե սպասեր, մինչև որ բան տեսներ: Սակայն դրսից լույսը մտնելուն քիչ չէին օգնում և հին փտած դռան տախտակները, որոնք ժամանակի ընթացքում չորանալով՝ մի-մի մատ հեռացել էին իրարից և իրենց արանքներից լույսի զուգահեռական գծեր էին շպրտում մինչև հանդեպի պատը:

Աշուն էր: Ցուրտ քամին շրխկշրխկացնելով շարժում էր դուռը և սվսվալով ներս մտնում տախտակների արանքներից: Լուսամուտի երկու կոտրված ապակու տեղ կպցրած թղթերն ուռչում փքվում էին դեպի ներս, դողում էին և ապա հանկարծ դեպի դուրս փլխվում շառաչյունով:

Շուշանն ամբողջ մարմնով դողալով կուչ էր եկել հնամաշ լաթերի վրա և վերմակի նմանություն ունեցող մի ինչ-որ բան էլ վրան էր առել: Նա տնքում էր և քամու կատաղի ոռնոցի ու դռան շրխկշրխկոցի մեջ հազիվ էր լսվում նրա տնքոցի ձայնը, երբեմն էլ ջղաձգաբար կծկվում էր, ատամները պինդ հուպ տալիս իրար ու հանկարծ բերանը լայն բանալով՝ երկարատև սուր ճիչ արձակում:

Նա երկունքի մեջ էր, հազիվ երեսուն տարեկան, արդեն չորս որդի ուներ և մեկն էլ շուտով լույս աշխարհ պիտի գար: Ո՞ւմ համար, ինչի՞ համար, ի՞նչ օրումն էին արդեն եղածները, որ մեկն էլ պիտի ավելանար: Տավար քշող էր Շուշանի մարդը: Ղասաբները Սաղում տավար ու ոչխար էին առնում, տալիս էին Կարապետին, և նա քշում էր դեպի սպանդանոց, որտեղից այնուհետև մորթած մսերը ֆուրգոնի մեջ ածած, ինքն էլ վրեն բազմած՝ բերում հանձնում էր տերերին: Կամ թե հավատացյալ մարդիկ մատաղացու էին առնում ու տալիս նրան, որ տանի մորթի կամ մատաղ անողի տանը, կամ որևէ սրբի դռանը: Օրերով և շաբաթներով տան երեսը չէր տեսնում Կարապետը, այնպես որ ընտանիքի ամբողջ հոգսը Շուշանի վրա էր մնում: Նա թել էր մանում, հինած գործում, տոպրակներ կարում, պարսիկ վաճառականի խանութում նուշ ու ընկույզ կոտրում: Բայց և այնպես նրա վաստակածն այնքան քիչ էր, որ հազիվհազ բավականացնում էր տան վարձը տալու և ցամաք հաց առնելու:

Կարապետի ընտանիքը դառն օրեր էր քաշում մանավանդ ձմեռը, երբ գործ հազիվ էր ճարվում, երբ հարկավոր էր տաք հագուստ, վառելիք, մի՝ քիչ լավ սնունդ: Ձմեռն այնպես անցնում էր, որ նրանց քուրսին գրեթե երբեք չէր տաքանում: Ինքը՝ Կարապետը մի հին քուրք ուներ և կոլոլվում էր մեջը, բայց կնոջ ունեցածը չթի մի դերիա էր հազար տեղ կարկատան զցած և մեկ էլ մի ցեցակեր շալ, իսկ երեխաները տկլոր, չփլախ վնգվնգում էին ցրտից կապտած: Նրանց կերակուրն էլ երբեմն սպանդանոցից Կարապետի բերած տավարի մսազերծ ոսկորներն էին լինում, որ նրանք խաշում և խփշտում էին ջուրը:

Չորս երեխաներից ամենամեծը տղան էր մոտ տասը տարեկան: Հայրը սկզբում նրան մանրավաճառի մոտ աշակերտ տվեց, շաբաթը բերում էր 20 կոպեկ, բայց շատ չկացավ, փախավ և սկսեց պարապ-սարապ թրև գալ իր նման փոքրիկ փողոցային տղաների հետ: Հոր ծեծը չազդեց նրան, տնից էլ փախավ, և ծնողները չէին իմանում որտեղ է նա օրը մթնացնում և գիշերը լուսացնում: Վերջապես հայրը մի անգամ տեսավ, որ մի ոստիկան նրա թևից բռնած տանում էր ոստիկանատուն. նրան բռնել էին գողության համար:

Մեղրակը (այդպես էր Կարապետի, որդու անունը) սփրթնել, թուքը ցամաքել էր, բայց ոստիկանի հետ գնում էր համարձակ քայլերով, տղամարդու պես: Նա տեսավ հորը, բայց ձայն-ծպտուն չհանեց:

— Հախդ ա, շան որդի, — ասաց հայրը և անցավ գնաց:

Այդ րոպեին նա, մի կարճ ճիպոտ ձեռքին, մի քանի ոչխար էր քշում:

* * *

Աշնան քամին ոռնում էր դուրսը: Շուշանը տնքում էր ներսը: Երեխաներից երկուսը, — մեկը երեք, մյուսը չորս տարեկան, — ծալապատիկ նստած էին խոնավ գետնին փռած մի հնամաշ խալիչի վրա և ոտով-գլխով ծածկվել էին հազար ու մի ծակուծուկ ունեցող մի հին, դեղնած յափնջու տակ: Այդ յափնջին թուխս նստած հավի դեր էր կատարում, իսկ նրա տակ ցրտից պատսպարված երեխաները ճուտերի էին նման: Տեղը տաք էր, և նրանք խաղում էին իրար հետ. յափնջու տակից լսվում էին անհոգ քչփչոցի և երբեմն ծիծաղի ձայները: Քամու կատաղի ժամանակ, երբ դուռը սովորականից ավելի էր ճխճխկում, նրանք հանկարծ գլխներից ետ էին քաշում յափնջու ծայրը, նայում էին դռանն այնպիսի հայացքով, որ կարծես մարդու էին սպասում և տեսնելով, որ մտնող չկա, ցրտից սարսռալով յափնջին նորից գլխներին էին քաշում և շարունակում իրենց մանկական քչփչոցը:

Դուռը բացվեց և շտապով ներս մտավ ոտաբոբիկ, գլխաբաց, գզգզված մազերով 7 - 8 տարեկան մի աղջիկ: Սառը քամին խանձել էր նրա դեմքը, ձեռքերը և մերկ ոտները կապտել էին: Շալակին մի տոպրակ ուներ: Մի ոտը գետնին դիմհար տալով, ցրտից սառած ձեռքով հազիվ կարողացավ քամու ուժգին հոսանքի դեմ ետ դնել դուռը և ներսի սողնակը գցել:

Յափնջին նորից շարժվեց, և փոքրիկներն ուրախական ծղրտոցով ողջունեցին իրենց քրոջ գալուստը: Նույն րոպեին յափնջին մի կողմ թռավ, և արդեն ոտի վրա էին երկու գրեթե մերկ երեխաները ուրախ, երջանիկ դեմքով: Ցուրտը մոռացան նրանք, որովհետև հացի հոտ առան:

— Վայ, ջանս-մանս, Սոնեն հաց ա բերել, — ուրախությունից պար եկավ մեծը:

— Վա՜յ, ջանս-մանս, Սոնեն հաց ա բերել, — կապկի պես կրկնեց փոքրիկը:

Սոնեն դուռը փակելուց հետո շտապով մոտեցավ մորը և տոպրակը շալակից վար բերեց:

— Ա՛յ, հաց էլ տվին, պանիր էլ, — ասաց նա այնպիսի ուրախությամբ, որ կարծես շալակով ոսկի էր բերել:

Բայց և այնպես նրա ատամները ցրտից զարկվում էին իրար:

Մայրը տանջալից հայացքով նայեց նրան:

— Տուր էդ լակոտներին՝ ուտեն, — ասաց նա և նույն րոպեին սոսկալի ցավերից կուչ ու հուպ եկավ, հազիվ զսպելով իրեն, որ չճչա:

Բայց Սոնեն կամեցավ նախ տաքացնել սառած ձեռները: Եվ մինչդեռ նա մղկտացող տասը մատների ծայրերը կպցրել էր շրթունքներին և բերնի գոլորշին արտաշնչում էր նրանց վրա, երկու «լակոտները» հափշտակեցին նրա ոտների առջև դրված տոպրակը և հավաքական ուժով քարշ տվին դեպի յափնջին: Քույրը կատվի մի թռիչքով հասավ նրանց հետևից և պինդ փամփաչեց նրանց գլխին: Փոքրիկն սկսեց բարձրաձայն լաց լինել, իսկ մեծը պռոշ արեց, բայց զսպեց իրեն:

— Ա՛յ, կտորվեք դուք, կտորվեք, — ուժասպառ, հազիվ լսելի ձայնով անիծեց մայրը: — Աղջի, ի՞նչ ես ուզում էդ լակոտներից:

— Բա խի՞ չեն մուլափ տալի, — հանգիստ նկատեց Սոնեն, տոպրակը դրեց խալիչի վրա, ծալապատիկ նստեց առջևը և բերանը բաց արեց: Տոպրակը կիսով չափ լիքն էր հացի կծմծած չոր կտորտանքով և երեսին պանրի դեղնած, չորացած փշրանք էր թափված: Փոքրիկը լռեց և մյուսի հետ գնաց նստեց տոպրակի առջև:

— Ձեռ չտաք, թե չէ, կպանեմ — սպառնաց քույրը և վեր կացավ, որ թարեքից մի քրեղան վերցնի պանրի փշրանքը մեջն ածելու:

Բայց քաղցած երեխաները չվախեցան այդ սպառնալիքից, հազիվ քույրը մի երկու քայլ էր արել, որ նրանք ձեռները կոխեցին տոպրակը և յուրաքանչյուրը թռցրեց հացի առաջին պատահած կտորը: Սոնեն այս անգամ էլ կամեցավ վրա հասնել, բայց արդեն ուշ էր. երեխաներից մեկը մի անկյուն թռավ, մյուսը մյուս և ամեն մեկն արդեն ագահաբար կրծում էր իր հափշտակած որսը, երբ քույրը նախ մեկին սկսեց թակել, հետո մյուսին: Երեխաները կուչ էին եկել մեկը մի, մյուսը մյուս անկյունում, հափշտակված հացի կտորները պինդ շեքներն էին կոխել, որ քույրը չխլի, և թեև քրոջ անխնա հարվածները բավական ցավ էին պատճառում նրանց տկլոր մարմնին, ձայները փորն էին զցել, լաց չէին լինում, — երևի զգում էին, որ հանցավոր են քրոջ նախազգուշացումը չլսելու համար և իրենց արժանի պատիժն են կրում: Սակայն վերջ ի վերջո Սոնին աջողվեց երկուսի ձեռքից էլ խլել հափշտակած հացի կտորները: Այս անգամ արդեն այնպիսի ճիչ ու ծղրտոց ընկավ խրճիթում, որ այլևս չէր լսվում քամու կատաղի ձայնը:

— Բա , ձեզ չասացի՞ ձեռ չտաք, — խրատական տոնով նկատեց քույրը:

— Տո՛, տափը մտած, ի՞նչ ես ուզում էդ լակոտներից, — տանջված ձայնով աղաղակեց մայրն աղջկա վրա: — Տո՛ւր զահրումար անեն, էլի՛: Ես իմ ցավերի հետ ըլե՞մ, թե ձեզ հետ: Ա՛, կտորվեք դուք, կտորվեք:

— Բա՛, խի՞ չեն մուլափ տալի, — հանգիստ կրկնեց Սոնեն և գնաց, որ քրեղանը վեր բերի թարեքից:

Մոր պաշտպանությունն առիթ տվեց երեխաներին ավելի ևս բարձրացնելու իրենց ձայնը, ճղճղում էին խոզի ճուտերի պես:

Մայրը իր զգացած ցավերից և այդ միալար ճղճղոցից ծայր աստիճան ջղայնացած՝ վեր թռավ տեղից, վազեց դեպի աղջիկը և այնպես պինդ ձիգ տվեց նրա մազերից, որ նա ձեռքից բաց թողեց երեխաներից խլած հացի կտորները և մի սոսկալի ճիչ արձակելով՝ փռվեց գետին: Դրանից հետո Շուշանը անլուր անեծքներ թափելով քարշ եկավ նորից դեպի իր լաթերը և նորից կոլոլվեց նրանց մեջ: Այժմ երեխաները մի անգամից լռեցին և, նրանց քույրն էր միայն, որ գետին ընկած՝ լաց էր լինում:

— Ձենդ կտրի, թե չէ, էս ա, էլի վեր կացա:

Մոր այդ սպառնալիքն ազդեց միայն այնքան, որ Սոնեն ձայնը մի քիչ ցածրացրեց, հետո կամաց-կամաց լռեց, վեր կացավ, հավաքեց գետին թափված հացի կտորտանքը և ուռած-փքված շպրտեց երեխանց առաջը, ասելով.

— Ըհը՛, չոռ արեք:

Երեխաներն իսկույն վրա թափվեցին քաղցած գայլերի՝ պես:

Սոնեն թարեքից վերցրեց մի քրեղան, գնաց նստեց հացի տոպրակի առջև և սկսեց պանրի փշուրները ջոկել և քրեղանն ածել: Երեխաները վախվխելով մոտեցան նրան և սկսեցին վնգստալ. պանիր էին ուզում:

— Ըհը՛, չոռ արեք, — կրկնեց քույրն առաջվա պես ուռած-փքված, պանրի մի-մի փշուր թափելով նրանց վրա:

Երեխաներն ագահաբար վրա ընկան՝ գետին թափված պանրի փշրանքները հավաքելու:

Սոնեն պանրի փշրանքը հացի կտորտանքից ջոկում և քրեղանն էր ածում մեծ գործ կատարող մարդու լրջությամբ: Նա մի առանձին հպարտություն էր զգում, որ այդքան հաց ու պանիր էր բերել իրենց ծանոթ մի հարուստ ընտանիքից, ուր հաճախ ինքը կամ մայրը մի փոր հացի համար գնում էին ամբողջ օրով կամավոր աղախնի դեր կատարելու — սամավար սրբելու, կերակրի կաթսաներ մոխրելու, բակն ավլելու, հավաքված աղբը թափելու, օրորոցի երեխայի աղտոտած պարուրները լվանալու և այլն: Պանիրը հացից ջոկելիս Սոնեն, իհարկե, չմոռացավ իրեն, թեև ճանապարհին իր բաժինն արդեն կերել էր, նա ջոկեց հացի համեմատաբար մի փափուկ կտոր ու պանրի մի մեծ փշուր և սկսեց ուտել: Երեխաներն իրենց բաժինը ձեռաց վերջացրին, նստեցին հացի տոպրակի մոտ և սկսեցին նորից վնգստալ: Քույրն այս անգամ այնքան բարեհաճ գտնվեց, որ առանց ծեծ ու կռվի մի-մի կտոր հաց ու պանիր էլ շպրտեց նրանք գոգը: Այդ օրը մի տոն էր նրանց համար, — հացի հետ պանիր էլ էին ուտում: Այդպիսի երջանկություն շատ քիչ էր պատահում նրանց:

Երբ նրանք կշտացրին իրենց քաղցած փորը, նորից մտան յափնջու տակ, այս անգամ հյուրասիրելով և քրոջը, որ արդեն հաշտվել էր նրանց հետ: Երեքն էլ գոհ էին իրենց վիճակից, փորները կուշտ էր, յափնջին տաք, էլ ի՞նչ էր հարկավոր, — ոչինչ: Եվ նրանք, յափնջու տակ ուրախ-զվարթ՝ քչփչում-ճլվլում էին թխսկան հավի թևերի տակ պատսպարված ձագուկների պես:

Այնինչ աշնանային կարճատև օրն արագորեն մթնում էր և առանց այն էլ մութ խրճիթը թաղվում էր մթության մեջ: Դռան տախտակների արանքից ներս թափանցող լույսի շերտերն այժմ հազիվ էին նշմարվում: Օրը տարաժամելու հետ քամին կարծես ավելի՝ էր սաստկանում և սպառնում լուսամուտի թղթերը պատռելով ներս խուժել ամբողջ թափով:

— Աղջի՛, — կանչեց Շուշանը:

Սոնեն գլուխը հանեց յափնջու տակից:

— Վեր կաց էն անտեր ճրագը վառի:

Ցրտից սարսռալով Սոնեն դուրս սողաց իր տաք տեղից, վառեց թարեքի վրա դրված լամպը և վազելով նորից մտավ յափնջու տակ: Լամպն այնքան լույս չէր արձակում, որքան ծուխ, որովհետև ապակին կիսով չափ կոտրված էր, ծուխը հաստ շերտերով լիզել էր ապակու պատերը և այժմ այդ շերտերի վրա նոր շերտեր էր ավելացնում:

Յափնջու տակ քչփչոցի ձայները շարունակվում էին. ամենից շատ լսվում էր քրոջ ձայնը. ինչպես երևում էր, հեքիաթ էր պատմում: Սակայն այդ քչփչոցի ձայները շուտով տեղի տվին հորանջումների: Սոնեն նորից դուրս սողաց յափնջու տակից, հայտնի չէ որտեղից, քարշ տվեց մի ներքնակ ու վերմակ, անկողին պատրաստեց, որի վրա պառկեցրեց երկու փոքրիկներին, վերմակն ու յափնջին խնամքով ծածկեց, ինքն էլ մտավ նրանց կողքին, ու գրեթե նույն րոպեին քնեցին երեքն էլ:

* * *

Այնինչ նրանց մայրը իր լաթերի վրա կուչ ու հուպ գալով շարունակում էր տնքալ զսպված ձայնով, ցավերը գնալով սաստկանում էին: Մենակ էր, ոչ ոք չուներ, որ օգներ: Երկու երեխա այդպես, առանց «տատմոր» օգնության էր բերել, որովհետև աղքատ էր: Նույն այդ աղքատությունն էր պատճառը, որ մինչև այժմ ծնած բոլոր երեխաներն ամիսներով, «հարամ» էին մնացել. — մարդ չէր ճարվում, որ «հալալեր» — կնքահայր դառնար: Եվ այդպես էլ «հարամ» կմեծանային նրանք, եթե չլիներ այն ընտանիքը, որ այդ օրը մի տոպրակ հացի կտորներ և պանրի փշրանքներ էր ուղարկել, այդ ընտանիքի հայրն էր, որ «հոգու խաթեր» իր որդուն ուղարկում էր Կարապետի երեխաներին կնքահայր դառնալու, մի քանի ռուբլի ծախսելով: Շուշանը երախտագիտությամբ էր հիշում այդ ընտանիքի անունը, որը հացի կծմծած, բորբոսնած կտորները, կերակրի մնացորդը, երբեմն էլ գործածությունից ելած հնամաշ լաթերը տալիս էր նրան իր երեխաների համար: Բայց Շուշանն ամոթխած կին էր. երեսը չէր բռնում ամեն կարիք եղած ժամանակ դիմելու այդ ընտանիքին, ուստի մեծ մասամբ սոսկալի աղքատություն էր քաշում: Մեծ որդուց հույսը բոլորովին կտրել էր. այդ որդին անդարձ «պաժառնի» էր դարձել և, չնայելով փոքր հասակին, մի քանի անգամ բանտ էր նստել: Մարդը մեծ մասամբ պարապ էր, վերջերն էլ սկսել էր իրեն գինու տալ, այնպես որ գործ եղած ժամանակ էլ հազիվ մի-մի անգամ մի քանի ֆունտ ցամաք հաց կամ ոչխարի գլուխ ու ոտներ էր բերում տուն: Պատահում էր, որ Կարապետը օրերով, նույնիսկ շաբաթներով տան երես չէր տեսնում, որովհետև ոչխար կամ տավար էին հանձնում նրան հեռու տեղ քշելու: Այժմ էլ բացակա էր. մի ամբողջ հոտ մատաղացու ոչխար էր քշել Բոլնիսի ս. Գևորգ ուխտատեղին, որի տոնն էր այդ շաբաթ, և ո՜վ գիտե՝ ե՞րբ կվերադառնար:

Այսպիսով Շուշանը երկունքի ծանր օրերին մնացել էր մենակ, իր երեք երեխաների հետ, դուռն երեսին ետ դրած, քաղցած, տկլոր: Ցուրտն էլ մյուս կողմից էր նեղում: Աշնան և ձմռան ամիսներին քաղցն այնքան զգալի չէր այդ աղքատ ընտանիքի համար, որքան՝ ցուրտը, հաց այսպես թե այնպես միշտ կարելի էր ճարել, բայց ածուխ, բայց փայտ, բայց տաք հագուստ ո՞վ կտար:

* * *

Մի ամբողջ շաբաթ է, որ ցուրտ քամին չի դադարում, փլում մարդու երես և խանձում, մտնում է խրճիթի հազար ու մի ծակուծուկերից: Լաթերն այնքան ուժ չունեն, որ տաքացնեն Շուշանի կմախքացած մարմինը: Կարելույն չափ աշխատում է կծկվել, բայց և այնպես ոտները սառույց են կտրվել, թեև երբեմն-երբեմն ցավերի ուժգնության ժամանակ, նրա պարանոցը կզակի տակ և ճակատը ծածկվում են քրտինքով:

Բայց ցուրտն ինքնըստինքյան: Երկունքի ցավերն են, որ գնալով սոսկալի տանջանքներ են պատճառում: Նա այլևս չի կարողանում զսպել իրեն, կուչ ու հուպ է գալիս, աղաղակում: Խրճիթում լսվում է երեք քնած երեխաների հավասար շնչառությունը, թնդանոթ անգամ արձակես՝ չեն զարթնի: Թարեքին դրված լամպի կոտրված ապակին արդեն բոլորովին սևացել է. վառած թոնրի նման սև ծուխ և ալ կարմիր բոց է արձակում: Խրճիթը հետզհետե լցվում է թանձր ծխով, որի հետ խառն՝ օդի մեջ անհամար ճանճերի պես պտույտ-պտույտ են անում սև մրի փաթիլները: Եվ ծխի ու մրի այդ թանձրության մեջ անշուշտ կխեղդվեն երեխաներն իրենց մոր հետ, եթե քամին խրճիթի անհամար ճեղքերից չմաքրի օդը:

Իսկ քամին գնալով ավելի ու ավելի սաստկանում է և շվացնում խրճիթի հայտնի չէ ո՛ր ծակից: Դուռը դրնգալով ու շրխկալով շարժվում է տեղից, լուսամուտին կպցրած թղթերը բրբռում են արդեն միջից կես եղած: Իսկ Շուշանն իր լաթերի վրա անտանելի տանջանքով մերթ պպզում, մերթ թավալգլոր է գալիս վիրավորված անասունի պես...

Առավոտյան, երբ հարևանի բակում աքաղաղն սկսեց կանչել իր ծուղրուղուն, Սոնեն աչքերը բաց արեց և գլուխը հանեց վերմակի ու յափնջու տակից: Առաջին բանը, որ տարօրինակ թվաց նրան, այդ այն էր, որ թարեքին դեռևս վառվում էր լամպը ծխի և մրի մեջ կորած: Հետո նրա ականջին դիպավ մի անսովոր ձայն, — կարծես կատվի ձագ էր մլավում: Նա նստեց անկողնում և բնազդմամբ նայեց մոր կողմը: Ալ ծխից գոյացած մշուշի մեջ հազիվ նշմարեց մոր ուրվագիծը, որ լաթերի վրա պպզած ինչ-որ տարօրինակ շարժողության մեջ էր, կարծես լվացք էր անում: Մլավոցի ձայնն էլ այնտեղից էր գալիս: Նա կամաց վեր կացավ և ցրտից սարսռալով մոտեցավ մորը: Մոր ծնկների արանքին մի պստիկ, շատ պստիկ մանուկ տեսավ, մերկ, կարմիր: Մայրը ամբողջ մարմնով խոնարհված նրա վրա, ատամները պինդ սեղմել էր իրար և ձեռքերով հուպ էր տալիս մանկան կոկորդը, շարունակ կրկնելով սեղմած ատամների միջից. «Ի՞նչ եմ անում... ի՞նչ եմ անում... քիչ ունե՞մ... քե՞զ ոնց պահեմ... քե՞զ ոնց պահեմ...»: Մանուկը գլուխը ետ էր գցել, աչքերը փակ և տարօրինակ կերպով շարժում էր պստիկ կարմիր ոտներն ու ձեռքերը: Ձայնը այլևս չէր լսվում:

Սոնեն հանկարծ ճչաց, ինքն էլ չէր իմանում — ուրախությունի՞ց, որ մայրը երեխա էր բերել, թե՞ սարսափած այն բանից, ինչ որ անում էր մայրը իր նորածին մանկանը...

1898

ԱՆՀԵՏ ԿՈՐԱԾԸ

Նորատի կինը երեխայի և դայակի հետ նոր էր վերադարձել զբոսանքից և հագուստը փոխելու վրա էր, որպեսզի որդու և ամուսնու գալուց առաջ ճաշի սեղանը պատրաստի, երբ աղախինը մտավ և հայտնեց, որ մի պարոն ուզում է տեսնել նրան:

— Ինչ պարոն, — հարցրեց տիկինը հետաքրքրված:

— Չգիտեմ:

— Ի՞նձ է ուզում:

— Այ՛ո:

— Թե՞ պարոնին:

— Ոչ, ձեզ,

— Եվ ի՞նչ:

— Ասացի ճաշի ժամանակ է, չեն ընդունում, չհեռացավ. ասաց՝ շատ կարևոր գործ ունի:

Նորատի կինը մոտեցավ դեպի փողոց նայող բարձր պատուհաններից մեկին, բարձրացավ ոտների ծայրերի վրա, աշխատեց ներքև նայել ապակու միջից, բայց ոչինչ չտեսավ դռան մոտ, բացի մի մոխրագույն փափախի ծայրից:

— Լավ, գնա ներս հրավիրիր հյուրասենյակ, մինչև որ ես գամ, — դարձավ նա աղախնուն:

Աղախինը դուրս գնաց:

Նորատի կինը նորից կոճկեց շագանակագույն մետաքսյա բլուզը մեջքի վրա, մոտեցավ հայելուն. փոշի ցանեց փոքր-ինչ քրտնած երեսի ու պարոնցի վրա, մազերը շտկեց և դիմեց դեպի հյուրասենյակ:

Հյուրասենյակ մտնելուն պես նա կանգ առավ հանկարծ, մեկ ուզեց ճչալ և ետ փախչել մի խելագար սոսկումով բռնված, բայց մեկ էլ՝ զարմանքն ու հետաքրքրությունն այնքան մեծ էին, որ տեղնուտեղը զամվեց և արձանացավ՝ աչքերը չորս շինած:

Նրա հանդեպ մուտքի դռան մոտ, բարձր պատուհաններից ներս թափանցող միջօրեի արևի ճառագայթների տակ կանգնած էր այցելուն սպասողական դրության մեջ: Նա 30-35 տարեկան բարձրահասակ երիտասարդ էր, մաշված, արևավառ դեմքով, զորականի մոխրագույն հնամաշ շինելով, առանց ուսադիրների և ջարդված մորթե փափախով, որի ճակատին պորտի պես խրված էր սպայական կոկարդ՝ ներկը կիսով չափ թափված: Ոտքի մեկը չուներ, երկար շինելի փեշի տակից երևում էր մի ոտը միայն՝ հնամաշ և երկար ժամանակից ի վեր չմաքրված երկարաճիտ կոշիկի մեջ, իսկ մյուս ոտի տեղ նեցուկ էր կրում թևի տակ:

Որովհետև աջ ձեռքը զբաղված էր նեցուկով, այցելուն փափախը վերցրեց ձախ ձեռքով, լուռ բարևի նշան արավ գլխի շարժումով և տեղից չշարժվեց, ըստ երևույթին վախենալով, որ նորատի կինը արտաքո կարգի մի բան կանի — կճչա, կփախչի սարսափահար, օգնություն կկանչի, որովհետև այդ էր ցույց տալիս նրա դեմքը, և ուրիշ բան չէր կարող թելադրել նրան այդ անակնկալ տարապայման հանդիպումը:

Սակայն նորատի կինը կանգնած էր ծայր աստիճան զարմանքից ու հետաքրքրությունից քարացած, չկարողանալով չռած աչքերը հեռացնել նրա խոշոր, խոհուն սև աչքերից, որոնք այնքա՛ն ծանոթ էին, այնքա՛ն մերձ ու սիրելի՝ մոտիկ անցյալում և որոնցով միայն կարողացավ իսկույն ճանաչել:

— Արա՛մ... — շշնջաց նա կես-սարսափով և կես-թերահավատությամբ:

— Այո, ես եմ, Ֆլորա, — կամաց արտասանեց այցելուն, գլուխը մի քիչ առաջ երկարացրած և սիրով ու կարոտով, նայելով նրա աչքերին:

Այդ ձայնը... Այլևս ո՛չ մի տարակույս: Եվ նորատի կնոջ զարմանքն ու հետաքրքրությունը հանկարծ տեղի տվին մի մահասարսուռ վախի, որպիսին պատում է մարդու մի ահավոր անակնկալի հանդեպ, երբ փրկության ոչ մի ելք չի լինում: Ահռելի իրականության գիտակցությունը եկավ շանթելու նրա առժամապես ընդարմացած ուղեղը և հիմն ի վեր ցնցելու նրա ամբողջ էությունն այնքան ուժգնորեն, որ մի րոպե նրա աչքերը մթնեցին, սիրտն սկսեց բաբախել վայրկենական արագությամբ, գլուխը պտտվեց, և նա վար կընկներ անպատճառ, եթե չնստեր մոտիկ գտնված աթոռի վրա:

Այցելուն, իր մի հատիկ ոտով ցատկոտելով և փայտե նեցուկը թրխկթրխկացնելով հատակի վրա, արագորեն մոտեցավ նրան և կանչեց վախեցած.

— Ֆլո՛րա...

Նորատի կինը, գույնը նետած, աչքերը փակեց, գլուխն իջեցրեց ծնկների վրա և ձեռքերը բարձրացրեց գլխի վրա, որպես թե պաշտպանվելով սպասած հարվածից:

Բայց այցելուն քնքշորեն առավ խնամքով պահված այդ սպիտակ, այդ ողորկ, գոհարազարդ մատանիներով օղակված այդ գեղեցիկ ձեռքերից մեկը իր ձախ ձեռքով, մոտեցրեց շրթունքներին և ասաց գորովալից, հանգստացուցիչ ձայնով.

— Մի՛ վախենար, Ֆլորա: Վրեժը չէ, որ ինձ բերել է քեզ մոտ, այլ կարոտը, անձկությունը, որից այսքան ժամանակ տառապել եմ հեռավոր մենության մեջ: Ես հասկանում եմ քեզ և լիովին մտնում եմ քո դրությունը: Մեռելները հարություն չեն առնում, բայց եթե պատահի, որ մի հրաշքով հարություն առնեն, անշուշտ այդպիսի ահ ու սարսափ կազդեն, ինչքան որ ծով արցունք լինի թափված նրանց համար: Բարձրացրու գլուխդ, մեկ լավ նայեմ աչքերիդ. չէ՞ որ եկել եմ քեզ տեսնելու քեզ... քեզ և զավակիս և կարոտս առնելու:

Նրա ձայնը երերաց և աչքերը լցվեցին արտասուքով: Նորատի կինը գլուխը բարձրացրեց, նայեց նրա գորովալից, արտասվալից աչքերին և փղձուկը հանկարծ բռնեց նրա կոկորդը: Նա աչքերը ծածկեց ափերի մեջ և հեծկլտաց մի անծայր խղճահարությունից, որ ֆիզիկական ցավ պատճառելու չափ ուժգին՝ հանկարծ համակեց նրան դեպի այդ թշվառ մարդը:

— Մի՞թե այս երազ է, — արտասանեց նա հեկեկանքի միջից:

— Երա՞զ, — վրա բերեց այցելուն: — Ո՞ր երազը կարող է այնքան հնարամիտ լինել, որքան իրականությունը, մանավանդ այս իրականությունը: Ո՞վ կարող էր երևակայել, թե ես քեզ պիտի հանդիպեի ա՛յսպես և ա՛յստեղ, այս օտար տան մեջ, ուր մտա ես սիրտս սեղմելով...

— Ես մեղավոր չեմ, Արամ: Հարցրու մորդ, հարցրու քրոջդ, նրանք էլ կվկայեն, որ ես միշտ հուսացել եմ, համբերել և սպասել...

— Հանգստացիր, սիրելիս, հանգստացիր, ես արդեն հարցրել եմ և ամեն բան գիտեմ. հանգստացիր:

— Քո անունը մեզ ցույց տվին անհետ կորածների պաշտոնական ցուցակում, — շարունակեց Ֆլորան, աչքերը սրբելով, — և բացատրեցին, թե դու կամ սպանված ես և դիակդ մնացել է կռվի դաշտում, կամ թե, լավագույն դեպքում, գերի ես ընկել: Եվ որովհետև դրանից հետո համարյա ամբողջ չորս տարի ոչ մի տեղեկություն չունեինք քեզնից, մեզ ուրիշ բան չէր մնում եզրակացնելու, եթե ոչ ա՛յն, որ պատահել է ամենավատ դեպքը, այսինքն, որ դու սպանվել ես, այլապես, եթե գերի լինեիր ընկած, մի՞թե ամբողջ չորս տարվա ընթացքում գեթ մի անգամ, տեղեկություն չէինք ստանա քեզնից նամակի կամ այլ միջոցով:

— Ինչ խոսք կարող է լինել նամակների փոխանակության մասին պատերազմի ժամանակ թշնամի երկրների միջև: Մանավանդ որ մեզ փակել էին կոնցենտրացիոն լագերում, որտեղից ոչ մենք կարող էինք մի լուր դուրս տալ և լուր ստանալ դրսից:

— Ուրեմն դու գերի՞ էիր ընկել:

— Այո, մերոնք փախան և ինձ թողին փշրված ոտով: Ինչո՞ւ ուրիշ տեղ զանգս չփշրվեց, այս սոսկալի անոթը, որի մեջ ամբարված են բոլոր տանջանքների սաղմերը: Այն ինչ տառապանքներ էին, որ ես կրում էի նախ հիվանդանոցում և ապա՝ կոնցենտրացիոն լագերում... Ֆիզիկականը ինքնըստինքյան, խոսքս հոգեկան տառապանքներիս մասին է քեզ համար, զավակիս համար, մորս համար, քրոջս համար, հազար ու մի կասկածներ էի տանում, մեկը մյուսից մռայլ, մեկը մյուսից հուսահատական: Մտածում էի — արդյոք ի՞նչ են անում, ինչպե՞ս են ապրում. թշնամին խո ներս չի՞ խուժել, խո սրի չի՞ անցրել, կամ փախստական չեն դարձել, զոհ չե՞ն գնացել որևէ համաճարակ հիվանդության...

Արամը նստեց մոտիկ աթոռի վրա, նեցուկը հենեց պատին և ավելացրեց մռայլ մտախոհության մեջ.

— Եվ որ մտածում եմ, թե թերևս ոչինչ չլիներ, և ես այսքան չդժբախտանայի, եթե հնար լիներ, որ մի լուր տայի քեզ ինձնից և մի լուր ստանայի քեզնից...

Նա գլուխը դառնորեն շարժեց և լռեց:

— Դու քոնն ես ասում, հապա ի՞մ հոգեկան տանջանքները, — ասաց Ֆլորան: — Սկզբում շարունակ դողալ թանկագին մարդու կյանքի համար և ապա համարյա չորս տարի ապրել անստուգության, սպասումի և հուսալքումի մեջ... Հապա նյութական զրկանքները, առօրյա ապրուստի հոգսը: Ի՞նչ պիտի աներ մեզ այն չնչին նպաստը, որ ստանում էինք մենք: Մայրդ պառավ և շարունակ հիվանդ, քույրդ՝ դասերի հետևից և վերցրածն իր անձնական պետքերին հազիվ էր բավականանում, ես՝ փոքրիկ երեխան ձեռքիս: Սկզբում, քանի, մայրդ շատ չէր հիվանդ և կարողանում էր նայել երեխային, ինձ համար մի փոքրիկ պաշտոն գտա Քաղաքների Միության մեջ, բայց հետո ստիպված էի թողնել, որովհետև մայրդ ինքն արդեն խնամքի կարոտ դարձավ, և երեխան մնացել էր բոլորովին անտեր: Վերջը քույրդ ամուսնացավ, մորը տարավ իր մոտ: Մնացել էի մեն-մենակ, ապրուստի միջոցներից միանգամայն զուրկ, տանը բան չմնաց, որ չծախեցի:

Արամը նստած էր լուռ, փափախը դրած մի հատիկ ծնկան վրա և լսում էր իր նախկին կնոջ արդարացումները, ըստ երևույթին, հանգիստ ու անտարբեր: Նա մերթ դիտում էր ընդարձակ սենյակի փարթամ կահավորանքն ու ոսկեհուռ զարդարանքները, մերթ նայում նորատի կնոջ շքեղ հագուստին, մատների մատանիներին, ականջներին հուրհրատին տվող ադամանդյա օղերին, մազերի մեջ փայլող թանկագին ծամկալներին, և մի մռայլ կասկած ու թերահավատություն, որ դեռ գալուց առաջ թունավոր օձի պես սողոսկել էր նրա հոգին և տեսակցության առաջին րոպեների ազդեցության տակ առժամանակ հանգիստ պառկած էր այնտեղ, այժմ սկսել էր կամաց — կամաց բարձրացնել գլուխը:

Եվ երբ կինը վեջացրեց, նա դեռևս նստած էր լուռ և արտաքուստ հանգիստ, միայն մի հատիկ ծունկը հազիվ նկատելի կերպով դողում էր ջղայնորեն:

— Այդպես ուրեմն, — վերջապես խոսեց նա մի քանի րոպեի ծանր լռությունից հետո, առանց նայելու կնոջը, — մնացել էիր մեն-մենակ, ապրուստի միջոցներից զուրկ... Բայց ինչո՞ւ, — հարցրեց նա հազիվ լսելի ձայնով, — մի՞թե ոչ ոք չէր օգնում...

— Ո՞վ պիտի օգներ, — միամիտ զարմանքով հարցրեց կինը:

Արամը դանդաղորեն նայեց նրան ծուռ:

— Այն պարոնը, որ պատերազմի ժամանակ իր համար տաքուկ տեղ է գտել Քաղաքների Միության մեջ:

Ֆլորան ցնցվեց, որպես թե մի օձ խայթեր նրան, և ամբողջ իրանով առաջ նետվեց:

— Ի՞նչ ես ուզում ասել դրանով: Որ ամուսնացե՞լ եմ նրա հետ:

— Ոչ, այդ չեմ ուզում ասել:

— Հապա ի՞նչ:

— Հապա այն, որ ինձ... ուրիշ բան ասացին, — հապաղելով և հանգիստ պատասխանեց Արամը, առանց նայելու նրան:

— Ուրի՞շ բան: Ի՞նչ: Ո՞վ:

— Ով-որ...

— Կիսաբերան մի՛ խոսիր, Արամ, — համարյա ճչաց կինը զսպած վրդովմունքով: — Ասա՛ ուղղակի, որ քո՛ւյրդ է ասել:

Արամը չպատասխանեց, նստած էր մռայլ և հանգիստ և շարունակում էր չնայել նրան:

— Ինչու ես լռում և ինչո՞ւ չես նայում ինձ, — ասաց կինը մարտահրավեր համարձակ ձայնով: — Տեսնում ես — ես չեմ վախենում, որովհետև զզվելի բամբասանքի և զրպարտության դեմ ես ուրիշ զգացում չեմ կարող ունենալ, բացի նողկանքից: Իսկ գիտե՞ս ինչու է նա բամբասել և զրպարտել ինձ, որովհետև ես այլևս չկամեցա, որ նա իմ աղջիկ պարոնը լիներ, իսկ ես՝ նրա աղախինը:

Արամը զարմացած նայեց կնոջը:

— Այդ նորություն է ինձ համար:

— Օ՛, իհարկե, այս բանը խո չէր ասի քեզ: Եվ լավ իմացիր, Արամ, այս նորությունը ես այնուամենայնիվ չէի հայտնի քեզ, եթե դու հավատացած չլինեիր նրա զզվելի բամբասանքներին:

— Նախ՝ ես չասացի, թե ինչ է ասել նա, և երկրորդ...

— Ինչի՞ս է պետք, որ ասես: Քո խոսակցության եղանակը և քո ակնարկներն արդեն իրենք աղաղակում են, թե չարամտությունը, չկամությունն ու նախանձը ինչեր են փսփսացել ականջիդ: Իմ ամենամեծ դժբախտությունն այն էր, որ ես հնարավորություն չունեի իմ ձեռքի աշխատանքով ապրելու և ուզեի-չուզեի՝ պետք է նրա ձեռքին նայեի: Եվ որովհետև նա մի կտոր հաց էր շպրտում ինձ և երեխայիս, իր իրավունքն էր համարում ամեն կերպ ստորացնելու ինձ, վիրավորելու ինքնասիրությունս: Շարունակ զանգատ ու քրթմնջոց, շարունակ երեսովս էր տալիս իմ ու երեխայիս կերած մի կտոր հացը, ում մոտ ասես զանգատվում էր, թե մենք մի-մի ծանր բեռ ենք դարձել իր վրա: Իսկ այն, որ տան ամբողջ հոգսն ինձ վրա էր, որ եփող-թափողն ես էի, որ լվացող-կարկատողն ես էի, որ նրա հիվանդ մոր խնամողն ես էի — այդ բոլորը ոչինչ, այդ բոլորը չէր երևում նրա աչքին: Իմ տեղ մի վարձկան աղախին լիներ, ավելի հարգանք ու պատիվ կվայելեր, քան թե ես, որ իր ընտանիքի անդամն էի, իր դժբախտ եղբոր դժբախտ կինը, նրա զավակի թշվառ մայրը: Իմ վիշտը, իմ տառապանքները հերիք չէին, և նա էլ մյուս կողմից էր թունավորում իմ կյանքը: Մի անգամ նույնիսկ այնպիսի դրության հասցրեց ինձ, որ քիչ մնաց առնեի երեխաս ու գնայի գետը նետեի ինձ, որպեսզի միանգամից ազատվեի այդ դժոխքից: Ասե՞լ է նա քեզ այս: Իհարկե՝ ոչ: Նա կարող էր միայն ուրիշ բան ասել, որպեսզի ամբողջ մեղքն ինձ վրա ձգի: Ամո՜թ նրան:

— Ես նրա ասածներին ոչ մի կարևորություն չեմ տվել, և քո զանգատներն էլ միանգամայն ավելորդ են, — ասաց Արամը սառն կերպով:

— Ինչպե՞ս թե ավելորդ: Ուրեմն դու չես ուզում իմանալ, թե ինչիցստիպված ես այս քայլն արեցի:

— Չեմ ուզում, որովհետև դրանով ոչինչ չի ուղղվի: Դու ես մեղավոր, թե քույրս, չարաբաստիկ անհետ կորածների ցուցակն է եղել պատճառը, թե այն, որ ոչ մի հնարավորություն չի եղել ինձնից որևէ տեղեկություն հասցնելու քեզ — այդ բոլորն այժմ մեկ չէ՞ ինձ համար: Եթե ես մանրակրկիտ կերպով պրպտեմ և գտնեմ դժբախտությանս իսկական պատճառը, դրանով գեթ մի մազաչափ կփոխվի՞ իմ վիճակը: Առանց քո ասելու էլ ես շատ լավ գիտեմ, որ իմ գնալուց հետո քո դրությունը նախանձելի չպիտի՝ լիներ: Մի կողմից այդ, մյուս կողմից էլ այն, որ քեզ ու քեզ վճռել ես, թե ես այլևս չկամ, բավական է եղել, որ միանգամայն ազատ համարես քեզ և...

— Ինչպե՞ս թե ինձ ու ինձ, — արտասանեց կինը շանթահար:

Բայց Արամը շարունակեց անողոք հանգստությամբ.

— Դու տառապել, համբերել և սպասել ես այնքան, որքան պատշաճ է եղել, որքան հնարավոր է եղել, որքան կարող է տառապել, համբերել և սպասել մի ջահել, գեղեցիկ այրի կին, մինչև որ...

— Արա՜մ, — ճչաց Ֆլորան, վեր թռչելով տեղից:

— ...մինչև որ բախտի անիվը հանկարծ դարձել է և առջևդ բաց արել մի նոր կյանքի դուռ, — ըստ ամենայնի բախտավոր, բարեկեցիկ ու երջանիկ կյանքի, ինչպես տեսնում եմ այստեղ, քո շուրջը և քեզ վրա: Խոստովանում եմ, ես երբեք չէի կարող այդպես զարդարել և շրջապատել քեզ այսպիսի շքեղությամբ, և դու...

— Լռի՜ր Արամ, լռի՜ր, բավական է, — կանչեց կինը ծայրահեղ վրդովմունքի հանկարծական բռնկումով: — Ո՞վ է քեզ իրավունք տվել ինձ վիրավորելու: Ի՞նչ է նշանակում՝ ինձ ու ինձ վճռել եմ: Ի՞նչ է նշանակում ջահել, գեղեցիկ այրի կին: Ի՞նչ ես ուզում ասել դրանով:

— Ոչինչ ավելի, քան ինչ որ ասացի:

— Ես քո լեզուն չեմ հասկանում: Նայիր ուղիղ աչքերիս և պարզ ասա, ի՞նչ ես ուզում հասկացնել այդ ակնարկներով:

Արամը հանկարծ շեշտակի նայեց նրա աչքերին, և նրա մինչ այդ հանգիստ դեմքը դաժան արտահայտություն ստացավ, ըստ երևույթին, այլևս չկարողացավ զսպել իր ամբողջ ներքինը տակնուվրա անող խանդի այն զգացումը, որ մինչև այժմ ամեն կերպ աշխատում էր ծածկել արտաքին հանգստության քողի տակ:

— Ահա նայում եմ ուղիղ աչքերիդ և պարզ ի պարզո ասում, — ասաց նա յուրաքանչյուր բառը շեշտելով, — դու շատ ես շտապել քեզ ազատ համարելու:

— Ինչպե՞ս:

— Որովհետև ես դեռ կայի, դեռ գոյություն ունեի, դեռ գետինը չէի անցել:

— Ես գիտեի՞ այդ:

— Իսկ դու գիտեի՞ր, որ չկամ: Համոզվա՞ծ էիր: Հաստատ ապացո՞ւյց ունեիր:

— Ցուցակը...

— Այո՛, անհետ կորածների, բայց ո՛չ սպանվածների: Այդպես չէ՞:

Ֆլորան, հանկարծակիի եկած, առժամանակ մնաց կարկամած և ամենամեծ տարակուսանքով նայում էր նախկին ամուսնու սպանիչ աչքերին, որոնց մեջ կայծկլտում էր խանդի զգացումը: Հետո նստեց, աչքերը ծածկեց և սկսեց լալ:

— Անխի՛ղճ, անաստվա՛ծ, — արտասանեց հեծկլտանքի միջից: — Նրա համար էին իմ այնքան տարիների զրկանքներն ու տառապանքները քո պատճառով և քեզ համար, որ դու վերջը գաս և վիրավորե՞ս իմ զգացումները: Ամբողջ օրեր եմ մթնացրել քո մասին մտածելով, ամբողջ գիշերներ եմ լուսացրել անքուն քեզ համար լալով, ամբողջ տարիներ ականջս ձենի է եղել, որ մի լուր առնեմ քո մասին, քրոջդ թուք ու մուրը կրել եմ անտրտունջ՝ քո խաթեր, և դու ասում ես՝ շատ եմ շտապել: Ամբողջ չորս տարի վշտի և հուսահատության մեջ սպասելը շատ շտապե՞լ է նշանակում: Որտե՞ղ փնտրեի ես քո պահանջած ապացույցը, որ ինձ ազատ համարեի: Եվ, վերջապես, չէ՞ որ այս բանը ես արեցի ճարահատյալ, արեցի գլխավորապես քո զավակի համար, նա սոված էր, նա տկլոր էր, իսկ ես՝ մենակ, անօգնական: Իսկ դու բանն այնպես ես դուրս բերում, որպես թե ես օգտվել եմ առիթից և աշխատել կարելույն չափ շուտ ազատվել քեզնից: Այդպե՞ս ես ճանաչել ինձ մեր չորս տարվա կենակցության ժամանակ: Եվ դեռ ասում ես, թե վրեժը չէ, որ քեզ բերել է ինձ մոտ: Աhա թե ո՛րտեղ երևաց այն ուրիշ բանը, որ ասել է քեզ քույրդ իմ մասին, աhա թե ո՛ր աստիճան դու կարևորություն չես տվել նրա ասածներին:

Արամն այս անգամ խոնարհվել էր իր մի հատիկ ծնկան վրա, նայում էր հատակին մտառու, կենտրոնացած հայացքով և այլևս ոչ մի խոսք չէր արտասանում: Եվ երբ կինը լացի հետ վերջացրեց իր արդարացումներն ու հանդիմանությունները, սենյակում տիրեց մի երկարատև ծանր լռություն:

— Գիտե՞ս ինչ, Ֆլորա, — վերջապես խոսեց Արամը ուղիղ նատելով և նայելով կնոջն այնքան հանգիստ հայացքով, որ կարծես ոչինչ չէր պատահել: — Քեզ մոտ որ գալիս էի, չեմ ասում, թե հաշտված էի դրությանս հետ: Այդ անկարելի է: Սա այնպիսի դրություն է, որի հետ ո՛չ մի մարդ չի կարող հաշտվել: Բայց ինքս ինձ վճռել էի զսպել ինձ և ոչ մի հանդիմանություն չանել քեզ հենց թեկուզ միայն այն պատճառով, որ այդ ավելորդ և անօգուտ կլիներ, և դրանով անցածը չէր դառնա: Բայց եթե, այնուամենայնիվ, մի քանի անախորժ խոսքեր թռցրի բերնիցս, որոնց համար ես այժմ շատ եմ զղջում և քեզ էլ խնդրում եմ, որ ներես ինձ, այդ պետք է վերագրես այն բանին, որ... (նրա ձայնը դողաց): Ֆլորա, հասկանո՞ւմ ես արդյոք ինչ է կատարվում այս րոպեին իմ հոգու մեջ: Չէ որ դու ի՛մն էիր, ի՛մ հարազատը, ի՛մ սիրելին և, թվում էր, թե՝ ի՞մ անբաժանելին: Մինչդեռ ահա դու նստած ես այդտեղ, իմ հանդեպ, այդքան գեղեցիկ և այդքան ցանկալի և ըղձալի ինձ համար, և ես իրավունք չունիմ նույնիսկ մատով շոշափելու քեզ ու չգիտեմ ինչ անվանեմ քեզ: Եվ իմ դժբախտության ամբողջ ահռելիությունը երբե՞ք չեմ զգացել այնպես ուժգին, այնպես ցավագին, ինչպես զգում եմ այժմ, այստեղ, քեզ մոտ, քեզ տեսնելով: Ու միևնույն ժամանակ երբե՞ք այնպես ողորմելի, այնպես անզոր ու անկար չեմ զգացել ինձ, որպես դարձյալ այստեղ, այս օտար տան մեջ, ուր մտել եմ ես՝ չգիտեմ իբրև ի՞նչ — իբրև օտարակա՞ն, իբրև անկոչ հյո՞ւր, թե իբրև մուրացկան: Չէ՞ որ իմ այսքան տարվա տաժանակիր խաչակրությունից վերադառնում էի այն հավատով, թե քո գրկի մեջ պիտի թաղեմ ու մոռանամ իմ տեսած ու կրած բոլոր զարհուրանքները և պիտի ապրեմ նոր կյանքի երազներով, մինչդեռ այդ գիրկը ես փակ եմ գտնում ինձ համար: Իմ միակ հույսը, իմ միակ ապավենը, իմ փրկության խարիսխը դու էիր, մինչդեռ քո մեջ ես գտնում եմ միայն իմ վերջնական կործանումը, իմ գերեզմանը...

Նա լռեց լացակումած և որպեսզի արտասվալից աչքերը ծածկի կնոջից, նորից խոնարհվեց ծնկան վրա:

— Ա՛խ, այս ինչ դրություն է, տե՛ր իմ աստված, — հառաչեց կինը ծայր աստիճան հուսահատությամբ և խղճահարությամբ:

— Այո, հասկանում եմ, քեզ համար էլ ծանր է, — մի քիչ հանգստանալուց հետո նորից խոսեց Արամը շտկվելով: — Բայց վնաս չունի, ես շուտով կգնամ, և դու... Բայց ներիր, ես պարտավոր եմ կծել շրթունքներս, որպեսզի նորից մի ավելորդ խոսք չթռցնեմ բերնիցս: Դու մեղավոր չես: Ես գիտեմ ո՞վ է մեղավոր կամ մեղավորները: նրանք նստած են այնտեղ, վերևը, գահերի և ոսկու տոպրակների վրա: Նրանք են, որ աշխարհը խառնել են այսպես իրարից մի բան թռցնելու համար: Նրանք են, որ ինձ պես միլիոնավորների դժբախտության և արյան գնով ուզում են լցնել իրենց անկշտում որկորը: Ահա թե ո՞ւմ օձիքից պետք է բռնել և հաշիվ պահանջել: Հոգուս մեջ կրակ է բորբոքվում, և իմ ամենամեծ դժբախտությունն այն է, որ ես, իբրև մի սոսկ անհատ, մի մոծակի չափ անգամ կարողություն չունեմ խայթելու նրանց: Բայց այսպես երկար չի կարող շարունակվել, կգա մի ժամանակ, երբ...

Նա հանկարծ լռեց և ականջները սրեց դեպի հարևան սենյակը: Այնտեղից լսվեց երեխայական մի ձայն, հետո մանրիկ ոտների մի վազք: Նույն րոպեին դուռը բացվեց աղմուկով, և ներս վազեց մոտ 7-8 տարեկան մի տղա ինչ-որ արտասովոր ուրախությունից վառված աչքերով, մի թուղթ ձեռքին:

— Մամա՛, — կանչեց նա, մոտ վազելով նորատի կնոջը, — այսօր վկայականները բաժանեցին, ոչ մի 2 չունեմ, տե՛ս:

Ֆլորան շփոթված վեր կացավ, մեքենայաբար թուղթն առավ որդու ձեռքից և նայեց նախկին ամուսնուն մի վարանոտ ժպիտով:

— Սա... մեր Սուրիկն է, — ասաց:

Արամը արձանացել էր նստած տեղը և նայում էր որդուն լայն բացած աչքերով, գլուխն առաջ երկարած: Ըստ երևույթին, չէր ուզում հավատալ, թե երեք տարեկան այն փոքրիկ, վտիտ մանուկը, որին պատերազմ գնալուց առաջ թողել էր մոր խնամքին, կարող էր այդ մի քանի տարվա ընթացքում այդքան հասակ առնել, հասունանալ և փարթամանալ:

Հոր պես բարձրահասակ, հոր պես թուխ, հոր պես սև ու խոշոր աչքերով, բայց, հակառակ հոր, ջլապինդ ու լեցուն մարմնով: Սուրիկը կանգնած էր շինել հագած մի անծանոթ պարոնի առջև, նայում էր նրան մանկական անտարբերությամբ իբրև մի օտարականի, որի հետ ոչ մի գործ չունի:

Մայրը բռնեց երեխայի ձեռքից և մոտեցրեց Արամին.

— Սուրիկ ջան, սա այն հայրիկն է, որ պատերազմ էր գնացել, հիշո՞ւմ ես, քեզ որ պատմում էի:

— Այն հայրի՞կը, — հարցրեց երեխան առանց որևէ առանձին հետաքրքրություն ցույց տալու:

— Այո, այն հայրիկը, բալաս, և ոչ նոր հայրիկը, — ասաց Արամը մի տեսակ կծու շեշտով, և մի տարօրինակ ժպիտ ծամածռեց նրա դեմքը:

Նորատի կինը կծեց շրթունքը և մինչև ականջները կարմրեց:

— Բայց դուք սպանված չէի՞ք, — հարցրեց երեխան, այս անգամ մանկական հետաքրքրությամբ նայելով անծանոթ հոր աչքերին:

— Ո՞վ ասաց, բալիկս, թե սպանված եմ:

— Մաման էր ասում:

— Մաման սխալվել է, ջանիկս, ես միայն վիրավորված եմ եղել ոտից: Այ, տես:

Արամը շինելի մի փեշը ետ ծալեց և ցույց տվեց կտրած ոտը: Ոտը կտրած էր ծնկից վերև, նույնչափ էլ կտրված էր զինվորական դեղին անդրավարտիքը և բերանը կարած տոպրակի պես:

Սուրիկը հետաքրքրությամբ նայեց, հետո ինքն իր ձեռքով զգուշորեն բարձրացրեց հոր շինելի մյուս փեշը, որի տակ գտնվում էր նրա առողջ ոտը:

— Հիմա այս մի ոտո՞վ եք ման գալիս, — հարցրեց:

— Չէ, էլի երկու ոտով:

— Ինչպե՞ս թե, — զարմացավ երեխան:

— Այ, տես, — հայրը ցույց տվեց պատին հենած նեցուկը, — թևիս տակն եմ առնում և ման գալիս ինչպես երկու ոտով:

— Գիտե՞ք ինչ, պարոն, — հանկարծ ասաց երեխան մանկական հետաքրքրությամբ, — փողոցում ես ուրիշ մարդիկ էլ եմ տեսնում այդպիսի փայտերով ման գալիս: Նրանք է են եղել պատերազմում:

— Բոլորը: Բայց լսիր, ջանիկս, ինչ եմ ասում, ինձ այլևս պարոն չանվանես, խո գիտես, որ ես քո հայրիկն եմ:

— Հա, Սուրիկ ջան, — նկատեց իր կողմից մայրը, — այսուհետև միշտ հայրիկ կանվանես: Լսո՞ւմ ես:

Սակայն Սուրիկը կանգնած էր լուռ և մանկական լուրջ տարակուսանքով նայում էր մերթ մոր աչքերին, մերթ շինել հագած այն հատոտանի մարդուն, որին ստիպում էին հայրիկ անվանել:

Հայրը բռնեց նրա ձեռքերից և մոտ քաշեց:

— Մի՞թե դու ինձ երբեք չես տեսել, բալիկս: Սուրիկը մտառու

հայացքով նայեց նրա աչքերին և գլխով բացասական շարժում արավ:

Հայրը ավելի մոտեցրեց երեխային և կպցրեց իր ծնկանը:

— Լա՛վ նայիր ինձ, ջանիկս, գուցե հիշես, դու այն ժամանակ ախր շատ փոքր չէիր, խոսում էիր, վազվզում, պարում, նույնիսկ պստիկ-պստիկ ոտանավոր էիր ասում, երգում: Ես քեզ համար խաղալիքներ էի բերում — երկաթուղի, ավտոմոբիլ, ձի, ուրիշ շատ, շատ բաներ: Ձի էի դառնում, նստեցնում էի քեզ ուսերիս վրա և վազվզում սենյակներում, դու էլ ծիծաղում էիր, կչկչում: Հետո... Ես քեզ տանում էի՝ ինձ հետ ման ածելու, կարմիր, կապույտ օդապարիկներ էի առնում քեզ համար, միրգ էի առնում, կոնֆետ, շոկոլադ: Մի՞թե ոչինչ չես հիշում:

— Ոչ, չեմ հիշում, — պատասխանեց երեխան, նորից բացասաբար շարժելով գլուխը:

— Հիմա՛ր, ինչպե՞ս չես հիշում, — նկատեց մայրը, — քանի անգամ եմ պատմել:

— Վա, զոռով է՞, որ չեմ հիշում, — բացականչեց երեխան դեմքի այնպիսի մի կոմիկական ծամածռությամբ, որ հայրն էլ, մայրն էլ ակամա ծիծաղեցին:

Մինչև այժմ հայրը ամեն կերպ զսպում էր իրեն, աշխատում էր այնպիսի բան չանել, որ երեխան խրտներ իրենից: Բայց է՛լ չդիմացավ, հանկարծ երկու ձեռքով բարձրացրեց նրան, նստեցրեց ծնկան վրա, պինդ կպցրեց իրեն և սկսեց մի խենթ ողջագուրանքով համբույրներ դրոշմել նրա գլխին, այտերին, շրթունքներին, աչքերին, ո՛ւր պատահեր: Եվ մեկ անգամ չէ, երկու անգամ չէ, թվում էր, թե վերջ չէին ունենալու հայրական սիրո և կարոտի այդ բուռն զեղումները, որոնք այնքան տարիների ընթացքում կուտակվել էին նրա սրտում:

Երեխան վախեցած խլպլտում էր հոր ջլապինդ ձեռքերի մեջ սեղմված, երեսը այս ու այն կողմն էր դարձնում, գլուխը ետ էր զցում, որ խուսափի նրա անախորժ համբույրներից և աղաղակում.

— Վա՛յ, ի՞նչ եք անում, թողեք, չեմ ուզում... Մամա...Իսկ հայրը կարծես միտք չուներ թողնելու, ավելի ու ավելի էր սեղմում երեխային իր գրկում և շարունակում էր խելագար համբույրները: Վերջապես Սուրիկը իր ճկուն մարմնի ճարպիկ գալարումներով դուրս պրծավ նրա անհաձո գրկից, հեռու փախավ և ճակնդեղի պես կարմրատակած սկսեց ուղղել շորերը, — միևնույն ժամանակ լուռ ու զայրագին հայացքներ ձգելով հոր կողմը:

Մայրը տեսավ այդ անհաշտ հայացքները և վախեցավ, որ նա կարող էր կոպիտ խոսքեր արտասանել հոր հասցեին, ինչպես անում էր երբեմն, երբ նրան չարացնում էին, ուստի արագ մոտեցավ նրան և ինչ-որ փսփսում էր նրա ականջին, երբ մի կարճ ու հատու հեծկլտոց լսեց: Փշաքաղվեց և ետ նայեց նախկին ամուսնու կողմը:

Արամը նստած էր ծնկան վրա խոնարհված, թաշկինակը աչքերին սեղմած, և նրա ուսերն ու մեջքը ցնցվում էին զսպած հեկեկանքի ջղաձգումներով:

Նույն րոպեին հարևան սենյակից լսվեց ծծկեր երեխայի լացի և ապա տղամարդու ինքնավստահ և ինքնագոհ մի ձայն: Տղամարդը, ինչպես երևում էր, խոսում էր դայակի հետ:

— Վա՜յ, հայրի՜կն է, — բացականչեց Սուրիկը, և նրա դեմքը մի վայրկյանում պայծառացավ: — Տո՜ւր, մամա, վկայականս տանեմ ցույց տամ հայրիկին:

Մայրը վախեցած՝ աչք-ունքով արավ նրան, որ լռի, բայց երեխան ոչ հասկացավ մորը, ոչ էլ ուշադրություն դարձրեց, թե ինչ է ուզում հասկացնել նա, խլեց նրա ձեռքից վկայականը և դուրս վազեց:

Որդու ուրախական բացականչության վրա Արամը արագորեն շտկվեց, կարծես ծնկան վրա խոնարհված նրա իրանը մեկեն վեր նետեցին և նրա մի ակնթարթում ցամաքած աչքերը տարօրինակ փայլով հառած մնացին այն դռան վրա, որի հետևը ծածկվեց երեխան: Այնուհետև նա հայացքը, նիզակի պես սուր ու ծանր, դանդաղորեն դարձրեց նորատի կնոջ վրա, մեքենայաբար որոնեց շինելի գրպանը, թաշկինակը պահեց, վերցրեց հատակի վրա ընկած փափախը, նեցուկն առավ թևի տակ և, մի հատիկ ոտի վրա ցատկոտելով, դիմեց դեպի այն դուռը, որտեղից աղախինը ներս էր հրավիրել նրան:

— Դու գնո՞ւմ ես, — կամաց և անհամարձակ հարցրեց նորատի կինը:

Ինվալիդը չպատասխանեց և դուրս գնաց:

Հետևյալ օրը կամրջի վրա, որի տակ հորդացած գետը կատաղի հորձանքով առաջ էր քշում իր գիրկն առած գարնանային ջրերը, մարդիկ գտան մի շինել և մի նեցուկ:

1920

ՎԵՐՋԻՆ ՄՈՀԻԿԱՆՆԵՐ

Իմ ընթերցողներին

Ես ստացա հետևյալ նամակը և նամակի հետ առանձին տետրակի մեջ մի գրություն, որը հրատարակության եմ տալիս ստորև:

Ընկեր Նար-Դոս.

Ես ձեր «Նեղ օրերից մեկը» պատմվածքի հերոսն եմ — Պատրիկյանը: Թեև իսկական ազգանունս Պատրիկյան չէ, բայց այդ միևնույն է, թող ձեզ և ընթերցողների համար Պատրիկյան էլ մնամ, իսկական ազգանունս հայտնելով չի փոխվելու էությունը, որի դեմ առարկելիք չունեմ:

«Նեղ օրերից մեկը» լույս տեսնելուց հետո անցել է մոտ երեսուն տարի, և դեռ չգիտեմ երբևիցե հետաքրքրվե՞լ եք իմանալու, թե հետագայում ինչ եղան, ինչ վիճակ ունեցան ձեր այդ պատմվածքի գլխավոր պերսոնաժները, այսինքն — ես, տանտերս, խմբագրության քարտուղարը և արքունական թատրոնների երգիչ Ջափինյանը կամ ժապինովը, ինչպես անվանվում էր այն ժամանակ աֆիշների մեջ: Եթե հետաքրքրվել եք և չեք իմացել, ես կարող եմ պատմել:

Կսկսեմ ինձնից:

Մի երկու լղարիկ գրքույկ հրատարակելուց հետո, որի վրա զուր տեղը ծախսել էի ուսուցչությանս ժամանակ խնայած կոպեկներս, ես մի անգամ առմիշտ թողի գրող լինելու մարմաջը, այրեցի հետագա բոլոր գրվածքներս և գալիցինյան ռեժիմից հետո, երբ վերստին բացվեցին մեր դպրոցները, նորից մտա ուսուցչական ապարեզ: Այն խոնավ ու մութ սենյակը, որի վարձը նեղ օրերիս հազիվ էի կարողանում վճարել, թողի և անցա նույն տան բակում ազատված երկու լուսավոր սենյակ, ամուսնացա, օրինավոր տուն ու տեղ դրի, չորս զավակներ ունեցա — երեք տղա, մի աղջիկ: Տղաներիցս ամենամեծը թունդ բոլշևիկ դուրս եկավ և զոհվեց մայիսյան ապստամբության ժամանակ: Նրանից փոքրը նույնպես բոլշևիկ-կոմունիստ է և ներկայումս հրահանգիչ է գավառում: Այնուհետև՝ աղջիկս ուսուցչուհի է, իսկ փոքր տղաս սովորում է բանֆակում և խոստանում է ավելի թունդ բոլշևիկ լինել, քան իր ավագ եղբայրները: Ներկայումս ես արդեն մոտ վաթսուն տարեկան ծերունի եմ: Թողել եմ ուսուցչությունը: Ստանում եմ կենսաթոշակ: Անցյալ տարվանից կնոջս հետ մշտապես տեղափոխվել եմ իմ հայրենի գյուղաքաղաքը, ուր պաշտոնավարում է աղջիկս, և ապրում եմ նրա մոտ հանգիստ ու ապահով, միանգամայն մոռանալով իմ նեղ օրերը, որոնցից մեկը նկարագրել եք դուք ձեր պատմվածքի մեջ:

Խմբագրության քարտուղարը:

Սրա կյանքն արդեն մի կատարյալ էշի մարտիրոսություն էր: Ֆանատիկոսի մոլեռանդությամբ նվիրված լինելով թերթին, տարեցտարի և օրը օրին մեն-մենակ լցնելով թերթը, ցերեկը խմբագրատանը և գիշերները տպարանում անցկացնելով, այնքան չէր ստանում, որ գոնե մի տաք կերակուր ուտեր և ձմեռը տաք հագնվեր: Վերջը թքեց թերթի վրա էլ, ամեն բանի վրա էլ, գնաց Էջմիածին, կուսակրոն ձեռնադրվեց, վարդապետ դառավ, հետո ծայրագույն վարդապետ, գրում էր «Արարատ»-ում, քիչ մնաց եպիսկոպոս ու թեմակալ դառնար, փորը մի քիչ հաստացրեց և մեռավ անհայտ ու անպտուղ:

Երգիչ Ջափինյանը:

Վերջը բանից երևաց, որ սա փքուռույց հռչակի տեր և անտաղանդ մեկն է եղել, զուրկ նույնիսկ լսողությունից: Ինչպես որ արագ բարձրացել էր արքունական թատրոնների բեմերը իր իիրավի որ հուժկու ձայնի շնորհիվ, այնպես էլ և էլ ավելի արագ ցած գլորվեց այնտեղից: Ջափինյանը չի մոռացել իր նախկին տիրացությունը և երբեմն-երբեմն իր բարեկամ այս կամ այն հանգուցյալի, թաղման ժամանակ իր գոմշի ձայնով վեր է քաշում «Ի վերին Երուսաղեմ»-ը ի պատիվ հանգուցյալի հարազատների, որոնք այդ բանից զգացված՝ սկսում են էլ ավելի մեծ թափով, ճիչ ու ծղրտոցով (կանայք, իհարկե) վայ տալ իրենց թանկագին կորուստը: Ցիլինդրը, կարմիր փողկապը իր խոշոր ադամանդով և բարձր կրունկներով փայլուն կոշիկները վաղուց, շատ վաղուց հրաժեշտ են տվել նրան: Բայց, չնայելով իր մոտ վաթսունհինգամյա հասակին, դեռևս շատ ժիր է, և այժմ դուք կտեսնեք նրան շոֆերական մի կեպի սափրած գլխին, մի շատ հասարակ բլուզ հագին, կարկատած կոշիկներով այս կամ այն կոոպերատիվ խանութը վազելիս, որ մի քանի կիլո կարտոֆիլ տանի տուն քաթանե տոպրակով, որը շարունակ ման է ածում հետը համենայն դեպս: Ապրում է, կարծեմ, երգեցողության մասնավոր դասերով: Տանտերս:

Գրությանս նպատակն իսկապես սա է: Ես ուզում եմ առանձնապես ծանրանալ սրա վրա և ձեր ուշադրությունն էլ հատկապես սրա վրա եմ ուզում հրավիրել: Սա նախանցյալ տարի մեռավ: Արդեն մոտ յոթանասուն տարեկան ծերունի էր: Սրա մահով գերեզման իջավ մեր փառազուրկ բուրժուազիայի վերջին տիպիկ ներկայացուցիչներից մեկը: Սրա կյանքի թռուցիկ նկարագիրը հեղափոխությունից առաջ և հետո թերևս մի նոր պատմվածքի կամ վեպի նյութ տա ձեզ: Այդ սիստեմատիկ նկարագիրը դուք կգտնեք նամակիս հետ ձեզ ուղարկված տետրակիս մեջ:

Ձեր Պատրիկյան

ԱՂԱՄԻՐՈՎ ԴԱՎԻԹ ՖՈՄԻՉԸ

(Պատրիկյանի տետրակը)

Միջահասակ, պնդակազմ, շատ ժիր տղամարդ էր, միշտ լավ հագնված, մոխրագույն շապոն մի քիչ ծուռ դրած, մատները լի մատանիներով, որոնցից մեկն առանձնապես հուր — հրատին էր տալիս իր խոշոր աղամանդով: Կոշիկների վրայից հագնում էր սպիտակ գամաշներ՝ կողքից կոճկած: Ամառ-ձմեռ մոխրագույն ձեռնոցներ էր կրում, հագնում էր միայն ձախ ձեռքինը, իսկ աջը առանց հագնելու պահում էր ձեռքին, երևի խանգարում էին մատանիները: Ման էր գալիս արագ, հաստատուն քայլերով, կեռագլուխ ձեռնափայտը թևից կախած: Դեմքը կարծես բրոնզից էր ձուլված իր դեղնավուն գույնով և ծանր կնճիռներով, որոնք ծալ-ծալ նստած էին աչքերի տակ և բերանի այս ու այն կողմը: Իր այդ բրոնզյա դեմքով և մանավանդ աչքերի շատ սուր ու լուրջ հայացքով կորովի կամքի և համառ բնավորության տեր մարդու տպավորություն էր թողնում: Չգիտեմ ինչու, երբ պատահում էր, որ չէի կարողանում սենյակիս վարձը ժամանակին վճարել և այդ բանի համար նա կամ ինքն էր իջնում ինձ մոտ, կամ ինձ էր կանչում իր մոտ, ես պարզապես վախենում էի նրա այդ դեմքից և հայացքից, չնայելով, որ երբեք դուրս չէր գալիս քաղաքավարության սահմանից, թեև խոսում էր խիստ ու կտրուկ:

Քաղաքում հայտնի էր իր սապոնի գործարանով: Ուներ և մի քանի խոշոր տուն՝ խանութներով: Տներից մեկը մի ամբողջ հյուրանոց էր: Գործոն անդամ էր մի քանի խոշոր ակցիոներական ընկերությունների: Մի այդպիսի ընկերություն էլ ինքն էր հիմնել՝ Բաքվում նավթաբեր հողերի պեղումներ կատարելու համար:

Իր հարստության և անվան շնորհիվ հասարակական բոլոր ընտրությունների ժամանակ առաջին թեկնածուներից մեկն էր և հարում էր կադետական կուսակցության: Այսպիսով միաժամանակ քաղաքային դումայի իրավասու էր, համ բանկի դիրեկտոր, համ կլուբի ավագ, համ Բարեգործական ընկերության վարչության անդամ, համ դպրոցի հոգաբարձու, համ երեցփոխ, համ... չգիտեմ էլ ինչ: Եվ զարմանալին այն էր, որ համարյա ամեն տեղ էլ հասնում էր իր տոկուն եռանդի շնորհիվ:

Այն տունը, ուր ապրում էր Դավիթ Ֆոմիչը, բաղկացած էր երկու հարկից և գտնվում էր քաղաքի ամենաբանուկ, վաճառաշահ փողոցում: Ամբողջ վերին հարկը ծառաների սենյակներով, խոհանոցով, բաղնիքով, պահեստներով գտնվում էր տանտիրոջ ձեռքին, իսկ ներքին հարկը, փողոցում, մի շարք լայն ու բարձր խանութներ էին, որոնց վարձակալներն ապրում էին նույն տան ընդարձակ բակում, դրանք բոլորն էլ հարուստ վաճառականներ էին — մի՝ ակնավաճառ, մի կոնդիտեր, մի օպտիկ, մի դեղավաճառ և ամենաընտիր մրգեր ծախող մի բախկալ: Ամենախեղճ կենողներս այդ բակում ես էի, մի մանկաբարձուհի իր պառավ մոր հետ և բազմաթիվ

երեխաների տեր մի հրեա կին, որը բակի դարպասում սեղանի վրա զանազան երկաթեղեն էր ծախում — կողպեքներ, մկրատներ, դանակներ, մատնոցներ և այլն: Այս երեք խեղճ կենողներից ամենավատ սենյակն իմն էր — խոնավ, մութ, ընդհանուր արտաքնոցներին կպած: Ամոթ էլ էր այդ սենյակ անվանել, սկզբում դա եղել էր տանտիրոջ հավաբունը, ուր նա բազմաթիվ հավեր էր եղել պահելիս իր տան գործածության համար (ստամոքսի ինչ-որ հիվանդություն ունենալու պատճառով բժիշկներն արգելած են եղել նրան թռչունի մսից ուրիշ որևէ կենդանու միս ուտել). բայց որովհետև հավերի աղտոտությունից հոտելիս է եղել բակը, և կենողները շարունակ բողոքելիս են եղել այդ բանի դեմ, Դավիթ Ֆոմիչը հավերը տեղափոխել էր տան կտուրը, ուր նրանց համար հատուկ հավաբուն էր շինել տվել պատշաճ սարքավորումով, իսկ նախկին հավաբունը մի քիչ կարգի դնելով, սենյականման մի բանի էր վերածել, ուր և վիճակվել էր ինձ ապրել իմ նեղ օրերին:

Դավիթ Ֆոմիչի ընտանիքը մեծ չէր. ինքն էր, կինը, մի հատիկ տղան և աղջիկը: Տղային և աղջկան տնային կրթություն էր տալիս սկսած երաժշտությունից մինչև գիմնազիական դասընթացը: Ֆրանսուհի դաստիարակչուհին էլ հո ջոկ: Մի անգամ նույնիսկ փորձեց, որ նրանք հայերեն դասեր էլ առնեն, և դրա համար հրավիրեց ինձ, բայց տղան էլ, աղջիկն էլ հենց սկզբից բացեիբաց հրաժարվեցին, ասելով, որ հայերենը շատ դժվար լեզու է, և ինչի է պետք այդ «կռոյի լեզուն» (տան մեջ նրանց գործածական լեզուն ռուսերենն էր և ֆրանսերենը):

Աղջիկը բավական տգեղ արարած էր, հոր պես դեղնավուն և, ըստ երևույթին, հիվանդոտ, բժիշկը շաբաթը երկու անգամ կանոնավորապես այցելում էր նրան: Ծնողների առանձին հոգացողության տակ էր նրա լսելիքը, եթե պատահում էր, որ փողոցային որևէ թափառական մի երաժիշտ իր արգանով կամ հարմոնով, ջութակով կամ շվիով մտնում էր տան բակը մի քանի կոպեկ հավաքելու համար, իսկույն ծառաների միջոցով դուրս էին քշում նրան, որ աղջկա երաժշտական լսելիքը չփչանա այդ «վայրենի» ձայներից:

Տղան, մի շատ գեղեցիկ, աշխույժ ու չարաճճի պատանի, բոլորովին նման չէր ոչ հորը, ոչ մորը և ոչ էլ մանավանդ քրոջը և, երևի այդ պատճառով, նրանց առանձին սիրո և գուրգուրանքի առարկան էր: Նրան շատ էին երես տվել, և նա տան մեջ ինչ օյինբազություններ ասես չէր անում: Դեռևս քսան տարեկան չեղած, գիմնազիական դասընթացն արդեն ավարտած էր համարում իրեն և այլևս չէր ուզում սովորել: Գրպանը միշտ լիքն էր լինում փողով, և նա ծախսում էր քեֆն ուզածին պես: Մի քանի անգամ բռնվել էր խոշոր սկանդալների մեջ և միշտ էլ անպատիժ մնացել հոր շնորհիվ: Ման էր գալիս գլխարկը ծոծրակին դրած և մազերի՝ գեղեցիկ փայլուն զանգուրները ճակատին ցրիվ տված:

Ինքնըստինքյան հասկանալի է, որ Դավիթ Ֆոմիչը, իբրև հարուստ մարդ, ապրում էր, ինչպես ասում են, լեն ու բոլ: Ամեն ամառ ընտանիքով քոչում էր արտասահման և ամեն անգամ վերադարձին այնտեղից բերում էր այնպիսի զարմանահրաշ բաներ, որ տեսնողը մնում էր բերանը բաց: Դրանք մեծ մասամբ ոչինչ բաներ էին — սեղանի վրա կամ բուխարու գլխին դնելիք զարդարանքներ, տարօրինակ ձևի և կոնստրուկցիայի ժամացույցներ, ալբոմներ, ծաղկամաններ և այլն: Մի անգամ էլ բերեց մի՝ շատ գեղեցիկ թեթև ավտոմոբիլ հատկապես իր և ընտանիքի անդամների զբոսանքի համար: Բայց ամենից շլացուցիչը Լյուդվիկոս չգիտեմ ո՞րերորդի ոճով պատրաստված կահավորանքն էր, որ ապսպրել էր Փարիզից իր դահլիճի համար: Պարծանքով էր պատմում, որ միմիայն սեղանը, գահավորակը և երկու բազկաթոռը իր վրա նստել էր տասը հազար ռուբլի: Շատ էր սիրում իր բարեկամների շրջանում պատմել հետևյալ դեպքն իրենց փարիզյան այցելություններից.

— Մի երեկո նստած ենք Բոլլոնյան անտառում: Դե, հայտնի է, թե ինչ հասարակություն է զբոսանքի ելնում այդ անտառը, ամբողջ շիք ու հրաշալիք, Կինս նայեց, նայեց, մի խոր հոգոց քաշեց և ասաց, «է՛հ, մե՛նք էլ կասենք ապրում ենք, սրա՛նք էլ»:

Եկավ աշխարհասասան պատերազմը, և միակ վնասը, որ հասցրեց Դավիթ Ֆոմիչին, այդ այն էր, որ զինվորական վարչությունը գրավեց նրա ավտոմոբիլը իր պետքերի համար: Այդ բանը մեծ ցավ պատճառեց նրան, բայց ի՞նչ կարող էր անել: Վախ կար, որ որդուն կարող էին զինվոր տանել և քշել դեպի սպանդանոց, բայց դեմը կարողացավ առնել, շտապեց որդուն յունկերական դպրոցը տալ և բանն այնպես սարքեց, որ նա մինչև պատերազմի վերջն էլ մնաց թիկունքում: Իսկ ինքը, իբրև «անվանի՝ հասարակական գործիչ», մի ինչ-որ կարևոր պաշտոնով մտավ Քաղաքների Միության մեջ և իրեն միայն հայտնի միջոցներով ձեռքերը լավ տաքացրեց: Բայց երբ թուրքերը Սարիղամիշ — Արդահանի ճակատը ճեղքելով սպառնում էին բռնել Թիֆլիսի ճանապարհը, Դավիթ Ֆոմիչն առաջիններից մեկն էր, որ Նիկոլայ II-ի հետևից իր ընտանիքով փախավ դեպի հյուսիս, որտեղից վերադարձավ այն ժամանակ միայն, երբ թուրքերը ետ շպրտվեցին դեպի Էրզրում, և Կովկասյան ճակատը միանգամայն ապահովվեց:

Թուրքերի պարտությունը այնքան էր ոգևորել Դավիթ Ֆոմիչին, որ նա սկսեց եռանդուն մասնակցություն ցույց տալ հայկական կամավորական խմբեր կազմակերպելուն և «Մի՛ հայ — մի ոսկի» ֆոնդի հանգանակության գործին:երբ հայերին միանգամայն հիմարացնելու համար Անդրանիկին գեներալ-մայորի աստիճան շնորհվեց, Դավիթ Ֆոմիչը մի փառավոր ընթրիք պատրաստեց իր տանը նրա պատվին:

Կովկասյան ճակատում ռուսական բանակի իրար հետևից տարած հաղթություններն առհասարակ Դավիթ Ֆոմիչը վերագրում էր հայ կամավորական խմբերին, բռնվել էր թունդ ազգասիրությամբ և ման էր գալիս այնպես ուռած-փքված, որ ամեն անգամ, քանի նայում էի նրան, միտս էին գալիս Կռիլովի վարից վերադարձող եզան պոզին նստած ճանճի պարծենկոտ խոսքերը՝ «Մենք էլ վարեցինք»:

Այնուհետև եկավ փետրվարյան հեղափոխությունը և թեև մի քիչ սառը ջուր մաղեց նրա գլխին, բայց և այնպես մի մազ անգամ չպակասեցրեց Դավիթ Ֆոմիչի գլխից: Այն ժամանակ, երբ մենք սիմինդրի կամ կորեկի հաց անգամ հազիվ էինք ձեռք գցում, Դավիթ Ֆոմիչի ընտանիքը ֆրանսիական բուլկիներ էր անուշ անում:

Բայց ահա լսվեց Հոկտեմբերի ահազանգը Պետրոգրադից, Դավիթ Ֆոմիչն առաջին անգամ բնազդական սարսուռ զգաց ահարկու գալիքի հանդեպ: Այդ գալիքի նախադուռը հանդիսացավ կովկասյան ճակատի մերկացումը և թուրքերի առաջխաղացումը: Դավիթ Ֆոմիչը ահ ու սարսափով բռնված իր ընտանիքի հետ նորից փախավ Հյուսիսային Կովկաս: Այնտեղից վերադարձավ այն ժամանակ, երբ անգլիացիները քշել էին թուրքերին ու գերմանացիներին, պինդ նստել Անդրկովկասում իրենց անվարտիք շոտլանդացիներով, հնդկական խուրմայով և ահագին ջրիներով, և զբաղվում էին «բաժանիր, որ տիրես» քաղաքականությամբ: Անգլիացիների տիրապետության ժամանակ էլ Դավիթ Ֆոմիչը վատ չէր զգում իրեն: Նույնիսկ բարեկամացել էր նրանցից մի քանի բարձրաստիճան զինվորականների հետ, որոնց շուտ-շուտ հյուրասիրում էր իր տանը:

Կար մի մոմենտ, որ նա հույս ուներ, թե շուտով կիրավիրվի դաշնակցական Հայաստան՝ ֆինանսների մինիստրի պաշտոնով, երբ զարմանքով իմացավ, որ Հոկտեմբերը հյուսիսից գալով՝ եկել նստել է Բաքու: Հետո լուր եկավ, թե նա Երևանումն է և շուտով գալու է Թիֆլիս: Եվ այս բոլորը կատարվեց այնքան անսպասելի կերպով և այնպիսի գլխապտույտ արագությամբ, որ Դավիթ Ֆոմիչը ժամանակ չունեցավ իր ի՛նչ անելիքը որոշելու: Կարողացավ միայն կնոջը, աղջկան և տղային անգլիացիների հետ ճամփել արտասահման, իսկ ինքը մնաց, որպեսզի կարգագրի իր գործերը և հարմար րոպեին ծլկի նրանց հետնից:

Այդ հարմար րոպեն պետք է լիներ բոլշևիկների Թիֆլիս մտնելու նախորդ օրը: Ինչպես հետո ինքը Դավիթ Ֆոմիչն էր՝ պատմում ինձ, իր բարեկամ անգլիացիներից մեկը, որ մնացել էր իբրև մենշևիկների խորհրդատու, խոստացել էր այդ օրը վերցնելու նրան իր հետ, բայց խուճապի մատնված կամ մոռացել էր նրան, կամ ժամանակ չէր ունեցել նրան իմաց տալու և մենշևիկների հետ փախել էր խոստացած օրվանից երկու օր առաջ, որովհետև նրա հաշիվները բոլշևիկների Թիֆլիս մտնելու օրվա մասին սխալ էին դուրս եկել:

Այսպիսով Դավիթ Ֆոմիչը, հույսը անգլիացու վրա դրած, գիշերը հանգիստ քնելուց հետո, փետրվարյան մի ցուրտ առավոտ վեր կացավ տեսավ Հոկտեմբերն արդեն եկել նստել է Թիֆլիսում, և ոչ անգլիացի կա, ոչ մենշևիկ: Այժմ նա նմանում էր ականատ ընկած մկան, որ շատ դես-դեն ընկնելուց և դունչը երկաթալար ցանցերին արնոտելուց հետո տեսնելով, որ ազատվելու հնար չկա, տապ է անում և աչքերը պլզած սպասում իր անխուսափելի վախճանին: Իսկ այդ վախճանը մոտենում էր, սկզբում թեև դանդաղ ու երերուն, բայց հետզհետե ավելի ու ավելի արագ և հաստատուն քայլերով:

Ամենից առաջ քաղաքային դուման, բանկը, կլուբը, ակցիոներական ընկերությունները — այդ բոլորը հօդս ցնդեցին, ինչպես երազներ, և Դավիթ Ֆոմիչը զգաց իրեն ինչպես ջրից ցամաք նետված ձուկը: Հետո աստիճանաբար եկան հօդս ցնդելու նրա անձնական սեփականությունները. նախ ազգայնացվեց սապոնի գործարանը, հետո՝ հյուրանոցը, հետո մի տունը, հետո՝ երկրորդը, երրորդ տունը և ամենից վերջը հերթը հասավ այն տանը, ուր ապրում էր ինքը և մենք — բակի կենողներս:

Այս տան վրա նա պետք է որ ամենից ավելի դողալիս լիներ, որովհետև այստեղ իր բնակարանի միմիայն կահավորանքը մի ահագին հարստություն էր, որի գոնե մի մասը չէր կարողացել կամ չէր ուզեցել որևէ տեղ պարտկել: Սենյակներից մեկի պատի մեջ պարտկել էր միայն տան մեջ ունեցած ամենաթանկագին մանր-մունր իրեղենները — ոսկեղենը և արծաթեղենը, որը ինչ-ինչ պատճառներով չէր կարողացել ընտանիքի հետ ճամփել արտասահման: Այս բանը բացվեց նրա մահից հետո տան մեջ կատարված վերանորոգման ժամանակ:

Սապոնի գործարանը, հյուրանոցը, մյուս տները ազգայնացվելուց հետո ուզեց փրկել գեթ այս վերջին տունը և ուրիշ ճար չգտնելով՝ դիմեց գլուխը հողի մեջ թաղող ջայլամի «խորամանկության», դրա համար ամենից առաջ պոկեց իր շքադռան վրա փակցված երկաթե տախտակը, որի վրա ոսկե տառերով փորագրված էր իր անուն-ազգանունը, հետո քանդեց այդ դռան էլեկտրական զանգակի կոճակը, դուռն էլ պինդ փակեց և ներս ու դուրս էր անում բակի դռնից: Դեպի փողոց նայող բոլոր պատուհանների տախտակե փեղկերը գիշեր-ցերեկ փակ էր պահում: Արձակել էր տան բոլոր ծառայողներին: Ցերեկը երբեք տանը չէր մնում, առավոտյան վաղ դուրս էր գալիս, գնում հայտնի չէ ուր և վերադառնում ուշ գիշերին: Առանց այն էլ բրոնզի գույն ունենալով, նրա դեմքը միանգամայն դեղնել էր, կնճիռները փափկել կախ էին ընկել, շապոն այլևս ծուռ չէր դնում, այլ աչքերի վրա վար թողած, իսկ մատանիները չքացել էին մատներից, բայց ձեռնոցները և ձեռնափայտ կրում էր առաջվա պես: Առաջ էլի պատահում էր, որ բակի կենողների կամ ծանոթների հետ հանդիպած ժամանակ կանգնում խոսում էր, բայց այժմ հազիվ միայն լուռ բարևում էր և անցնում գնում:

Վերջ ի վերջո այդ տունն էլ ազգայնացվեց ընդհանուր կարգով, և Դավիթ Ֆոմիչի ընդարձակ բնակարանում եկավ տեղավորվեց մի՝ ինչ-որ հիմնարկություն: Գրավվեց բնակարանի ամբողջ կահավորանքը, այդ թվում նաև լյուդվիկոսյան սեղանն ու զահավորակները: Հետագայում, երբ Դավիթ Ֆոմիչն արդեն հաշտվել էր իր դրության հետ և իր նախկին հարստությունից ու պատվից զրկված՝ բարեկամացել ինձ հետ, դառնությամբ զանգատվելով ասում էր, թե ճիշտ է, սկզբում շատ էր մտահոգվում իր բնակարանի համար, բայց չէր կարծում, թե բնակարանի հետ կահավորանքն էլ կգրավեն:

— Այլապես, — ավելացնում էր նա, — որ գիտենայի, թե կահավորանքս էլ պիտի գրավեն, հերները կանիծեի, մի մազ անգամ չէի թողնի, որ աչքները կոխեն: Աղքատ ազգականներ շատ ունեմ, բաժան-բաժան կանեի, ամեն մեկին մի բան կտայի, ձեզ կտայի, դռնապանիս կտայի, մի խոսքով շուն ու գելի կտայի, բայց չէի թողնի, որ նրանք գան տիրանան իմ ընտանեկան պետքերի համար իմ հատուկ ճաշակով պատրաստել տված իրեղեններին:

Դավիթ Ֆոմիչին թույլ տվին իր պետքերի համար վերցնել ամենաանհրաժեշտ իրեղեններն ու հագուստեղենը և հատկացրին նրան խոհանոցին կից գտնված մի սենյակ, ուր առաջ գիշերում էին նրա խոհարարն ու ծառաները:

Սկզբում Դավիթ Ֆոմիչն այս հարվածը տարավ զարմանալի տոկունությամբ ու մինչև սրտի խորքը վիրավորված մարդու լուռ հպարտությամբ: Առաջվա պես ամեն առավոտ գնում էր ուր-որ և վերադառնում ուշ գիշերին: Ոչ ոքի հետ ոչ խոսում էր, ոչ էլ՝ բարևում: Նրա սենյակին կից խոհանոցում տեղավորված էին հիմնարկության սպասավորներից երկու հոգի՝ կուրիերը և սրա կինը, որը մաքրում էր սենյակները և հիմնարկության ծառայողների համար թեյ պատրաստում: Երևում էր, որ Դավիթ Ֆոմիչը տանել չէր կարողանում նրանց հարևանությունը և ավելի այդ հարևանությունից էր, որ փախչում էր:

Այնուհետև մինչև այս նախավերջին տարին շատ փոփոխություններ կատարվեցին այդ տան մեջ. մի հիմնարկության տեղ եկավ մի ուրիշը, սա էլ գնաց, տունը վերջնականապես դարձավ ժակտ, ներքին խանութներում տեղավորվեց բանկոոպը, մասնավոր վաճառականները հեռացվեցին իրենց բնակարաններից, նրանց տեղ եկան բանվորներ, ի միջի այլոց և իրեն՝ Դավիթ Ֆոմիչի նախկին սապոնի գործարանի մի քանի բանվորներ իրենց ընտանիքներով, վերևը բնակություն հաստատեցին խորհրդային պատասխանատու պաշտոնյաներ, իսկ իրեն՝ Դավիթ Ֆոմիչին, վերևից քշեցին և բերին տեղավորեցին իմ նախկին սենյակում կամ, ուրիշ խոսքով ասած, իրեն իսկ նախկին հավաքնում, որտեղից ես ամուսնանալու պատճառով վաղուց դուրս էի եկել և բնակվում էի նույն բակում դատարկված մի ավելի հարմար բնակարանում:

Այս հարվածն արդեն չկարողացավ տանել Դավիթ Ֆոմիչը: Ինչպես որ գազով լի շշի խցանը հանես, և գազը ֆշշալով ու թշշալով դուրս պրծնի հանկարծ, այնպես էլ Դավիթ Ֆոմիչի գոռոզ սրտի մեջ մինչև այդ հավաքված վիրավորանքի և նվաստացման թույնը արտավիժեց միանգամից: Ծայր աստիճան կատաղած, փրփուրը բերանին, արնակալ աչքերը շուռումուռ տալով, սկսեց ոտները գետնովը տալ, սպառնալ, թե ցույց կտա նրանց, կգնա կգանգատվի ուր պետք է, բայց նրա սպառնալիքների վրա միայն ծիծաղեցին և հասկացրին նրան, որ հիմա ոչ պրիստավ կա, ոչ գուբերնատոր, և ուր էլ որ գնա գանգատվելու, ամեն տեղ էլ իր դիմաց կտեսնի իրենց նման բանվորների, որոնք նույնպես կծիծաղեն իր վրա. ավելի լավ է սուս անի և հանգիստ նստի իր տեղը, թե որ չի ուզում այդ սենյակից էլ զրկվել:

Այդ խրատից հետո Դավիթ Ֆոմիչը թեև սուս արավ, բայց հանգիստ չնստեց իր տեղը: Մի քանի օր կորած էր, ոչ ցերեկն էր երևում, ոչ՝ գիշերը: Ո՞րտեղ էր լինում, ի՞նչ էր անում — հայտնի չէ: Միայն մի առավոտ տեսնեմ եկել փսփսում է իր նախկին հավաքնում: Իմ հարցին, թե ի՞նչ է անում այնտեղ Դավիթ Ֆոմիչը, դռնապան Պողոսը ծիծաղելով պատասխանեց.

— Ի՞նչ պըտի անի, տեղավորրում ա իր հափուռ-չփուռը: Ասած ա՝ կկակղի — կուտի:

Այժմ նա, ինչպես ասում են, միանգամից կոտրվել էր, ծերացել, մեջքից կորացել: Սանձն արդեն շատ էին պինդ քաշել, և նա այլևս չէր կարողանում առաջվա պես գլուխը բարձր պահել: Դեղնավուն դեմքը հետզհետե սևանում էր, միշտ մաքուր սափրած երեսը ծածկվում էր սևը սպիտակի հետ խառն մազի փշերով, առաջվա միշտ անբիծ, միշտ արդուկած հագուստը ճմրթվում էր, ծալծլվում և ծածկվում վրան թափված կերակրի փոշակալ բծերով, գեղեցիկ շապոյին հրաժեշտ էր տվել և շատ հասարակ գդակ էր դնում գլխին:

Երբեմն գիշերները նրա պատուհանի մոտով անցնելիս տեսնում էի նրան սեղանի մոտ ակնոցը քթին ինչ-որ գրելիս: Երևի նամակներ էր գրում արտասահման իր ընտանիքին: Իսկ շատ հաճախ նրան տեսնում էի հասարակաց այգու մի խուլ անկյունում իր պես խունացած նախկին մարդկանց հետ նստած խաղաղ զրույց անելիս: Այգու այդ անկյունը նրանց հավաքատեղին էր, որ նրանք ամեն օր միևնույն ժամերին գալիս նստում էին միշտ միևնույն նստարանների վրա իրար դիմաց՝ խոսելու անցած-գնացած օրերի և գուշակություններ անելու եկած ու գալիք օրերի մասին: Նրանց մեջ կային մի նախկին գեներալ իր երբեմնի կարմրաստառ շինելով, առանց ուսադիրների, մի գնդապետ քաղաքացիական էժանագին վերարկուով, մի չինովնիկ իր չինովնիկական հնամյա գլխարկով առանց կոկարդի, որի տեղը մի ծակ էր և ծակի շուրջը մի սպիտակ շրջան խունացած մահուդի կապույտ ֆոնի վրա: Այնուհետև այդ անտիկների շրջանը կազմում էին նախկին առևտրական խոշոր տան մի ներկայացուցիչ, մի նոտարիուս, մի դատավոր, բորսային մի մակլեր և նույնիսկ երբեմն-երբեմն էլ նախկին հարուստ ծխերի տեր մի՝ տերտեր, որ փարաջան հանել վերարկու էր հագել, բայց շարունակում էր կրել իր տերտերական մորուքը և ամեն գերեզմանօրհնեքին վազում էր գերեզմանատուն գերեզմաններ օրհնելու, պահանջված դեպքումն էլ, որ շատ քիչ էր պատահում, մեռել թաղելու:

Մի անգամ Դավիթ Ֆոմիչը դռնապան Պողոսի բերանով թել ու ասեղ էր խնդրել կնոջիցս: Երբ Պողոսին հարցրի, թե Դավիթ Ֆոմիչը ի՞նչ էր անում թել ու ասեղը, պատասխանեց, թե ուզում է վարտիքի կոճակը կարել:

— Ես թելեցի ասեղը, — ասաց նա, — աչքերը կտրում չի: Լափ գնացել ա ձեռքից: Հա՛խն ա, — ավելացրեց Պողոսը սրտանց, — խի՞ էր օղլուշաղը զազրանիցս ճամփում, բալշևիկնին հու ուտելու չէի՞ն նրանց. որտեղ ինքը, ընտեղ էլ նրանք: Հըմի լավ ա՞, որ մին կոճակ կարող էլ չունի, բայղուշի պես մենակ նստած ա մնացել տանը: Փիս մարդ էր, փիս էլ վերջացնում ա իր օրերը: Քանի տարի իր դռան շունն էր արել ինձ, տվածը մի զադ չէր, ինչքան խնդրում ի, որ մին օթախ տա, օղլուշաղս հանեմ պադվալից՝ մեջը կենան, արևի լիս տեսնան, տվավ ոչ, թե՝ քու ըրեխանց դալմադալի զլուխ չունեմ: Հըմի՝ լավ իրան հանեցին բերին մկան ծակուռը կոխեցին: Դե թող հըմի գնա մեզպեսների դադրը իմանա: Համա ի՞նչ, անցածը անցած ա. հըմի որ տեսնում եմ նրան էն հավաքնում կուչ եկած, խեղճս գալիս ա: Մին-մին վախտ հաց ա ուզում, տալիս եմ: Հացի կնիժկա չունի:

— Մի՞թե մինչև անգամ հացի փող չունի, — զարմացա ես:

— Է՛, ի՞նչ ես ասում, վարժապետ ջան. ունի, ո՞նց կարա չունենա: Ասած ա՝ ուղտը ինչքան էլ որ սատկի, կաշին էլի մի իշաբեռ դուրս կգա:

— Բա էդ ո՞նց է, որ հացը քեզնից է ուզում:

— Որ ասի, թե տեսեք, բալշևիկնին ինչ օրի են հասցրել խեղճ հալևորիս: Շատ զալում քավթառ ա, որ ասիլ չի ուզի:

Դավիթ Ֆոմիչը կամաց-կամաց նշաններ էր ցույց տալիս ինձ մոտենալու, այն Դավիթ Ֆոմիչը, որ առաջ հազիվ էր լայեղ անում բարև տալ աղքատ վարժապետիս: Սկզբում, առավելապես ցուրտ և անձրևային եղանակներին, երբ տեղ չուներ գնալու, երեկոները մտնում էր ինձ մոտ տաքանալու և ժամանակ անցկացնելու համար: Մնում էր ժամերով, զանգատվում էր, թե տանջվում է անքնությունից, հարցնում էր, թե արտասահմանի հետ առհասարակ պոստային ազատ հաղորդակցություն կա՞, թե ոչ: Կինս շատ էր խղճում նրան և չէր խնայում թեյով կամ տանը գտնված որևէ բանով հյուրասիրելու ի մեծ դժգոհություն կոմերիտ տղայիս, որը տանել չէր կարողանում նրա ներկայությունը: Ասենք տղաս նրա եկած, ժամանակ մեծ մասամբ տանը չէր լինում, որովհետև բանփակում դասերը տեղի էին ունենում երեկոները:

Այնուհետև Դավիթ Ֆոմիչն իր այցելությունները ձանձրացնելու չափ սովորություն դարձրեց և համարյա ամեն օր մեր հյուրն էր, այնպես որ կինս արդեն սկսել էր քրթմնջալ: «Ցավ դառա՞վ մեր գլխին», — ասում էր նա, բայց և այնպես էլի շարունակում էր հյուրասիրել:

Դավիթ Ֆոմիչը մեր տանը շատ զգուշաբար էր խոսում բոլշևիկների մասին, որովհետև գիտեր, որ մեծ որդիս հենց իր բոլշևիկ լինելու պատճառով էր զոհվել մայիսյան ապստամբության ժամանակ, մյուս որդիս նույնպես բոլշևիկ և կուսակցական հրահանգիչ էր գավառում, իսկ փոքր տղաս–կոմերիտ, թեև սրան բանի տեղ չէր դնում և երեխա էր համարում: Բայց հենց որ հին ցավերը նորոգվում էին, էլ չէր կարողանում զսպել իրեն, սկսում էր հայհոյել բոլշևիկներին էլ, խորհրդային իշխանությանն էլ և սրանց հայհոյելիս առանձին կատաղությամբ գերեզմաններից հանում շների բերանն էր զցում բոլոր ցարերին և առանձնապես Նիկոլայ II-ին, որը չէր լսել կադետների խորհուրդը, ժամանակին եվրոպական պառլամենտական կարգեր և պատասխանատու մինիստրություն չէր մտցրել, ցրել էր պետական դուման և այլն:

— Եթե նա ժամանակին կատարեր կադետների պահանջը, — ասում էր Դավիթ Ֆոմիչը, — ոչ հեղափոխություն կլիներ, ոչ մենշևիկ ու բոլշևիկ, ոչ սավետ ու մավետ, ոչ ժակտ ու մակտ, ինքն էլ շանսատակ չէր լինի:

Ժակտ անունը մանավանդ սոսկալի ատելությամբ էր արտասանում Դավիթ Ֆոմիչը: Նրա համարյա ամենօրյա գանգատը ժակտից «իր» տան համար էր. ասում էր, թե տունը օրը օրին քայքայվում է, կտուրը կաթում է, անձրևի խողովակները ժանգից ծակծկվել են, մի քանիսը թափվել, ջրերը պատերի վրայից անցնելով թափում են ծեփերը և պատերը խոնավացնում, կենողներն անկարգ, բիրտ մարդիկ են, ջարդում են պատուհանների ապակիները, թիթեղե վառարաններ են դրել սենյակներում, ծխնելույզները դուրս են հանել պատուհաններից, պատի կառնիզները սևացրել ծխի ծեփով ծածկել և այլն, և այլն, և այս բոլորի վրա ժակտը ոչ մի ուշադրություն չի դարձնում:

— Լավ, ձե՞զ ինչ, Դավիթ Ֆոմիչ, — ասացի ես մի անգամ, երբ նորից սկսել էր գանգատվել այս մասին, — տունը խո ձերը չէ այլևս:

Նայեց ինձ աչքերի այնպիսի մի ցոլքով, որպիսին տեսել էի նրա աչքերի մեջ անցյալներում իր լավ ժամանակ, երբ որևէ բանի վրա կատաղած էր լինում:

— Տունը իմս էր և իմս էլ կլինի, — ասաց նա ծանր — ծանր, հատկապես շեշտելով «իմս» բառը և ամեն մի «իմս»-ի հետ բռունցքը խփելով սեղանին:

— Այդ ինչպե՞ս, Դավիթ Ֆոմիչ:

— Այդ ե՛ս գիտեմ, թե ինչպես, — նորից շեշտեց «ես» բառը մի առանձին խորհրդավորությամբ:

— Եվ ե՞րբ, Դավիթ Ֆոմիչ, — շարունակեցի հարցուփորձս: Ինձ արդեն զվարճություն էին պատճառում նրա անվերապահ պնդումները:

— Երբ որ. երբը կգա, — պատասխանեց նույն խորհրդավորությամբ:

— Ե՞րբ կգա այդ երբը:

— Շուտո՛վ, շուտո՛վ: Որովհետև մի երկիր չի կարելի երկար ժամանակ կառավարել ավազակներով:

Այս անգամ «ավազակներ» բառը շեշտեց մի առանձին կրքոտությամբ և, ըստ երևույթին, ուզում էր շարունակել, երբ հանկարծ հարևան սենյակիս դուռը բացվեց արտասովոր շրխկոցով և ոչ թե մտավ, այլ մի տեսակ ներս նետվեց կոմերիտ տղաս: Ինչպես երևում էր, նա տանն էր եղել, որ ես չգիտեի, և հարևան սենյակից լսելիս էր եղել մեր խոսակցությունը: Մտնելու ձևը որ տեսա և նայեցի աչքերին, իսկույն հասկացա, որ նրան վառել էր Դավիթ Ֆոմիչի արտասանած «ավազակներ» բառը:

Եվ չսխալվեցի:

Նա ուղղակի գնաց կանգնեց Դավիթ Ֆոմիչի առջև և հարցրեց.

— Ովքե՞ր են այդ «ավազակները»:

Նրա ձայնի մեջ զսպված վրդովմունքի և սպառնալից մարտակոչի շեշտեր զրնգացին:

Դավիթ Ֆոմիչը հոնքերի տակից մի սաստող հայացք ձգեց նրա վրա և ասաց հանգիստ ձայնով,

— Քեզ հետ չեն խոսում, դու դեռ երեխա ես:

Տղաս տեղնուտեղը կրակ կտրեց մեկեն: Ես մինչև անգամ վախեցա, թե կարող է խփել ծերունուն:

— Ո՛չ ի՛նձ հետ խոսեցեք, ի՛նձ հետ, — աղաղակեց նա իր պատանեկան ձայնի զիլ հնչյուններով: — Նստել հորս հետ եք խոսում, որը քիչ է մնում համաձայնի ձեզ հետ: Ի՛նձ հետ, մե՛զ հետ խոսեցեք, մեզ հետ, որովհետև մե՛նք ենք, մե՛նք, ձեր կարծած երեխաներս ենք, որ հաշիվ ենք պահանջում ձեզնից, և մե՛նք ենք, որ պատժում ենք ձեզ ու պիտի շարունակենք պատժել այնքան, մինչև որ միանգամայն սրբենք ձեր սերունդն ու դասակարգը երկրի երեսից: Ավազակներ ասում եք: Ձեզնից ավելի մե՛ծ ավազակներ, որ դարեր շարունակ քամում, ծծում էիք բանվորների արյուն-քրտինքի վաստակը, ձեզ համար պալատներ շինում, շռայլ ու ցոփ կյանք վարում և անպետք ու անառակ մի սերունդ արտադրում, որ շարունակի ձեր զարշելի գործը:

Մի կողմից ես, մյուս կողմից կինս, որ ներս էր վազել նրա աղաղակների վրա, իզուր աշխատում էինք նրան հանգստացնել և դուրս տանել, նա թևերով դես-դեն էր հրում մեզ և, զայրույթից ու վրդովմունքից ձայն աստիճան տաքացած, շարունակում էր իր ֆիլիպիկները կոմերիտական անվախ խիզախությամբ ծանր մուրճի հարվածների պես թրխկացնել բուրժուազիայի գլխին՝ հանձին Դավիթ Ֆոմիչի:

Վերջապես կնոջս մի կերպ հաջողվեց համարյա զոռով նրա թևից բռնած՝ քարշ տալով տանել նրան մյուս սենյակը և դուռը փակել:

Ես նայեցի Դավիթ Ֆոմիչին: Աչքերը, անմիտ բացած, հառել էր դեմքիս, գլուխը երերվում էր սաստիկ: Մարմինը վեր ու վեր էր ցնցվում և հանկարծ ցած ընկնում, քարանում: Ծանր լռության մեջ մի քանի րոպե այդպես մնալուց հետո ուզեց վեր կենալ, չկարողացավ մի անգամից, հետո երկու ձեռքով հենվեց սեղանին, ծանրացած մարմինը հազիվ վեր բարձրացրեց և պառավական երերուն քայլերով դուրս գնաց, առանց մի խոսք արտասանելու:

Այն գնալն էր, որ գնաց, էլ երբեք ոտք չդրեց մեր տունը: Երբ որդուս հանդիմանեցի իր վարմունքի համար, ասելով, որ ընկածին չեն ծեծում, նա երեսովս տվավ, թե ես հաշտվողական եմ, թե այդպիսիներին ոչ միայն պիտի ծեծել, այլև անխնա ոտի տակ տրորել, ճխլել միանգամայն, որ ընկած տեղից այլևս երբեք վեր չկենան:

— Այլապես, թե որ վեր կացան, հայրիկ, վա՛յ քեզ ու մեզ և նրանց, որոնք հազիվ են ազատվել նրանց ճիրաններից, — ավելացրեց նա:

Այս դեպքից հետո անցել է մի քանի ամիս: Այս մի քանի ամսվա ընթացքում շատ քիչ էր պատահում, որ նույնիսկ բակում հանդիպեի Դավիթ Ֆոմիչին: Հանդիպելիս էլ չտեսնելուն էր տալիս և անցնում գնում: Շատ թունդ էր խռովել:

Մի օր, երբ ճաշին տուն դարձա, կինս ասաց, թե մի քանի ժամ առաջ Դավիթ Ֆոմիչին հանկարծ կաթված էր խփել և հենց նոր նրան հիվանդանոց են տարել շտապ օգնության կառքով:

Պատճառն անշուշտ եղել էր այդ օրվա թերթերում տպված գործակալության մի հեռագիրը Մոսկվայից, որ ես կարդացել էի դեռևս այդ առավոտ: Հեռագիրը վերաբերում էր Պետքաղվարչության ձեռքն ընկած տեռորիստական-լրտեսական մի խմբի դատավարության: Այդ խմբի մարդիկ, որոնք զանազան ժամանակներում կեղծ անցագրերով անցած են եղել սահմանը, ուղարկված են եղել արտասահմանյան ռուս մոնարխիստական մի կազմակերպության կողմից՝ տեռորներ կատարելու և լրտեսելու համար: Դատվելուց հետո նրանք դատապարտվել էին սոցիալական պաշտպանության գերագույն միջոցի — գնդակահարության: Հեռագրի մեջ մեկ առ մեկ հիշված էին գնդակահարվածների անուն-ազգանունները և ով լինելը:

Դրանց թվումն էր և Դավիթ Ֆոմիչի նախկին յունկեր տղան:

Այդ հեռագիրը պարունակող լրագրի համարը գտել էին Դավիթ Ֆոմիչի ձեռքին կաթված ստացած միջոցին:

Ճաշին մեր խոսակցության առարկան այդ դեպքն էր:

— Տեսար, հայրիկ, ո՛ւմ էիր դու պաշտպանում, — նորից էրեսովս տվավ կոմերիտ տղաս:

Ես ծիծաղեցի: Չգիտեմ, ո՞րտեղից էր նրա գլխում ցցվել այդ մեխը, թե ես պաշտպանում էի Դավիթ Ֆոմիչին և նրա նմաններին իրենց իժի ծնունդներով:

Հետաքրքրությունից մի օր վեր կացա և գնացի հիվանդանոց՝ Դավիթ Ֆոմիչին տեսնելու:

Կաթվածը տարել էր նրա մարմնի ամբողջ կեսը, գլխի ձախ մասից բռնած մինչև ձախ ոտը: Դեմքն այնպես էր ծռմռվել, որ հազիվ ճանաչեցի: Աջ աչքը փոքրացել, կուչ էր եկել, իսկ ձախն այնքան էր մեծացել ու այլանդակվել, որ ակամա զարզանդ զգացի: Այդ աչքը դուրս էր պրծել կոպերից մի ահագին անփայլ սպիտակուցով, որը կարծես պինդ խաշած ձվի սպիտակուց լիներ, և բոլորովին չէր շարժվում: Բերնի կեսը վերև էր թռել, կեսն իջել և կողքից լորձունք էր ծորում: Խոսել չէր կարողանում, բառերը դուրս էին գալիս կիսատ և աղավաղված, այնպես որ հասկանալ չէր լինում: Երբ հարցրի, թե ի՞նչ է ուզում, հազիվ կարողացավ արտասանել

— Մըը-մե… մըը-մե…

Եվ որպեսզի հասկացնի, թե ինչ է ուզում ասել, աջ աչքը փակեց և ձեռքը վերև բարձրացրեց: Գլխի ընկա, որ ուզում էր ասել՝ «մեռնել-մեռնել»: Կարճ լռությունից հետո թոթովեց,

— Վըը-ո… մըր-ե… տըը-տե… թըը-ա…

Երկար ժամանակ չէի հասկանում այս թոթվանքը, և նա ահագին ջանք թափելուց հետո զանազան նշաններով կարողացավ հասկացնել, թե ուզում է ասել, «որ մեռնեմ, տերտերով թաղեցեք»:

— Դավիթ Ֆոմիչ, — ասացի, — որքան գիտեմ, դուք ազատամիտ մարդ էիք, տերտեր-մերտեր չէիք ճանաչում, թեև երեցփոխ էիք, այդ ի՞նչպես է, որ տերտերով եք ուզում թաղվել, այն էլ հիմա, երբ տերտերով, ժամ-պատարագով էլ ոչ ոք չի թաղվում:

Նրա կուչ եկած աջ աչքը հանկարծ բացվեց, մեջը կատաղության նման մի բան ցոլաց և կաթվածահար լեզուն անսպասելի կերպով արագ-արագ վրա տվեց,

— Բըբո ջըգը, բըբը ջըգը… — Այս կցկտոր բառերն էլ հասկացրեց, ուզում էր ասել՝ «բոլշևիկների ջգրու, բոլշևիկների ջգրու»:

Ինչո՞ւ էր կարծում, թե տերտերով որ թաղվի, բոլշևիկներից հանած կլինի իր ջիգրը, այդ էլ իր գաղտնիքը մնաց:

Այդ առաջին այցելությունից հետո չտեսա Դավիթ Ֆոմիչին: Թե քանի օր ապրեց, ե՞րբ մեռավ, ի՞նչպես և ո՞րտեղ թաղվեց — ոչ ոք չիմացավ:

Միայն մի օր ինչ-որ ժառանգներ հայտնվեցին, — երևի այն աղքատ ազգականները, որոնց Դավիթ Ֆոմիչը չէր կարողացել կամ, ավելի շուտ, չէր կամեցել բաժան-բաժան անել իր բնակարանը կահավորանքը, — եկան բաց անել տվին նրա սենյակի կնքած դուռը և ունեցած-չունեցածը տարան: Այդ ունեցած-չունեցածի մեջ էր և մի ահագին սնդուկ, մեջը արտասահմանից բերած ամենաընտիր կոստյումներ, որոնցից մի քանիսը դեռ ամեննին չէր էլ հագել:

Ո՛րքան ճիշտ է, չգիտեմ, միայն ասում էին և պնդում, թե այդ միևնույն սնդուկի մի առանձին ծածուկ անկյունում գտնվել էին կլորիկ ոսկիներ — տասանոցներ:

Ենթադրվում է, որ այդ «Մի հայ — մի ոսկի» ֆոնդի «ավելցուկը» պիտի լի՞ներ, որ Դավիթ Ֆոմիչը պահել էր «սև օրվա» համար:

Այսպես ապրեց և այսպես մեռավ մեկը հին աշխարհի այն վերջին մոհիկաններից, որոնք, նոր կյանքի ասպարեզից դուրս նետված, ամեն օր միևնույն ժամերին հավաքվում էին հասարակաց այգու խուլ անկյունում՝ խոսելու անցած-գնացած օրերի և գուշակություններ անելու եկած ու գալիք օրերի մասին:

1930

ԵՍ ԵՎ ՆԱ

(Մի կորած մարդու հիշատակարանից)

Այս հիշատակարանն իմ ձեռքն ընկավ պատահական կերպով, թե ինչպես՝ հետաքրքրական չէ: Մա մի մեծ տետր էր, որի մեջ «կորած մարդը» ինչպես ինքն էր ենթավերնագրել իր հիշատակարանը, երկար տարիներ, համարյա թե օրը օրին գրի է անցրել իր անհատական կյանքի անցուդարձը:

Բոլոր կողմնակին, անհետաքրքրականը բաց թողնելով, ես ընտրեցի և մի ամբողջական պատմվածքի վերածեցի միայն այն գրանցումները, որոնք հիշատակարանի ողնուծուծն են կազմում և պարզում «կորած մարդու» տրագեդիան:

Այս էլ ասեմ. «կորած մարդը» իր հիշատակարանի այն մասը, որ վերաբերում է իր անկման տրագեդիային, վերնագրել է «Ես և նա»: Այդ վերնագրով էլ տալիս եմ տպագրության:

Նար-Դոս

ԵՍ

Ես սիրում էի նրան:

Կրկնե՞մ արդյոք սիրո այն խոսքերը, որոնք այնքան ծիծաղելի ու տաղտկալի են թվում կյանքի հմայքը կորցրած սկեպտիկներին, բայց որոնք մի-մի հայտնություններ են նորաբողբոջ սիրող սրտերի համար:

Ամեն անգամ, որ նայում էի նրա զարմանալի պայծառ աչքերին, որոնց մեջ կարծես արևն էր վառվում, ամեն անգամ, որ լսում էի նրա կենսաթրթիռ ծիծաղը, որի մեջ կարծես գարնանային չարաճճի վտակ էր քչքչում, ամեն անգամ, որ առնում էի նրան գիրկս ու ականջիս մոտ լսում նրա կուսական կրծքի հևքը, այտերիս վրա զգում էի նրա թավիշ մազերի էլեկտրականացնող շփումը,– ինձ տիրում էր այնպիսի այնպիսի մի խենթ զգացում, որի ազդեցության տակ պատրաստ էի գործել և՛ ամենամեծ առաքինությունը, և՛ ամենամեծ ոճիրը— միայն թե նա հրամայեր։

Սիրո՞ւմ էր նա ինձ նույնպես,— այդ ես հիմա չգիտեմ, բայց այն ժամանակ լիովին հավատում էի, որ չի կեղծում, երբ հավատացնում էր, թե սիրում է և երդվում էր, թե մահն անգամ չի կարող անջատել մեզ իրարից։

Այն ժամանակ վերջին կուրսի ուսանող էի և շուտով պիտի ավարտեի իրավագիտական ֆակուլտետը։ Վստահ երիտասարդական թարմ ուժերիս և մանավանդ հասարակական լայն գործունեության բուռն տենչանքիս վրա՝ լցված էի փառավոր ապագայի վառ հույսերով։ Ոգևորված այդ ապագայով և խրախուսված երջանիկ սիրով, բուռն եռանդով առանց հանգիստ առնելու, պատրաստում էի ավարտական դիսերտացիա, որը ապագա մեծությանս ու փառքիս հաստատուն հիմնաքարը պիտի հանդիսանար։

Բայց...

Օ՛հ, այդ «բայց»-ը...

Այժմ էլ, երբ ամեն ինչ կորած է, ամեն ինչ խորտակված վերջնականապես ու անդարձ, այժմ էլ, երբ հիշում եմ այդ մոմենտները, քիչ է մնում ճչամ հոգեկան կարևեր մի ցավից— այն աստիճան այդ մոմենտները դեռևս չեն կորցրել ինձ համար իրենց սրությունը։

Սակայն շարունակեմ պատմությունս։

Մի անգամ, երբ հեռու հյուսիսում ուսանողական մենակյաց սենյակումս փակված, դիսերտացիայիս վերջին գլուխներն էի գրում, մի նամակ ստացա, որի մեջ ապշեցուցիչ անողոք անկեղծությամբ գրում էր նա, որ իր սիրո նախկին հավաստիացումներն ընդունեմ իբրև ցավալի թյուրիմացություն և աշխատեմ մոռանալ իրեն, որովհետև ինքը ուրիշի կին է լինելու շուտով: «Գիտեմ, այս բանը շատ էլ հաճելի չպիտի լինի քեզ համար, բայց ի՞նչ արած, աշխարհիս մեջ ամեն բան պատահում է և ամեն բան կարող է պատահել»— այսպիսի հեգնակա՞ն ասեմ, թե՞ դիվական անխիղճ խոսքերով էր վերջացնում իր նամակը:

Սկզբում կարևորություն չտվի այդ նամակին. կարծում էի, թե մի կատակ է այդ, որով չարաճճին ուզում է զվարճալի մի խաղ խաղալ ինձ հետ կամ փորձել իմ սերը: Բայց հետագայում որքան եղավ նախ զարմանքս, հետո զայրույթս և, ի վերջո, հուսահատությունս, երբ իրար հետևից գրած նամակներիս և հեռագրերիցս և ո՛չ մեկի պատասխանը չստացա: Ու երբ այս խենթացնող լռությունից հետո, կատարյալ հուսահատության մեջ, ինչ անելիքս չգիտեի, անսպասելի կերպով ստացա մի լակոնական հեռագիր— «Ամուսնացա»: Մի բառ միայն և ուրիշ ոչինչ: Այս հեռագիրը տվել էր, երևի, նրա համար, որ այլևս չձանձրացնեմ իրեն նոր նամակներով ու հեռագրերով:

Սկզբում այդ հեռագիրն ինձ այնքան էլ չազդեց, որովհետև արդեն նախապատրաստված էի, բայց հետո նկատեցի, որ ինչ-որ քարացում, հոգեկան ապատիա է եկել վրաս. իսկ երբեմն էլ, մանավանդ գիշերները, երբ քնել չէի կարողանում և ուղեղս գործում էր հիվանդագին հուզման մեջ, ինձ թվում էր, թե խելագարվում եմ: Առաջ, երբ բնավ չէի կասկածում նրա սիրուն և լիովին հավատացած էի, որ նա իմս է և իմս է լինելու, իմս անբաժան ու հավիտյան, ինձ թվում էր, թե այնպես ուժգին չէի սիրում նրան, ինչպես այժմ, երբ նա դավաճանել էր ինձ, և ես արդեն կորցրել էի նրան առմիշտ ու անդարձ: Այդպես է լինում միշտ. սիրույդ առարկան կրկնակի սիրելի է թվում նրան կորցնելուց հետո:

Այլևս չէի հասկանում, թե ինչ է պատահում ինձ. այնպիսի մի դատարկություն էի զգում շուրջս ու ներսս, որ կարծես ուղեղս հանել էին գանգիցս ու ինձ նետել մի անապատ՝ թափառելու սոսկալի մի ամայության մեջ, աննպատակ ու անղեկ, առանց ձգտումների, առանց իդեալների, առանց փրկության որևէ հույսի: Մի բան միայն զգում էի շատ պարզ ու շատ որոշակի. դա վրեժի թույնն էր, որ կաթիլ առ կաթիլ կուտակվում էր սրտիս մեջ և սպառնում պայթելու այն աղջկա գլխին, որ այնքան անխղճորեն անարգել էր ոչ միայն իմ ամենանվիրական զգացումները, այլև ինձ իբրև մարդու, և սպառսպուռ ջախջախել բոլոր հույսերս, իմ ամբողջ ապագան: Քանի նա չէր դավաճանել ինձ, ես մի արծիվ էի՝ հոգով ու մտքով բարձունքներում սավառնող, այժմ դարձել էի թևերը կտրած ողորմելի մի ճնճղուկ՝ գետնի վրա ցատկոտող: Կարո՞ղ էի ես այդ ներել նրան: Ու վճռեցի անողորք լինել դեպի նա նույնքան, որքան անողորք եղավ նա դեպի ինձ:

«Ես չկամ, թող ինձ հետ նա էլ չինի»,— ասացի ես ու մի օր վեր կացա, թողի համալսարանն էլ, դիսերտացիան էլ, ամեն բան և եկա վճիռս իրագործելու: Բայց այստեղ ինձ այնպիսի մի հուսահատություն էր սպասում, որի մասին բնավ չէի մտածել.– դավաճան աղջիկը մեկնել էր արտասահման իր, ինչպես իմացա, շատ հարուստ ամուսնու հետ:

Հուսալքումը նորից եկավ տիրեց ինձ նոր թափով և այնքան ուժեղ, որքան վրեժի զգացում մնացել էր անհագուրդ: Այն գիտակցությունը, որ ես կատարելապես զինաթափ եմ եղած, պարզապես խելագարեցնում էր ինձ: Ու եղավ մի րոպե, որ քիչ մնաց ձեռք բարձրացնեի ինքս ինձ վրա՝ հոգեկան անտանելի տառապանքներիս միանգամից վերջ տալու համար: Բայց հետո մտածեցի, որ այդ արդեն չափազանց փոքրոգություն կլիներ և, բացի այդ, հույս ունեի, որ վաղ թե ուշ կհանդիպեմ նրան, ինձ հասցրած անարգանքի փոխանցումը տալու:

Հոգեկան այդ դրությանը նորից հաջորդեց ծայր աստիճան անտարբերություն ու անզգայություն դեպի ամեն ինչ: Ուժեղ ցնցումներ էին պետք՝ ինձ այդ անտարբերությունից ու անզգայությունից հանելու համար, և այդ ցնցումները ես ուրիշ բանի մեջ չգտա, բայց եթե միայն ծախու կանանց և գիշերները լուսացնող ընկերներիս շրջանում: Կյանքի ճահիճը կամաց-կամաց ծծում էր ինձ, և ես չէի նկատում այդ: Ու, երբ նկատեցի, շատ ուշ էր. ես կորած մարդ էի արդեն:

Երբեմնի իրավագիտության վերջին կուրսի ուսանող, փառավոր ապագայի հույսերով լեցուն, հասարակական լայն գործունեության երազանքներով թևավորված,— այժմ դարձել էի դատարանների կողմանոցների կեղտոտ սեղանների վրա զանազան խնդրագրեր ու կլյաուզներ գրող, զանազան մութ գործեր պաշտպանող, միշտ արբած և միշտ քնատ մի աբլակատ՝ այդ զզվելի տիպի բոլոր բացասական հատկանիշներով: Եվ իմ ամբողջ տրագեդիան այն էր, որ ես լիովին զգում ու գիտակցում էի այդ սոսկալի անկումը, բայց ելնել այդ տիղմից անզոր էի. ճահիճն արդեն ինձ շատ էր ծծել իր խորքը: Եվ մի անգամ, որ խաչ էի քաշել ինձ վրա, հարություն առնելու այլևս անկարող էի զգում ինձ:

Մի անգամ,— այդ մեր հարաբերությունների խզման հինգերորդ տարում էր,— փողոցում բոլորովին պատահական կերպով, երես առ երես հանդիպեցի նրան— իմ սիրո նախկին առարկային: Այդ հանդիպումն այնքան անսպասելի էր ինձ համար, որ կարծես կայծակնահար զամվեցի տեղնուտեղը նրա առջև և ապշությունից ծափ զարկեցի ակամա: Ըստ երևույթին, նա սաստիկ վախեցավ այդ անակնկալից և, ինչպես նկատեցի, սկզբում բնավ չճանաչեց ինձ: Եվ չէր էլ կարող ճանաչել, որովհետև իր ճանաչած նախկին միշտ լավ հագնված, լայնաթիկունք ու լայնակուրծք, 24-25 տարեկան գեղեցիկ ուսանողի տեղ այժմ տեսնում էր իր առջև կեղտից պլպլացող հնամաշ վերարկուով, մազակալած երեսով, պրոֆեսիոնալ արբեցողի կարմիր քթով, կուրծքը ներս ընկած սապատավոր մի մարդ, որի բերանից էժանագին գինու, ծխախոտի և սխտորի հոտ էր փչում: Իսկ նա ամենևին չէր փոխվել կամ ավելի ճիշտը, փոխվել էր դեպի այնքան լավը, որ ոչ մի գեղագետ նկարիչ չէր կարող նրա մեջ որևէ փուտ գտնել. նախկին մի քիչ նիհար, չարաճճի աղջիկը դարձել էր բարձրահասակ, փարթամ մի կին, որի մոտով անկարելի էր անցնել առանց ետ նայելու: Իսկ հագո՛ւստը: Ես, երևի, երբեք չէի կարող այդքան շքեղորեն հագցնել նրան և զարդարել նրա ականջները, կուրծքն ու մատները շողակներով ու մարգարիտներով, որքան էլ որ արդարանային փառավոր ապագայի վրա մի ժամանակ ունեցած հույսերս: Ամեն բանից երևում էր, որ ընկել էր մի մարդու ձեռք, որը ոչինչ չէր խնայում նրա համար:

Ապշությանս հետ միասին ինձ տիրեց ակամա մի վարանում ու պատկառանք նրա այդ հաղթական շքեղության առջև, և ինքս ինձ երբեք այդքան չնչին, ողորմելի ու զզվելի չէի թվացել, ինչպես այդ միջոցին: Մի րոպե աշխատեցի հոգուս խորքում պրպտել վրեժի այն զգացումը, որ մի ժամանակ լափում էր ինձ և որի ազդեցության տակ այնքան հպարտ, այնքան անխոցելի ու արդարացի էի զգում ինձ, ու ոչինչ չգտա, հոգիս միանգամայն ամայացել էր: Ու, երբ շփոթված և կակազելով, ներողություն հայցող ձայնով փորձեցի հիշեցնել նրան, թե ով եմ ես, նա սկզբում կարծես թե զարմացավ, շփոթվեց, հետո հանկարծ թողեց ինձ առանց մի խոսք անգամ արտասանելու, կառք նստեց և հեռացավ, ըստ երևույթին վախեցած, որ ես կարող եմ հետապնդել իրեն:

Այդ օրը ես անցկացրի գինետանը, որտեղից ինձ դուրս բերին թևերիցս բռնած:

Այնուհետև, այս հանդիպումից հետո, այն սակավ ժամերին, երբ խմած չէի լինում և կարողանում էի քիչ թե շատ խորանալ մտքերիս մեջ, ինձ շատ էր մտատանջում այն հանգամանքը, թե ի՞նչ էր բուն պատճառը, որ ես այս աստիճան ընկել էի: Իսկապես որ, խո չէ՞ր կարելի այդ պատճառը դժբախտ սերը համարել— մի բան, որը շատ-շատ կարող էր միայն ժամանակավորապես ընկճել, բայց ոչ առմիշտ կործանել մարդու: Դա անհեթեթություն կլիներ:

Բուն պատճառը պետք է որ ուրիշ տեղ լիներ: Ու սկսեցի այդ պատճառը որոնել սիրածս աղջկա դավաճանությունից դուրս, որոնել իմ էության մեջ, որովհետև անկարելի էր, որ ես այդ աստիճան ընկնեի, եթե անկմանս սաղմերը չկրեի ինքս իմ մեջ:

Բայց որո՞նք էին այդ սաղմերը, որտեղի՞ց էին ընկել իմ մեջ, ի՞նչ էր նրանց արմատը,— այս ուղղությամբ կատարած պրպտումներս դեռ երկար ժամանակ մտատանջում էին ինձ առանց որևէ եզրակացության հանգելու, մինչև որ, վերջապես, միանգամայն պատահական կերպով գտա բուն արմատը մի պատմվածքի ընթերցումից հետո, որը հանկարծ լուսավորեց իմ մինչ այդ մութ ներքին աշխարհը։

Այդ պատմվածքն իտալական մի սիրավեպ էր «Վրեժ» վերնագրով։

Այստեղ բառացի թարգմանությամբ առաջ եմ բերում այդ սիրավեպը, որի վերնագիրը, սակայն, դնում եմ «Նա», պատմվածքի հերոսին ինձ հակադրելու համար։

ՆԱ

1

Վենեցիայում, դոժերի, ջրանցքների և գեղարվեստների այդ հրաշակերտ քաղաքում, մի հին ազնվական ընտանիքի մեջ ապրում էր այդ ընտանիքի միակ զավակը— գեղեցիկ Ջուլիետտան։ Այնքան էր գեղեցիկ նա, որ թվում էր, թե հողեղեն չէ, այլ մի հավերժահարս, որ դուրս է եկել ծովի փրփուրներից։ Աչքերը կապույտ էին, ինչպես Իտալիայի ջինջ երկինքը, հայացքը զվարթ ու անհուն, ինչպես Ադրիատիկի հորիզոնները։ Ոսկեգույն ծամերը սքանչելի զանգուրներով պսակում էին նրա փոքրիկ, սիրունիկ գլուխը։ Երբ ժպտում էր (բայց ե՞րբ չէր ժպտում), նրա չքնաղ այտերի վրա մատնեհարներ էին գոյանում և փոքրիկ բերանի մեջ վարդագույն շրթունքների տակ շողշողում էին փղոսկրի պես սպիտակ ու ամուր մանրիկ ատամները։ Միշտ զվարթ էր գարնան արևի պես, միշտ թրթռուն՝ թիթեռնիկի պես, միշտ չարաճճի՝ կայտառ երեխայի պես։ Երկու գույն էր սիրում— կարմիր ու սպիտակ, և նրա արդուզարդի ու կրծքի վրա միշտ անպակաս էին այդ երկու գույնի ծաղիկները՝ մեխակը և շուշանը: Նա ինքը թարմ ու հոտավետ ծաղիկ էր՝ կարմիր կամ սպիտակ, նայելով թե ինչ գույնի հագուստ է հագնում— մեխակի պես կարմի՞ր, թե՞ շուշանի պես սպիտակ:

2

Մի անգամ, գարնանային մի սքանչելի երեկո, որպիսին միայն Ադրիատիկի ափերումն է լինում, երբ Ջուլիետտան իր հոր պալացցոյի վերին հարկի իր փոքրիկ սենյակում զբաղված էր իր սպիտակ հագուստով և կրծքին մեխակի կարմիր ծաղիկն էր ամրացնում, որ զբոսանքի գուրս գա Պոնտե-Ռիալտոյի տակ Մեծ ջրանցքի վրա, դրսից ինչ-որ նվագածության ձայն լսեց: Մի հմուտ ձեռք սերենադ էր նվագում ջութակի վրա: Ջուլիետտան վազեց դեպի բաց պատուհանը և ցած նայեց դեպի փողոց:

Նվագողը մի պատանի էր իտալական լայնեզր գլխարկով: Այնքան մեղանուշ, այնքան դյութիչ էր նվագած եղանակը, որ Ջուլիետտան կարծում էր, թե իր սրտի լարերի վրա են նվագում: Նա մեքենայաբար կիսով չափ դուրս հանվեց պատուհանից և լսում էր ամենայն ուշադրությամբ: Իր ամբողջ էությամբ լսողություն դարձած, ագահորեն կլանում էր մարմինը փաղաքշող այն դյութիչ ձայները, որ պատանի երաժիշտը հնչեցնում էր ջութակի լարերից, ինչպես աղբյուրի ակունքը դուրս է հոսեցնում իր քչքչան ականակիտ ջուրը անբռնազբոսիկ ու սահուն: Շունչը պահել էր, որ ոչ մի հնչյուն չթռցնի: Սքանչացման արցունքը գոհարի պես խաղում էր նրա աչքերի մեջ:

Վերջապես լռեցին ջութակի հնչյունները, և այդ հնչյունների հետ կարծես ամեն ինչ լռեց բնության մեջ: — Ո՞վ ես դու, նայի՛ր վերև, պատանի մաեստրո,— կանչեց բարձրից Ջուլիետան:

Պատանի երաժիշտը նայեց վերև:

— Հանիր գլխարկդ, երեսդ չեմ տեսնում:

Պատանի արտիստը վերցրեց լայնեզր գլխարկը, երկայն մազերը գլխի մի շարժումով ետ գցեց ճակատից և նայեց վերև: Ի՜նչ հրաշալի աչքեր, բայց լուրջ ու խոհուն և թախծալի, ինչպես այն եղանակը, որ մի քիչ առաջ նվագում էր նա. ի՜նչ գրավիչ դեմք, բայց գունատ ու տխուր, ինչպես մարմարի մի անդրի. ի՜նչ բարձր ու հպարտ ճակատ, որի վրա փայլում էր ոչ երկրային մի վեհություն:

— Ի՞նչ է անունդ,— կանչեց Ջուլիետտան:

— Անտոնիո:

— Անտոնիո, նվագիր ինձ համար դարձյալ մի բան:

Ու նորից հնչեցին լարերն առաջվանից ավելի փաղաքուշ ու դյութիչ, և Ջուլիետտան, պատուհանին գամված, չէր հագենում լսելուց, մինչև որ լարերն իրենց վերջին սիրակեզ հառաչանքն արձակեցին ու մարեցին:

— Անտոնիո, ասա ինձ, ո՞վ ես դու:

— Ես որբ եմ:

— Ո՞վ է հայրդ:

— Մի բանվոր, որ մեքենայի տակ ջարդվեց և մեռավ:

— Մա՞յրդ:

— Մայրս գնաց հորս ետևից:

— Քույր չունե՞ս:

— Ո՛չ մի հարազատ:

— Կուզե՞ս ես քո քույրը լինեմ, դու իմ եղբայրը: Ես կխնդրեմ հորս, որ դու մեր տանն ապրես և ինձ համար միշտ այդպիսի եղանակներ նվագես: Հայրս բարի է, շատ է սիրում ինձ և միշտ կատարում է խնդիրքս: Դու այլևս ստիպված չես լինի փողոցե փողոց թափառել մի կտոր հացի համար: Մենք շատ հարուստ ենք:

— Ես շատ հպարտ եմ, սինյորինա:

— Իմ անունը Ջուլիետտա է:

— Ես հպարտ եմ, սիրուն Ջուլիետտա:

— Մենք չենք խլի քո հպարտությունը, Անտոնիո:

— Կխլեք. երբ ինձ մի կտոր հաց տաք:

Ջուլիետան մի դրամ նետեց նրա ոտքերի առջև և բարկացած հեռացավ պատուհանից: Բայց իսկույն էլ նորից մոտեցավ պատուհանին:

— Անտո՛նիո,— կանչեց նա:

Պատանի երաժիշտը, որ վերցրել էր դրամը և ուզում էէր հեռանալ, կանգ առավ և նայեց վերև:

— Համաձայնիր գոնե, որ ամեն երեկո, ճիշտ այս ժամին, կգաս կնվագես պատուհանիս տակ:

— Կգամ: Բայց ոչ նորից սրա համար,– ասաց Անտոնիոն ցույց տալով ձեռքի դրամը:

— Ա՞յլ:

— Գեղեցկության համար:

Այս անգամ պատանի երաժշտի ոտների առջև ընկավ գեղեցիկ աղջկա կրծքի կարմիր մեխակը:

3

Ու գալիս էր:

Ամեն երեկո, երբ արևի վերջին ճառագայթները էլեկտրական լույսեր էին վառում պալացցոների պատուհաններին, Ջուլիետայի լռությունը փաղաքշում էին միշտ նոր, միշտ դյութիչ հնչյունները:

— Անտո՛նիո, մի՞թե այնքան հպարտ ես, որ չես համաձայնի բարձրանալ ինձ մոտ, իմ սենյակում նվագելու:

Անտոնիոն լուռ բարձրացավ Ջուլիետտայի սենյակը:

— Անտոնիո, մի՞թե այնքան հպարտ ես, որ չես համաձայնի ինձ հետ մի զբոսանք կատարելու ծովի վրա:

Լուսնի կաթնագույն լույսի տակ, ծովի հանդարտ ջրերի վրա մեղմիկ սահում էր մակույկը և գիշերային անհուն խաղաղության մեջ տարածվում էին դյութական հնչյունները: Ամբողջ բնությունը, կարծես լռություն դարձած, ականջ էր դնում այդ հնչյուններին, որոնք թևատարած, սահուն ու թեթև, թռչում տարածվում էին չորս բոլորը և մարում ծովի խաղաղ ջրերի մեջ, պարզ ու թափանցիկ օդի մեջ:

— Անտո՛նիո, մի՞թե այնքան հպարտ ես, որ թույլ չես տա գլուխս դնեմ ծնկանդ վրա:

— Օ՜... — հառաչում է միայն պատանի արտիստը փակված աչքերով և նրա կնտնտոցի տակ ջութակի հնչյունները նոր թափ են առնում նոր, մինչև այդ չլսված նյուանսներով։

Ջուլիետտայի ոսկեզանգուր գլուխը հանգչում է Անտոնիոյի ծնկան վրա և թավշյա աչքերը հիացքով, սիրով ու երջանկությամբ վարից վեր նայում են պատանի երաժշտի վերասլաց դեմքին։ Մակույկի մեջ, լուսնի կաթնագույն լույսի տակ, ինչպես ձյուն, փայլում էր նրա սպիտակ թեթև հանդերձը, որով նա նմանվում էր իսկական հավերժահարսի՝ ընկղմված ծովի փրփուրների մեջ։

Պատանի արտիստը վերից վար նայում էր իր ծնկան վրա հանգչող երազական գեղեցկությանը և ինքը ևս զարմանում էր, թե այն ի՞նչ նոր հնչյուններ են, որ իր ձեռքի շարժումից գեղում է ջութակն այնքան տիրականորեն։

— Անտո՜նիո, մի՞թե այնքան, հպարտ ես, որ մի համբույր չես տա ինձ։

Ջութակը լռում է։ Պատանի արտիստը կամաց խոնարհվում է հավերժահարսի դեմքի վրա, նրանց մազերը գրկախառնվում են և թրթռուն շրթունքները միանում են մի բոցոտ համբույրի մեջ։

— Անտո՜նիո, Անտո՜նիո...

— Ջուլիետտա, Ջուլիետտա...

4

Մի երեկո էլ, սովորական ժամին, պատանի երաժիշտը գոթական ապարանքի բարձր պատուհանի տակ կանգնած՝ իզուր աշխատում էր իր դյութական հնչյուններով դուրս կանչել հավերժահարսին։

Պատուհանը փակ էր։

Պատանի արտիստը, սակայն, չէր հուսահատվում. ջութակը մերթ կանչում հրամայաբար, մերթ խնդրում աղերսագին, մերթ խոսում լալագին, մերթ հառաչում ու լալիս հուսահատորեն։

Պատուհանը միշտ փակ էր։

Այնուհետև, երբ ջութակն իր վերջին հուսահատական ճիչերն էր

արձակում, պատուհանի մի փեղկը կիսով չափ բացվեց, նախ մի դրամ զրնգաց գետնին և ապա թղթի մի կտոր, օդի մեջ պտտվելով, ցած ընկավ պատանի երաժշտի ոտների առջև:

Թուղթը վերցրեց և կարդաց.

«Հայրս ասաց, որ իմ և քո միջև անանց անդունդ կա:
Մենք վերևն ենք, դու ներքևը, էլ մի՛ գա: Մոռացի՛ր ինձ»:

Կարդաց, առժամանակ շանթահար մնաց տեղնուտեղը արձանացած, հետո ցնցվեց ուժգնորեն, մի կայծակնացայտ հայացք նետեց դեպի ազնվական ապարանքի բարձունքը, թուղթը, ցասումով լի, ուզեց պատառ-պատառ անել, բայց զսպեց իրեն, խնամքով ծալեց, ծոցը դրեց, ոտով դեն շպրտեց գետնին ընկած դրամը և, ջութակը պինդ սեղմելով վիրավոր կրծքին, հեռացավ անարգանքի կսկիծը հպարտ սրտի մեջ պարուրած:

Այդ օրվանից Վենեցիայի փողոցներում էլ ո՛չ ոք չտեսավ հանրածանոթ պատանի ջութակահարին:

5

Անցան տարիներ:

Նորից Վենեցիան:

Քաղաքի ամբողջ մամուլն ավետեց հռչակավոր ջութակահար Անտոնիո Բոնվինիի գալուստը, որ իր միակ կոնցերտը պիտի տար մեծ թատրոնում: Վերջին ժամանակները ոչ միայն իտալական, այլև եվրոպական ու ամերիկյան ամբողջ մամուլը խոսում էր այդ նոր փայլուն աստղի մասին, որ երևացել էր երաժշտական հորիզոնի վրա:

Կոնցերտի գիշերը թատրոնում ասեղ գցելու տեղ չկար: Այնտեղ էր քաղաքի ամբողջ բարձր դասակարգը:

Անտոնիո Բոնվինի... Ամենքն անհամբեր սպասում էին նրա ելույթին:

Եվ ահա, վերջապես, դուրս եկավ նա բեմ:

Ու ամբողջ դահլիճը գրեթե միաբերան հառաչեց:

Մի՞թե սա այն Անտոնիոն չէ, որին ճանաչում էր ամեն մի վենեցիացի, այն պատանի ջութակահարը, որ միջնադարյան տրուբադուրի նման շրջում էր քաղաքից քաղաք, փողոցից փողոց, պատուհանների տակ նվագում էր սերենադներ:

Այո՛, այո՛, նա է, ինքը, որովհետև— ահա՛ նույն հնչյունները, բայց այս անգամ արդեն առնականորեն հասուն, ինքնավստահ, ինքնամփոփ, երբեմն վերասլաց, երբեմն մարտակոչի խիզախ ավյունով լեցուն:

Ու որքան այդ հնչյունները դյութիչ էին, այնքան գեղեցիկ ու հմայիչ էր ինքը՝ Անտոնիո Բոնվինին, բարեկազմ հասակը, հրացայտ աչքերը, վառված դեմքը, հանճարեղ ճակատը, ականջների մոտ ցրված երկար փայլուն մազերը, բոլորը, բոլորը մի սքանչելի ներդաշնակություն էին կազմում նրա ջութակի մոգական հնչյունների հետ:

Երբ վերջին հնչյունները թրթռալով մարեցին գերեզմանային լռության մեջ և արտիստը հեռացավ բեմից, ամբողջ դահլիճը դեռևս պահ մի նստած էր լուռ ու անշարժ, կարծես անհունորեն քաղցր մի երազանքի մեջ կախարդված: Ու հետո հանկարծ, որպես մի գերեզմանոց մեկեն հարություն առնի, ամբողջ դահլիճը շրջվեց ու թնդաց որոտագին. — Բոնվի՛նի... Անտոնիո Բոնվի՛նի... Անտո՛նիո... Հանճա՛ր... Նոր Ստրադիվարիուս...

Եվ ամեն ոք շտապում էր դեպի կուլիս՝ անձամբ սեղմելու երիտասարդ հանճարի ձեռքը և իր հիացքն ու շնորհակալությունը հայտնելու նրան:

Երիտասարդ մաեստրոն հոգնած էր: Փակվեց իր սենյակում և հայտնեց, որ այլևս ոչ ոքի չի կարող ընդունել:

Բայց ահա մտնում են և հայտնում, որ մի կին ուզում է նրան տեսնել:

— Անկարող եմ ընդունել:

— Թախանձում է սաստիկ. շատ նշանավոր անձի ամուսինն է:

Ու տալիս են ազնվազարմ տոհմի մի բարձրաստիճան մարդու անունը, որից կախված է հազարավոր մարդկանց բախտը:

— Թող մտնի։

Գեղեցիկ՝ ինչպես Ռաֆայելի Մադոննան, հագնված ինչպես մի թագուհի, շտապով մտավ մի նորատի կին և ուղղակի ընկավ երիտասարդ հանճարի ոտների առջև։

— Անտո՛նիո, ես քո Ջուլիետտան եմ, ես սիրում եմ քեզ...

Երիտասարդ մաեստրոն այլայլված՝ բարձրացրեց գեղեցկուհուն։

Նրա աչքերը վառվում էին ինչ-որ տարօրինակ փայլով, նման այն հրացայտ հայացքին, որ նա, դեռևս պատանի մի խեղճ երաժիշտ, նետեց իր ստորին ծագումն ու հպարտությունն այնքան մեծամտորեն արհամարհող պալացցոյի բարձունքն ի վեր։

Առանց մի խոսք արտասանելու՝ ձեռքը ծոցը կոխեց, հանեց հուշատետրը, հուշատետրից՝ խնամքով պահած թղթի մի կտոր և մեկնեց Ջուլիետտային։

Ջուլիետտան առավ, նայեց և հանկարծ կասկարմիր կտրեց։

— Կարդացեք, սինյորա, կարդացեք,— ասաց Անտոնիոն, տեսնելով, որ նա ծայր աստիճան շփոթված, չի համարձակվում աչքերը վեր բարձրացնել։

Ու հազիվ լսելի ձայնով Ջուլիետտան կարդաց իր նամակը։

«Հայրս ասաց, որ իմ և քո միջև անանց անդունդ կա։
Մենք վերևն ենք, դու ներքևը։ Էլ մի՛ գա։ Մոռացիր ինձ»:

Անտոնիոն նամակը ետ առավ նրա թուլացած ձեռքից, և նորից խնամքով պահելով հուշատետրի մեջ, ասաց.

— Ավա՛ղ, սինյորա, ներեցեք ինձ, որ ես չլսեցի ձեզ և թեպետ այլևս չեկա ձեզ մոտ, բայց չմոռացա ձեզ, այլապես ձեր այս նամակը այսպես խնամքով չէի պահի ինձ մոտ։ Սա մի անգնահատելի գանձ է, որ դուք պարգևեցիք ինձ, և այս գանձն աչքիս լույսի պես կպահեմ մինչև մահ, որովհետև եթե ձեր այս նամակը չլիներ, ես թերևս այն չլինեի, ինչ որ եմ այժմ։ Ես մոռացա ձեզ, այո՛. բայց, ինչպես երևում է, դուք մոռացել եք այն անդունդը, որ մեզ բաժանում էր իրարից։ Դուք վերևն էիք,— ես ներքևը, և այդ ձեզ իրավունք էր տալիս արհամարհանքով նայելու դեպի ներքև։ Բայց դուք հաշվի չէիք առել, որ ներքև գտնվողները երբեմն թևեր են առնում, թռչում վերև, և, վրիժառության զգացումով լեցուն։ Այն օրը, որ դուք ձեր բարձունքից արհամարհանքով մերժեցիք ինձ— ներքև գտնվողիս, ես երդվեցի վրեժ առնելու և, դրա համար ուրիշ միջոց չգտա, բայց եթե միայն բարձրանալ, միշտ բարձրանալ, անդադար բարձրանալ, մինչև որ իր ձեռակերտ ապարանքի բարձունքից ինձ վրա նայող քմահաճույքն ինքը գար իմ անձեռակերտ բարձունքի առջև ծնրադրելու։ Այսօր ես հասա իմ նպատակին։ Բայց նորից սիրել նրան, ով խաղում է ուրիշի նվիրական զգացմունքի հետ, ով տարբերություն է դնում վերևի և ներքևի միջև, ավա՛ղ, սինյորա, ես չեմ կարող։

Այսպես էր վերջանում իտալական սիրավեպը։

Մի սիրավեպ՝ հար և նման իմ սիրավեպին, մի սուր հակադրությամբ միայն. այստեղ ես էի— իմ բուրժուական միջավայրի հարազատ ծնունդը, տաքուկ ապրելու սովոր, կամազուրկ, փափկամարմին մի ինտելիգենտ, որ առաջին իսկ հարվածից ընկնում է այլևս չելնելու համար, իսկ այնտեղ նա— աշխատավոր ժողովրդի ծոցից ելած անապաստան, թափառական մի պատանի իր միջավայրի երկաթակուռ կամքով, որով զինված, ոչ թե ընկճվում է ինձ պես առաջին իսկ հարվածից, այլ ընդհակառակը, ո՜վ գիտե ինչ դժվարություններ հաղթահարելով, հետզհետե բարձրանում է մինչև գլխապտույտ բարձունքները, որպեսզի այնտեղից վրիժառության թույնը թափի իր մարդկային արժանապատվությունն արհամարհողների,իրեն նվաստացնողների գլխին։

Բարձրանալ, միշտ բարձրանալ, անդադար բարձրանալ... Օ՜ ի՜նչ հրաշալի վրիժառություն, որի համար, սակայն, ես անընդունակ եղա:

Եվ այնուհետև ինչպե՞ս չհավատամ իմ դասակարգի ճակատագրին, որին բնական մի անեծքով դատապարտված նա հետզհետե այլասերվելով, պիտի դառնա ինձ պես իբրև փտած ծառի կոճղին բաժ մի մգլած մակաբույծ և չքանա անհետ, տեղի տալով նրա՜նց, որոնք ներքևից բարձրանում են վերև...

ՆԵՂ ՕՐԵՐԻՑ ՄԵԿԸ

Պատրիկյանը մի հայացք ձգեց իր հնացած հագուստին, նայեց կոշիկների ծռմռված ծայրերին, դուրս եկավ սենյակից, դուռը փակեց կախովի կողպեքով, բանալին գրպանը կոխեց, անցավ բակի երկայնքով և բարձրացավ տանտիրոջ բնակարանի ընդարձակ պատշգամբը, որը մաքուր ու կարմրավուն, պլպլում էր հայելու պես, առավոտվա արևի պայծառ ճառագայթներով ողողված: Նրան թվում էր, թե անասունները, երբ նրանց սպանդանոց են տանում, ճիշտ նույնը պիտի լինեն զգալիս, ինչ որ զգում էր ինքն այդ րոպեին: Նա մի վտիտ երիտասարդ էր խիստ բարի աչքերով և անվստահ շարժումներով: Խոհանոցից դուրս եկող իմերել ծառային խնդրեց կամացուկ, որ տանտիրոջն իմաց տա թե ուզում է տեսնել նրան: Ծառան, մոխրագույն բրդե չուխայի ետ ծալած երկայն ու լայն թևերը ցած թողնելով, գնաց նրա խնդիրքը կատարելու: Պատրիկյանը հետևից նայեց նրա երկարաճիտ, փափուկ անկրունկ կոշիկներին, որոնք քայլելիս ոչ մի ձայն չէին հանում: Հետո աչքը գցեց խոհանոցի բաց պատուհանից ներս, որտեղ խոհարարը, ամբողջապես սպիտակազգեստ ձյունի պես սպիտակ ու մաքուր արախչին գլխին, վարժ ձեռքերով փետրահան էր անում նոր մորթած վառիկներ և բերանով ինչ-որ պարերգ էր շվշվացնում: Ծառան դուրս եկավ և դռան մոտից ձեռքով արավ նրան: Պատրիկյանը զգուշորեն անցավ պատշգամբով, դռան մոտ սրբեց ոտները, ծառայի առաջնորդությամբ մտավ ճաշասենյակը, այնտեղից ընդարձակ ու խիստ բարձր դահլիճը, որը կորած էր հսկայական ծաղկամանների, աթոռների, բազկաթոռների, սեղանների, գահավորակների, բազմոցների մեջ և կանգ առավ տանտիրոջ առանձնասենյակի դռան առջև: Ծառան դուռը բաց արեց, ներս հրավիրեց նրան, իսկ ինքը հեռացավ:

Գուցե ամենամոլեռանդ աստվածապաշտը այնպիսի երկյուղածությամբ չմտներ սուրբ խորանը, ինչպես մտավ Պատրիկյանը տանտիրոջ առանձնասենյակը: Տանտերը, որի ազգանունը փողոցի շքադռան պղնձե տախտակի վրա փորագրված էր Դավիթ Ֆոմիչ Աղամիրով, մոտ 40-45 տարեկան տղամարդ էր խիստ ջղուտ, կարծես բրոնզից ձուլված դեմքով, սպիտակախառն կոշտ մազերով և սրածայր կարճ մորուքով: Նա նստած էր թղթերով, թղթապանակներով, գրքերով և անթիվ մանր-մունր բաներով ծանրաբեռնված ահագին գրասեղանի առջև և գրում էր:

— Ներեցեք, ես՝ իսկույն, — ասաց նա, մի վայրկյան նայելով այցելուին պենսնեի վերևից, և շարունակեց գրել:

Պատրիկյանը մնաց կանգնած:

— Խնդրեմ նստեք, — ասաց տանտերը, շարունակելով գրել:

Պատրիկյանը կամաց նստեց, գլխարկը ծնկների վրա բռնած, և նայեց շուրջը: Սենյակը զարդարված էր, դահլիճի պես, փարթամորեն: Կահավորանքի մեջ աչքի էր ընկնում ոչ այնքան ճաշակը, որքան փափկակեցության թուլությանը: Պատրիկյանը ո՛ր նայում էր, տեսնում էր գորգ ու թավշյա բարձիկներ: Կար և գրքերի մի շատ երկար պահարան ապակյա դռներով, որի բոլոր դարակները լիքն էին ոսկեկազմ գրքերով՝ զորքի պես խիստ կանոնավոր կողք-կողքի շարված: Այդ պահարանն էլ, անշուշտ, սենյակի անհրաժեշտ ճանաչված կահավորանքից և զարդարանքներից մեկն էր կազմում. այլապես Պատրիկյանը չէր կարծում, թե Դավիթ Ֆոմիչը ժամանակ ունենար այդ ստվարահատոր գրքերից որևէ մեկը ձեռքն առնելու, որովհետև չափազանց զբաղված էր իր մասնավոր և հասարակական գործերով, նա գործարանատեր էր, քաղաքային դումայի իրավասու, քաղաքային մի քանի հանձնաժողովների անդամ, բանկի վարչության անդամ, կլուբի ավագ, դպրոցի՝ հոգաբարձու, եկեղեցու երեցփոխ և ո՞վ գիտե ուրիշ էլ ի՞նչ:

Օգուտ քաղելով այն հանգամանքից, որ տանտերը, գլուխը կախ՝ շարունակում էր գրել, Պատրիկյանն ուզեց վեր կենալ պահարանի գրքերն աչքի անցնելու, բայց չհամարձակվեց տեղից շարժվել: Հայացքը դարձրեց տանտիրոջ վրա և տեսավ, որ նա գրում է ձեռքի համարձակ շարժումով և անդադար կրծում է վերին շրթունքի ձախ կողմը:

— Նո՛ւ, ի՞նչ կիրամայեք, — ասաց Դավիթ Ֆոմիչը գրությունը վերջացնելուց հետո՝ սև մարմարի ծանր ծծողականը թրխկացնելով գրած թղթի վրա:

— Ես… ներեցեք, — կամաց արտասանեց Պատրիկյանը իր ասելիքը նախապատրաստած մարդու շփոթմունքով: — Երեկ գիշեր դուք նորից հիշեցրել էիք սենյակի վարձը… Ես եկել եմ խնդրելու, որ, եթե կարելի է, մի քանի օր էլ սպասեք:

Տանտերը վերցրեց պենսնեն, արմունկներով կռթնեց գրասեղանին և նայեց նրան իր լուրջ, եռանդուն աչքերով:

— Եղբայր պատվական, — ասաց նա — ես, կարծեմ, յոթն օր է սպասում եմ, չէ՞:

Պատրիկյանը աչքերը վար թողեց:

— Այո, բայց խնդրում եմ, դարձյալ մի քանի օր… եթե կարելի է:

— Բանը մի քանի օրվա մեջ չէ, — վրա բերեց Դավիթ Ֆոմիչը: — Մի քանի օր, ինչո՞ւ չէ, կարելի է սպասել, և տեսնում եք, որ սպասում եմ: Բայց ցավն այն է, որ մի քանի օրից հետո, երբ դարձյալ ինքս ստիպված կլինեմ հիշեցնելու ձեր պարտքը, դուք կգաք ինձ մոտ, ինչպես հիմա եք եկել, և դարձյալ կխնդրեք այդպես, որ էլի մի քանի օր սպասեմ: Ես այդ փորձով գիտեմ և այդ բանի վերջը չեմ տեսնում: Ուստի մի անգամ առմիշտ կանոն եմ դարձրել ինձ համար, որովհետև ինքս շատ ճշտապահ մարդ եմ, որ երբ կենողներիցս որևէ մեկը կանոնավորապես և ժամանակին չի վճարում բնակարանի վարձը, առաջարկում եմ անմիջապես դատարկել բնակարանը: Ձեզ էլ ասում եմ — եթե չեք կարող վճարել, դատարկեցեք սենյակը: Ես ինքս ամեն ամիս վճարելիքներ ունեմ, և իմ պարտատերը, բանկը, չի սպասում որ ես սպասեմ անվերջ:

Դավիթ Ֆոմիչը խոսում էր վճռական տոնով և սուր-սուր նայում Պատրիկյանի խեղճ ու կրակ դեմքին:

— Ես հասկանում եմ ձեր դրությունը, — թոթովելով Պատրիկյանը, թեև ամենևին չէր հասկանում, թե ի՞նչպես կարող էր իր վճարելիք ամսական մի քանի ռուբլին որևէ նշանակություն ունենալ այդ հարուստ մարդու համար: — Բայց դուք խնդրում եմ, մտեք իմ դրությանը: Ես ուսուցիչ էի գավառում, ինչպես գիտեք, կառավարությունը փակեց մեր դպրոցները. այժմ ես անգործ եմ: Ուզում էի գնալ արտասահման ուսումս շարունակելու, դիմեցի մի քանի բարերարների, մերժում ստացա: Հետո մտա մի վաճառականի մոտ իբրև գործակատար. հույս ունեի, թե խնայողությամբ այնքան կհավաքեմ, որ կարող կլինեմ ձգտումս իրագործել, բայց հիվանդացա և խնայած բոլոր փողերս ծախսեցի: Հիմա ես ոչինչ չունեմ, օրեր են պատահում, որ քաղցած եմ մն...

— Ի՞նչ հարկավոր է, որ այդ բաները պատմում եք ինձ, — շտապեց ընդհատել Պատրիկյանին Դավիթ Ֆոմիչը, և նրա բրոնզյա դեմքի վրա երևացին արգահատանքի և դժգոհության պարզ նշաններ: — Դուք կրթված երիտասարդ եք, և ձեր անձնասիրությունը չպետք է թույլ տա, որ ուրիշի պատմեք ձեր մասնավոր կյանքը: Ես էլ հազար ու մի ցավ ու դարդեր ունեմ, նստեմ պատմե՞մ ձեզ: Լավ չէ, այդ լավ չէ: Ասում եք՝ մի քանի օր — համեցեք, մի քանի օր էլ կսպասեմ: Միայն ես չեմ հասկանում, թե ո՞րտեղից պիտի կարողանաք վճարել, քանի որ ասում եք՝ ոչինչ չունեք և անգործ եք:

Պատրիկյանը աչքերը խոնարհեց և սկսեց գլխարկը մեքենայաբար շուռումուռ տալ ծնկան վրա:

— Ես... գիտե՞ք.. ես... երկու գիրք ունեմ տպագրված, — ասաց նա շփոթված, կարծես ամաչելով, որ այդպիսի բան ունի արած, — երկար ժամանակ է չեմ մտել գրախանութ այսօր կմտնեմ, երևի ծախած կլինեն, որ...

— Դուք գրո՞ղ եք, — հարցրեց տանտերը, զարմացած նայելով նրա շփոթված աչքերին:

— Չի կարելի ասել գրող, բայց... գրում եմ:

— Ի՞նչ եք գրում:

Պատրիկյանը գլուխը բարձրացրեց և նայեց նրան ամոթխածության ժպիտով:

— Ո՞վ գիտե... գրում եմ, էլի...

— Դե դուք գիտեք, — ասաց տանտերը և վեր կացավ: Նրան հետևեց և Պատրիկյանը, — Ձեր կողքի կենողը, այն իրեա կինը, որ դանակներ և կողպեքներ է ծախում բակի դռան մոտ, տասը տարի է կենում է, և չեմ հիշում մի ամիս, ամենայն ճշտությամբ վճարած չլինի բնակարանի և սեղանի վարձը, չնայելով որ մեն-մենակ այնքան էլ ահագին ընտանիք է պահում: Ասելս այն է, որ...

Նա խոսքը չվերջացրեց, ըստ երևույթին հանկարծ ինչ-որ բան հիշելով, և հանկարծ սկսեց շուռումուռ տալ գրասեղանի վրա թափված թղթերը:

— Ինչևիցե, ցտեսություն, — ասաց առանց այլևս ուշադրություն դարձնելու Պատրիկյանի վրա: — Մի քանի օր էլ կսպասեմ:

Պատրիկյանը դուրս եկավ: Ճաշասենյակով անցնելիս տեսավ տանտիրոջ կնոջն, — շատ, բարձր և շատ լղար մի կին անհրապույր դեմքով, որը սեղանի ծայրին դրած արծաթյա սկուտեղի մոտ կանգնած՝ թեյի բաժակներն էր լվանում: Մոտը կանգնած էր նրա փոքրիկ տղան և սպիտակ հացի վրա կարագ ու մեղր քսելով ագահաբար կլլումուլ էր տալիս:

— Սենյակի վարձը բերի՞ք, — կանչեց Պատրիկյանի հետևից տանտիկինը, երբ նա սուս ու փուս դիմում էր դեպի պատշգամբի դուռը:

Պատրիկյանը կանգ առավ.

— Ոչ, տիկին:

— Ինչո՞ւ:

— Պարոնին խնդրեցի, և նա համաձայնեց մի քանի օր էլ սպասել.

— Մի քանի օր էլ մի քանի օր էլ, — բավական կոպիտ կերպով վրա բերեց տանտիկինը, թեյը լցնելով տղայի համար: — Չենք իմանամ, ե՛րբ պիտի վերջանա ձեր մի քանի օրը: Դուք օգուտ եք քաղում նրա բարությունից: Այդպես չի կարելի: Կամ պետք է ժամանակին վճարեք, կամ, եթե չեք կարող, դատարկեք սենյակը:

— Տիկին, — ուզեց արդարանալ Պատրիկյանը, բայց տիկինը ավելի ևս կոպտությամբ կտրեց նրա խոսքը.

— Լսել անգամ չեմ ուզում:

Ու զայրացած շուռ եկավ դեպի բուֆետը:

Պատրիկյանը շրթունքները սեղմեց ատամների մեջ ու դուրս գնաց:

Պատշգամբում նրա դեմ ելավ տանտիրոջ աղջիկը, որը դեմքով շատ նման էր մորը, և նրա ֆրանսուհի դաստիարակչուհին, որոնք թևանցուկ զբոսնում էին աշնանային արևի ախորժելի ջերմ ճառագայթների տակ և չարդում էին ֆրանսերեն՝ կանանց հատուկ անդադրում շատախոսությամբ և խոսքերը խլելով իրար բերանից: Երկայն պատշգամբով անցնելիս աշխատում էր քայլել այնպես, որ նրանք չտեսնեն անդրավարտիքի մաշված, տեղ-տեղ պատռված տոտերը: Խոհանոցին որ մոտեցավ, լսեց մի փշշոց և թշշոց և նրա քթովը դիպավ այնքան ախորժելի մի հոտ, որ նրա անոթի փորում բոլորր աղիքները ոլոր-մոլոր եկան: Ինչպես երևում էր, վառիկներն արդեն տապակվում էին՝ թեյի հետ վայլելու համար:

Պատրիկյանը իջավ բակը և դեպի փողոց տանող լայն միաջանցքի մեջ, բակի դռան մոտ, տեսավ հարևան գիրուկ ու կլորիկ հրեա կնոջը՝ նստած տաբուրետի վրա, երկայն ու նեղ սեղանի ծայրին, որի վրա որոշ կանոնավորությամբ շարված էին ամեն տեսակ դանակներ, մկրատներ, կողպեքներ, աքցաններ, մուրճեր, բզեր, պորտմաններ և այլ ու այլ մանրուքներ: «Երջանի՛կ կին. համ ինքն է ապրում իր ահագին ընտանիքով, համ էլ սենյակի վարձն է տալիս ամենայն ճշտությամբ ու չի վայելում տանտերերի թուքն ու մուրը», — մտածեց Պատրիկյանը, և հրեուհու մոտով անցնելիս բարևեց նրան:

— Զաչեմ շեղողնյա նե բղալի գաղյաչեյ վաղը (ինչո՞ւ այսօր տաք ջուր չվերցրիք), — կանչեց նրա հետևից կինը ռուսերեն, հրեաներին հատուկ առոգանությամբ ս-ն շ և ը-ն ղ հնչելով:

Պատրիկյանը կանգ առավ և նայեց նրա բարի, գիրուկ դեմքին:

— Որովհետև շաքարս հատել է, — պատասխանեց նա մի տեսակ անհոգությամբ:

Հրեուհին զարմանքից մինչև անգամ վեր կացավ տաբուրետից:

— Այ՛ քեզ բան, — բացականչեց նա: — Շաքար էլ կտայինք, ինչ կա որ:

— Չէ, առանց այն էլ ես շատ եմ պարտական ձեզ:

— Ի՞նչ պարտական: Ամեն օր մի քանի բաժակ տաք ջուր տալով մեծ բա՞ն ենք արել, ի՞նչ է: Շաքար չունեիք, կասեիք մի երկու կտոր շաքարն ի՞նչ բան է:

— Բան չկա, մի օր թեյ չխմելով չենք մեռնի, — ասաց Պատրիկյանը, ծիծաղեց նույն անհոգությամբ և շտապեց դուրս գնալ փողոց:

Այդ փողոցն իսկապես քաղաքի վաճառաշահ շուկաներից մեկն էր՝ լի աղաղակով և ժխորով: Ժամը տասին մոտ էր: Արևը նոր էր սկսել էր հալել գիշերը կտուրների վրա նստած եղյամը, որն այժմ ջուր դառած՝ կտկտալով թափվում էր երկայն ջրախողովակներով ներքև և փոքրիկ գբեր կապում մայթերի վրա: Պատրիկյանը զգաց, որ ստվերի մեջ օդը բավական ցուրտ է ու խոնավ, և ձեռքերը անդրավարտիքի գրպանները կոխած, աշխատում էր գնալ այն տեղերով, ուր արևը մաքուր երկնքից թափում էր իր ճառագայթները: Սակայն արևի տակ էլ նրա մարմինը սարսռում էր. նրան թվում էր, թե դրա պատճառը ոչ թե ձմեռնամուտ աշնանային եղանակն է և ոչ թե այն, որ ինքը տաք չի հագնված, այլ այն, որ այդ առավոտ ոչ թեյ է խմել և ոչ որևէ բան կերել: Մրսում էին առավելապես ձեռքերը, որոնց ինչքան էլ աշխատում էր խորը կոխել գրպանների մեջ, այնուամենայնիվ երկարամյա սերթուկի կարճ թևերը բաց էին թողնում նրա դաստակները:

Պատրիկյանի առաջին գործն այն եղավ, որ մտավ գրախանութ: Հույս ուներ, թե այնքան կստանար, որ սենյակի վարձը հանելուց հետո մի բան էլ կմնար իբրև ապրուստի փող: Սակայն գրախանութում նրան ասացին, թե վերջին ամսվա ընթացքում նրա երկու գրքույկից մեկն ամենևին չի ծախվել իսկ մյուսից ծախվել է հինգ օրինակ միայն և, կոմիսիայի տոկոսը հանելուց հետո, նրան հանձնեցին 1 ռ. 20 կ.: Պատրիկյանը, հիասթափության ժպիտը դեմքին փողը գրպանն ածեց և դուրս եկավ գրախանութից՝ ճնշված այնպիսի մի զգացման տակ, որպիսին ունենում են անսովոր մուրացիկները՝ ողորմություն ստանալուց հետո: Ամոթի և նվաստացման կարմիրն երեսին մի րոպե կանգ առավ գրախանութի ցուցափեղկի առջև, որի թեթև քրտնած ապակու միջից մի հայացք ձգեց ցուցանակի վրա նկատելի տեղում հպարտորեն շարված ռուսերեն փարթամ գրքերին և ապա մի անկյունում ամոթխածությամբ իրար կողքի կպած հայերեն վտիտ գրքույկներին, որոնց մեջ տեսավ և իր երկու լղարիկ գրքույկը, հետո երեսը շուռ տվեց և հեռացավ դառն մտածմունքների մեջ խորասուզված: Մոռացել էր թեյի փափագն էլ, քաղցն էլ և, որովհետև ուրիշ տեղ չուներ գնալու և մրսում էր, քայլերն ուղղեց դեպի խմբագրատուն:

Խմբագրատանը, ինչպես միշտ, այս անգամ էլ նստած էր մեն-մենակ քարտուղարը — չորիկ-մորիկ մի երիտասարդ՝ պարզ ակնոցով և աջ ձեռքի ճկույթի վրա կեսվերշոկաչափ աճեցրած սրածայր եղունգով, — և արագ գրում էր երկայն ու նեղ թղթերի վրա, ճկույթը խիստ որոշակի առանձնացրած հարևան մատից:

Պատրիկյանը, իբրև պարապ մարդ և ձրի աշխատակից խմբագրատան ամենօրյա այցելուն էր, այնպես որ քարտուղարն ու նա, որոնք մտերիմ ընկերներ էին, այլևս չէին բարևում իրար տեսնելիս: Այս անգամ էլ Պատրիկյանը քարտուղարի սենյակը մտավ սուս ու փուս, նստեց նրա գրասեղանի ծայրին, վերցրեց տեղական ռուս թերթերից մեկը, որոնցից քարտուղարը լուրեր էր քաղում, և սկսեց աչքի անցկացնել: Տեղական լուրերից մեկը կարդալուց հետո հարցրեց.

— Ինչո՞ւ այս լուրը չես նշանակել:

— Ո՞ր լուրը, — հարցրեց քարտուղարը շարունակելով գրել:

— Ինչ-որ նոր հռչակավոր երգիչ է եկել, Ժապինովը: Գաստրոլի է հրավիրված օպերային թատրոնում երգելու:

— Հե՛րն անիծեմ, — սրտանց արտասանեց քարտուղարը, առանց գլուխը բարձրացնելու թղթի վրայից: — Մե՞զ ինչ: Բոլոր թերթերին հայտարարություններ են տալիս, սեզոնզյին ձրի տոմսակներ են տալիս, իսկ մեզ շան տեղ էլ չեն դնում: Եվ մենք պետք է վեր կենանք նրանց համար ռեկլամնե՞ր տպենք: — Տես, թե ուրիշ բան աչքիցս թռցրել եմ, սաս:

Ներս մտավ տպարանական փոքրիկ աշակերտը մրոտ երեսով ու ձեռքերով և ամառվա բարակ կապույտ բլուզով որի մեջ սրթսրթում էր նրա վտիտ մարմինը:

— Նութ, — ասաց նա յու-ն ու հնչելով:

— Սպասիր մի քիչ, — ասաց քարտուղարը, և գրիչը նրա ձեռքին սկսեց շարժվել ավլեի արագ: Գրեց վերջացրեց թուղթը և մյուս թղթերի հետ ծալեց տվեց աշակերտին: — Ահա տար, որ էլի գալու լինես, հարցրու էլի քանի կոլոն հարկավոր կլինի:

Աշակերտը դուրս գնաց, գլխարկը փողոցում ծածկելով:

— Դե՛հ, Պատրիկ, պարապ մի նստի, — ասաց քարտուղարն ակնոցն ուղղելով և նոր գործի պատրաստվելով: — Նյութ չունենք, մի բան գրիր ձեռաց:

— Տրամադրություն չունեմ, — ասաց Պատրիկյանը մելամաղձորեն:

— Ես հեստիկ է, որ խեղդվում եմ, ա՛յ, տրամադրությունից:

— Դու մեքենա ես դարձել:

— Շատ մի խոսիր, գրիր, հոգիս դուրս է գալիս մենակ: Գիշերն էլ մինչև ժամը երկուսը տպարանումն եմ անցկացրել, որովհետև սրբագրիչը հիվանդացել է: Ես վախենում եմ վաղը չէ մյուս օրը ցրիչի դեր էլ կատարեմ:

— Ո՞ւր է խմբագիրը, ինչո՞ւ չի օգնում:

— Գնացել է փող ճարելու, որովհետև տպարանատերը սպառնացել է, որ եթե այսօր փող չստանա, համարը բաց չի թողնի: Գրաշարներն էլ մյուս կողմից են փող պահանջում: Հետո՝ պոստը, հեռագիրը, տանտերը — ո՞ր մեկն ասեմ: Էգուց-էսօր բաժանորդագրություն ենք բանալու, թերթը պետք է կանոնավոր հրատարակենք, որ բաժանորդները չխրտնեն, և հանկարծ — այսպիսի խայտառակություն... Գրիր, գրիր, խոսելու ժամանակ չէ:

— Ի՞նչ գրեմ:

— Ինչ ուզում ես: Ուզում ես՝ լուսնի մասին, ուզում ես՝ աստղերի, միայն թե թերթը լցնենք:

Պատրիկյանը դանդաղորեն մի քանի թերթ թուղթ քաշեց առաջը, գրիչը թաթախեց թանաքամանի մեջ, կարճ ժամանակ մտածեց և գրեց վերնագիրը. «Երեք ամիս, և հինգ օրինակ միայն», տակն էլ գիծ քաշեց: Այստեղ կանգ առավ, ճակատը շփեց և, երկար մտածելուց հետո, սկսեց.

«Այս օրերիս պատահեցի մեր սկսնակ գրողներից մեկին, որի համար կրիտիկան կամ այն, ինչ որ մեզնում կրիտիկա է անվանվում, միաբերան վկայել է, որ ձիրքից զուրկ չէ: Նա գանգատվեց ինձ, թե ահագին նեղություններով հրատարակված իր մի գրքից երեք ամսվա ընթացքում վաճառվել է հինգ (հարյուր չկարծեք) հատ միայն, իսկ մյուսից՝ ոչ մի օրինակ: Այս տխուր իրողությունը շատ լավ ծանրաչափ կարող է լինել, ցույց տալու համար մեր հասարակության ընթերցասիրության չափը և, միևնույն ժամանակ, շատ դառն մտածմունքների առիթ է տալիս մեր գրականության ապագայի մասին: Մեր հասարակությունը... »

Պատրիկյանը նորից կանգ առավ, մտածեց, մտածեց, հետո գրիչը վար դրեց և ասաց.

— Այստեղ ոչինչ չի կարելի գրել. մատներից ծայրերը փետացան:

— Տո, գրի է, — բղավեց քարտուղարը, որի գրիչը շարունակում էր արագ շարժվել թղթի վրա: — Վաղուց է՞ այդքան քնքշացել ես: Կարծես թե քո հավաբունը սրանից տաք լինի, անունն էլ սենյակ ես դրել: Գրիր:

Պատրիկյանը սառած ձեռքերը շփեց իրար, բերնի գոլորշիով տաքացրեց մատների ծայրերը, նորից առավ գրիչը, գիծ քաշեց «Մեր հասարակության» բառերի վրա և շարունակեց.

«Ճիշտ է, չի կարելի պնդել, թե մեր հասարակությունն ընթերցասեր չէ, բայց ...»

— Կարելի՞ է մտնել, — լսվեց մի ուժեղ բարիտոն:

Պատրիկյանը և քարտուղարը միաժամանակ բարձրացրին գլուխները և նայեցին դեպի նախասենյակի դուռը: Այնտեղ կանգնած էր մի թիկնավետ երիտասարդ, բեղերն ու մորուքը սափրած, թանկագին մուշտակով և պլպլան ցիլինդրով:

— Խնդրեմ, — մեքենայաբար արտասանեց քարտուղարը:

Այցելուն մտավ խիստ անձնավստահ քայլերով, ցիլինդրը վերցրեց և ներկայացրեց իրեն.

— Կայսերական թատրոնների երգիչ Զափինյան: Երևի գիտեք, որ ես գաստրոլով հրավիրված եմ այստեղի արքունական թատրոնում երգելու:

— Ախ, ինչպես չէ, — արտասանեց քարտուղարը, մեքենայաբար վեր կենալով տեղից և ակամա հարգանքով սեղմելով երգչի ձեռքը: — Խնդրեմ նստեք:

Զափինյանը նախքան նստելը ետ արեց մուշտակի կոճակները, կուրծքը բաց արեց, ասելով՝ «Ուֆ, շատ շոգ է», ցիլինդրը գլխիվայր դրեց գրասեղանի վրա, կաշու թանկագին ձեռնոցը ձգեց ցիլինդրի մեջ և ապա թե նստեց քարտուղարի մոտ բերած աթոռի վրա: Հետո տեսնելով, որ գրասեղանը ծածկված է փոշով, ցիլինդրի տակ մի լրագիր դրեց:

— Խմբագիրն այստեղ չէ՞, — հարցրեց թաշկինակով սրբելով ճակատը:

— Դժբախտաբար ոչ, — պատասխանեց քատուղարը ստրկական-հարգական ժպիտով և ակամա ուշադրություն դարձրեց երգչի կարմիր ատլասի փողկապի վրա հուրհրատին տվող ադամանդին: Նստեց նորից և չէր իմանում ինչպես անի, որ այցելուի աչքից ծածկի իր կեղտոտ, ճմրթված մանժետները:

— Իբրև հայ երգիչ, իմ բարոյական պարտքս համարեցի այցելել ձեր խմբագրատուն, — ասաց Զափինյանը: — Երևի գիտեք, որ ես ձայնս մշակել եմ Իտալիայում, որտեղից, սրանից վեց տարի առաջ, ինձ հրավիրեցին Օդեսա: Երկրորդ տարին երգեցի

Իրկուտսկում, հետո մի-մի սեզոն էլ երգել եմ Խարկով, Կիև, Մոսկվա, իսկ անցյալ սեզոնին երգում էի Պետերբուրգում: Այժմ ինձ հրավիրել են Թիֆլիս: Թիֆլիսը երաժշտական քաղաք է և, կարծում եմ, կգնահատի ինձ. ինչպես հարկն է: Ներեցեք, դուք ստանու՞մ եք մայրաքաղաքի թերթերը:

— Ինչպե՞ս չէ:

— Ուրեմն անշուշտ կարդացած կլինեք իմ մասին գրած ռեցենզիաները: Ամենքը միաբերան հիացած են: Մի քանի օտարատյաց թերթեր միայն, ինչպես «Новое время»-ն և «Свет»-ը, աշխատում էին ինձ գլորել, որովհետև իմացել էին, որ հայ եմ, բայց չաջողվեց: Ի՞նչ նշանակություն ունի ես հայ եմ թե ռուս. ես միայն երգիչ եմ. կարող եմ այսօր հայերեն երգել, վաղը՝ ռուսերեն, մյուս օրը՝ իտալերեն: Այդպես չէ՞:

— Իհարկե:

— Ճիշտ է, աֆիշների վրա Ժապինով եմ գրվում, բայց այդ ոչ թե նրա համար, որ ուզում եմ ինձ ցույց տալ, այլապես կգրվեի Իվանով կամ Սիդորով, այլ նրա համար միայն, որ Ջափինյան ազգանունը, ինչպե՞ս գրես ռուսերեն — Джапинян ռուսերեն ոչ ջ կա, ոչ՝ փ: Թե չէ, հայերեն միշտ Ջափինյան եմ գրվում և երբեք էլ չեմ ծածկում, որ հայ եմ: Ես ձեզ մի ուրիշ բան ասեմ, — շարունակեց շատախոս երգիչը, — Օդեսայի անտրպրենյորս փորձեց ինձ նոր հրավիրած ժամանակ աֆիշի վրա ազգանունս գրել, Ժապինի, բայց ես շատ քաղաքավարի կերպով հասկացրի նրան, որ ոչ մի պայմանով թույլ չեմ տա իտալացի մկրտելու ինձ, չնայելով, որ իտալացի երգիչների անունն առհասարակ շատ հարգի է Ռուսաստանում: Թե չէ, որ ուզենայի դավաճանել ազգիս և հավատիս, ավելի լավ կանեի և ավելի շահավետ կլիներ գրվեի Ժապինի, քան թե Ժապինով: Այնպես չէ՞:

— Իհարկե, — նորից համաձայնեց քարտուղարը:

Երգիչը խոսում էր դեռ շատ երկար և բացառապես իր մասին: Նրա ձայնը հնչում էր առողջ և ինքնավստահ: «Ե՞րբ պիտի վերջացնի ու կորչի», — մտածում էր քարտուղարը, սակայն առանց ղժգոհության որևէ նշան ցույց տալու: Ընդհակառակը, շարունակում էր լուռ լսել նրան նույն ստրկական-հարգական ժպիտը դեմքին:

— Ինչևիցե, — վերջապես վերջ տվեց իր շատախոսությանը երգիչը և վեր կացավ: — Ես ձեզ չխանգարեմ: Իմ խոնարհ հարգանքներս պարոն խմբագրին: — Այս խոսքերի հետ երգիչը ծոցից հանեց իր այցետոմսը և դրեց քարտուղարի առջև: — Հույս ունեմ, որ նա, ինչպես և դուք, շնորհ կբերեք լսելու ինձ: Իմ առաջին դեբյուտը լինելու է ամսույս տասին: Երգելու եմ Օնեգինի պարտիան: Հետո դուրս կգամ «Մազեպայ»-ի, «Կնյազ Իգոր»-ի, «Կապեց Կալաշնիկով»-ի, «Ցարսկայա նեվեստա»-ի, «Ժիզն զա ցարյա»-ի, «Ռուսլան և Լյուդմիլա»-ի, «Ռուսալկա»-ի և ուրիշ օպերաների մեջ: Ցտեսություն:

Ջափինյանն ամուր և երկար սեղմեց քարտուղարի ձեռքը, թեթևակի գլուխ տվեց մինչև այժմ գրքասեղանի ծայրին կուչ եկած Պատրիկյանին, ցիլինդրը ծածկեց և դուրս գնաց նույնպիսի քայլերով, ինչպես որ մտավ, հատակը թրխկացնելով իր պլպլան կոշիկների կանացի բարձր ու բարակ կրունկներով:

Քարտուղարը մինչև դուռը ճանապարհ դրեց նրան և, երբ վերադարձավ, ձեռքերի ափերը խփեց իրար և բացականչեց ծայր աստիճան ապշած:

— Փա՛հ... Տեսա՞ր, Պատրիկ: Գիտե՞ս ով էր: Երեկ-մեկել օրվա քլեխ ուտող տիրացուն էր, է՛... Նո՛ր հիշեցի, Պատրիկ ջա՛ն, նոր: Խմբագիրը պատմում է, թե երեսփոխական արարողությունների մասին որ հայտարարություն էր բերում, չէր համարձակվում դռան շեմքից առաջ գալ, իսկ հիմա... իր բարոյական պարտքն է համարել այցելություն տալու խմբագրությանը: Ցիլինդրի տակ լրագիր դրեց, որ չփոշոտվի: Տեսա՞ր նրա փողկապի ադամանդը, մուշտակը: Մենք այստեղ ցրտից կաղկանձում ենք, իսկ նա քրտինքն էր սրբում... Գնացել վարժապետ և գրող ես դառել, վայ, գրողը տանի քեզ, Պատրիկ ջան, գրո՛ղը... ինձ էլ քեզ հետ, — ավելացրեց քարտուղարը և գնաց նստեց իր տեղը:

— Դու ինձ այս ասա, հիմա լուրը կգրես, չէ՞, — հարցրեց Պատրիկյանը հեգնորեն ժպտալով:

Քարտուղարը պատասխանի տեղ ձեռքերը տարածեց խաչելության պես, ուսերը վեր քաշեց կոմիկական տարակուսանքով, կարճ ժամանակ մտախոհության մեջ ընկավ, հետո հանկարծ նայեց ծոցի ժամացույցին և բացականչեց ոչ այնքան զայրացած, որքան զարմացած.

— Ինչքան էլ ժամանակ խլեց անիծածը... Իսկ տպարանում նյութ չկա: Գրիր, գրիր: Պատրիկ ջան, մինչև որ տեսնենք ինչ է դուրս գալիս այս էշի մարտիրոսությունից:

— «Մանի՛ր, մանի՛ր, ի՛մ ճախարակ...», — արտասանեց Պատրիկյանը, առավ գրիչը և պատրաստվեց շարունակել հոդվածն անսիրտ և դառնացած, ինքն էլ չիմանալով՝ թե ինչի դեմ:

Իսկ այդ միջոցի քարտուղարն արդեն գրում էր իր մանր ու փութկոտ գրերով. «Մեր հայրենակից երգիչ Ջափինյանը (բեմական ազգանունը Ժապինով) զաստրոլով հրավիրված երգելու Թիֆլիսի արքունական օպերային թատրոնում: Իտալիայում իր արվեստը կատարելագործելուց հետո, նա վերջին վեց տարվա ընթացքում երգել է Ռուսաստանի զանազան քաղաքներում, ի միջի այլոց՝ Մոսկվայում և Պետերբուրգում, ուր, տեղական թերթերի վկայությամբ, մեծ հաջողություն է ունեցել: Թիֆլիսում նա առաջին անգամ բեմ է ելնելու, ամսույս 10-ին Չայկովսկու «Եվգենի Օնեգին» օպերայի մեջ, Օնեգինի դերում»:

Նա ուզում էր մի քանի խոսք էլ ավելացնել, հասարակության ուշադրությունը հրավիրելով հայ տաղանդի վրա, բայց հիշելով թե անցյալում ինչ է եղել նա, վախեցավ, որ նրան ճանաչող ընթերցողները ծաղրի ենթարկեն թերթը, ուստի բավական համարեց գրածը և մի կողմ դրեց: Հետո նայեց Պատրիկյանին և տեսնելով, որ նա գրում է շատ դանդաղ և անդադար գլուխը քորելով, ասաց.

— Պատրիկ ջան, շո՛ւտ արա, թե չէ, հրես որտեղ որ է՝ կգա պատիկ հոգեառս և նյութ կպահանջի:

Մտավ էքսպեդիտորը՝ պոստից բերած մի կույտ լրագրեր և նամակներ ձեռքին: Քարտուղարն ամենից առաջ վրա ընկավ նամակներին և սկսեց աչքի անցկացնել: Այնքան վարժվել էր, որ մի քանի տող սկզբից, մի քանի տող մեջտեղից և մի քանի տող վերջից կարդալուց հետո հասկանում էր ամբողջ նամակի բովանդակությունը և իսկույն էլ վճռում՝ կարելի՞ էր տպել, թե ոչ:

— Վայ, այս անիծածները կարծես խոսքը մեկ են արել, որ գրեն քահանաների, տիրացուների և հոգաբարձուների մասին, — բացականչեց նա մի քանի նամակներ աչքի անցկացնելուց հետո: — Քահանա և տիրացու, տիրացու և հոգաբարձու, հոգաբարձու և տիրացու... Կարծես թե էլ ուրիշ բան չկա գելու, ես ձեր...

Եվ զայրացած քարտուղարի բերանից ակամայից թռան ինտելիգենտ մարդուն անվայել մի քանի հայհոյական խոսքեր քահանաներից, տիրացուներից և հոգաբարձուներից դուրս ուրիշ նյութ չգտնող գավառական թղթակիցների հասցեին: Նա վերցրեց այդ նամակները և ուզում էր մեկեն պատռել ու ձգել գրասեղանի տակ դրած զամբյուղը, բայց հիշելով, որ տպարանում նյութ չկա, մի կողմ դրեց: Նույն կարգով շարունակեց աչքի անցկացնել մնացած նամակները և, ինչպես երևում էր, այդ նամակներն էլ բանի՝ պետք չէին, որովհետև նա իր երկայն ու չոր մատներով ջղայնորեն ոլորում ու փետրում էր ցանցառ բեղի ծայրերը: Այնուհետև, երբ նամակներն աչքի անցկացրեց պրծավ, խոնարհվեց գրասեղանի վրա և սկսեց ուղղել ամենից առաջ այն նամակները, որոնք քիչ թե շատ հասարակական նշանակություն ունեին: Անխնայորեն ջնջում էր ահագին պարբերություններ, երբեմն ամբողջ երեսները և տեղը գրում մի քանի միայն ջնջում, փոխում կամ ավելացնում էր այս կամ այն բառը կամ տառը, պեդանտի նախանձախնդրությամբ և համառությամբ պահպանելով լրագրի ուղղագրությունը, որի ստեղծողն ինքն էր:

Մինչդեռ Պատրիկյանը, սուս ու փուս նստած գրասեղանի ծայրին, շարունակում էր գրել իր հոդվածը, այլևս ուշադրություն չդարձնելով սենյակում տիրող ցրտին: Մի ժամից հոդվածն արդեն պատրաստ էր: Նա գրած թերթերը դարսեց իրար վրա ըստ թվահամարների, դրեց քարտուղարի առջև և վեր կացավ:

— Ի՞նչ, դու գնո՞ւմ ես, — հարցրեց քարտուղարը, գլուխը բարձրացնելով և նայելով նրան պլպլան ակնոցի միջից:

— Հա: Ես բոլորովին սառեցի այստեղ: Գնամ տեսնեմ ինչ եմ անում: Այսօր բան չեմ առել բերանս, թեյ էլ չեմ խմել: Տես այդ հոդվածը, — անսիրտ եմ գրել, — թե բանի նման է տպիր, թե չէ՝ զամբյուղը գցիր: Ցտեսություն:

Եվ Պատրիկյանը դիմեց դեպի դուռը, մի րոպե կանգ առավ նախասենյակում ինչ-որ անվճռականության մեջ, մեքենայաբար թափ տալով ձեռքին բռնած գլխարկը, հետո կամաց ետ դարձավ և ասաց ավելի ևս կամաց, կարծես վախենալով, որ ուրիշը կարող է լսել:

— Չե՞ս կարող ինձ մի հինգ ռուբլի փոխ տալ:

— Հինգ ռուբլի՞, — բացականչեց քարտուղարը գլուխն արագորեն բարձրացնելով:

— Հա, խնդրում եմ: Սենյակիս վարձը պետք է տամ: Թե չտամ, դուրս են անում:

— Այս րոպեիս, հինգ ռուբլին ի՞նչ է որ, — ասաց քարտուղարը, շտապով հանեց իր մաշված-ջարդված պորտմանեն, բաց արեց, միջի բոլոր փողը — սև ու սպիտակ դրամներ — թափեց սեղանի վրա ու սկսեց համրել, դրամները մեկմեկ քաշելով մի կողմ, — 10, 20, 35, 50, 58, 60, 62 կոպեկ: Ահա իմ ունեցած ամբողջ կապիտալը: Թե որ սրանից 5 ռուբլի դուրս գա, վերցրու տար տանտիրոջդ աչքը կոխիր: Հինգ ամիս է՝ ռոճիկ չեմ ստացել, կհավատա՞ս, թե չէ:

Մի րոպե Պատրիկյանը լուռ նայում էր քարտուղարի աչքերին:

— Բաս ինչո՞վ ես ապրում, — հարցրեց:

—Դու՞ ինչով ես ապրում,—եղավ քարտուղարի պատասխանը:

Պատրիկյանը ձեռքով հուսահատական մի շարժում արավ, գլխարկը ոչ թե ծածկեց, այլ ծածկելիս ուղղակի խփեց գլխին և դուրս գնաց:

ՅԱՆԿ

www.ingramcontent.com/pod-product-compliance
Lightning Source LLC
Chambersburg PA
CBHW030509260626
47157CB00005B/1718
9781604447873